CŒURS VIDES

"Exofictions"

DU MÊME AUTEUR

L'AIGLE ET L'ANGE, Belfond, 2004 ; 10/18 n° 4001.
LA FILLE SANS QUALITÉS, Actes Sud, 2007 ; Babel n° 912.
L'ULTIME QUESTION, Actes Sud, 2008 ; Babel n° 1206.
CORPUS DELICTI, Actes Sud, 2010 ; Babel n° 1375.
ATTEINTE À LA LIBERTÉ, essai, Actes Sud, 2010.
LE PAYS DES HOMMES, Actes Sud Junior, 2010.
DÉCOMPRESSION, Actes Sud, 2013 ; Babel n° 1640.
BRANDEBOURG, Actes Sud, 2017 ; Babel n° 1802.
NOUVEL AN, Actes Sud, 2019.

Ce livre a reçu une aide à la traduction du Goethe-Institut.

GOETHE INSTITUT

Cet ouvrage a été traduit avec le soutien de la fondation Kunststiftung NRW dans le cadre d'un séjour de travail au Europäisches-Übersetzer Kollegium de Straelen.

Titre original :
Leere Herzen
Éditeur original :

ISBN 978-2-330-16405-8

JULI ZEH

Cœurs vides

roman traduit de l'allemand
par Rose Labourie

ACTES SUD

Voilà. Ça, c'est vous.

Full hands, empty hearts,
It's a suicide world,
Baby.

MOLLY RICHTER, *Empty Hearts*,
tiré de son premier album, *2025*.

1

Knut et Janina arrivent à dix-sept heures.

Il fait un temps splendide. Depuis quelques jours, le soleil est d'une vivacité dont on l'aurait à peine cru capable après un hiver typique de Brunswick et des semaines de printemps bruineuses. Comme une gaze jaune pâle, la lumière se dépose sur les surfaces lisses des meubles, fait scintiller les verres sur la table, s'infiltre jusque dans les derniers recoins sans poussière. Sous la houlette de Britta, Henry, un jeune homme originaire du Laos, vient faire briller l'appartement trois fois par semaine. Malheureusement, il reste toujours quelques traces sur les baies vitrées.

Avec les enfants, les journées ont changé de rythme. Avant, on se retrouvait à la tombée de la nuit pour prendre un premier apéritif, et pas en plein jour pour dîner. Mais c'est normal, c'est pareil pour tout le monde, toute l'armée des parents d'enfant unique. Fut un temps où Britta travaillait jusqu'à minuit, dormait jusqu'à midi, et avalait son premier aliment solide de la journée en début d'après-midi, généralement un sandwich apporté au cabinet par Babak, qui n'est pas non plus du matin. Mais bébé Vera a mis fin à tout ça il y a sept ans. Parfois, Britta ressent encore un léger vertige, comme un frisson d'effroi, symptôme d'un jet-lag existentiel.

— Putain, ça ne tient pas ! s'écrie Richard dans la cuisine sans s'adresser à personne en particulier.

Dans l'entrée, Britta prend la bouteille de vin rouge que Knut a apportée – une gentille attention, même si leur cave est pleine d'edwards, un cabernet chilien de 2020 qu'ils apprécient bien et qu'ils ont l'habitude de boire. À l'occasion, ils offriront à d'autres la bouteille de rioja avec son ruban autour du goulot.

— *Sticky fingers*. (Hilare, Richard brandit ses mains poisseuses en l'air et offre son coude aux invités pour les saluer.) J'ai suivi la recette à la lettre. Et pourtant, mon truc ressemble à du compost.

Des lambeaux d'algues et des petits tas de riz collant gisent devant lui, victimes de ses tentatives de roulage. Richard s'est mis en tête de faire lui-même les sushis pour ce soir, et Britta reste en dehors de ce genre d'initiatives. La cuisine est le royaume de Richard. Britta fera la conversation aux invités et veillera à ce que les enfants aient quelque chose à se mettre sous la dent vers dix-neuf heures, peu importe quoi.

— Hé, ça a l'air dément, lance Knut, on va manger ça à la cuillère directement sur ton plan de travail en granit.

C'est du béton poli, mais Britta ne dit rien. Knut est une chiffe molle, et ce n'est pas non plus une flèche, mais Britta aime sa bonne humeur et le fait que sa fille Cora s'entende à merveille avec Vera. Janina et Britta ont fait connaissance il y a sept ans, aux bébés nageurs, chacune avec un petit paquet hurlant dans les bras, avant de se retrouver régulièrement, au cours de ces longs après-midi qui n'en finissaient pas, d'abord pour se conter leurs malheurs, puis pour profiter de deux heures de paix au bord d'un terrain de jeux, pendant que les filles s'occupaient ensemble. Leur amitié de toboggans et de balançoires a même survécu à leur choix de prendre des écoles différentes. Tandis que la fille de Knut et de Janina va dans un établissement privé à horaires aménagés où le piano est obligatoire et le smartphone interdit, Vera suit tranquillement le cursus traditionnel type Silicon Valley. Cora s'entraîne à jouer *Une souris verte* au xylophone, Vera vient de développer son premier programme informatique, avec un poisson qui nage à travers l'écran et mord à l'hameçon quand on plonge sa canne à pêche dans l'eau.

Alors que les deux filles ont déjà disparu dans la chambre de Vera, les adultes sont encore en train de faire le pied de grue, passage obligatoire de toutes les soirées. On reste adossé contre un chambranle ou appuyé à deux mains sur le dossier d'une chaise en se riant au nez jusqu'à ce que tout le monde soit enfin assez détendu pour poser ses fesses. La maison de Britta a beau disposer d'une généreuse pièce à vivre avec une grande baie vitrée, les gens s'entassent systématiquement dans la cuisine et s'obstinent à s'asseoir à la table trop petite du petit-déjeuner. Britta a renoncé à vouloir lutter contre.

Elle tend l'oreille vers la chambre au bout du couloir, jusqu'à entendre les bruits habituels de méga-Melanie. Les filles sont folles du méga-mall de Vera, un monstre de plastique à plusieurs étages équipé du wi-fi, de différents écrans et d'une bande-son programmable. À chacune de ses visites, Cora apporte quelques-uns de ses Glotzis, petits aliens duveteux avec trois gros yeux qui font fureur en ce moment. Ils sont à l'initiative d'une offensive élaborée menée par Mars contre le méga-mall, laquelle doit être contrée par méga-Melanie, méga-Martin et leurs méga-amis. En général, après quelques péripéties, le méga-commando spécial se met à tirer frénétiquement dans tous les sens, tuant non seulement les Glotzis, mais également l'intégralité des clients du méga-mall. On entend alors depuis la chambre une musique dramatique et deux voix qui s'écrient : "Dommages collatéraux !"

Pendant que l'edwards respire dans le décanteur, Britta ouvre la porte du frigo et savoure quelques instants la vue des aliments parfaitement présentés. Une motte de beurre dans un beurrier en verre. Des saucisses végétariennes, deux aubergines, trois tomates, un pot de lait. Elle sort deux bières différentes et tend à Richard et à Knut la marque que chacun préfère. Pour Janina et elle, elle débouche une bouteille de prosecco.

— Comment s'est passée la visite ?

— Un rêve.

Janina trinque sans boire et repose son verre pour arranger son chignon blond. Avec sa robe à fleurs et sa coiffure romantique, c'est à peu de chose près l'antithèse de Britta, dont les cheveux clairs sont lisses et coupés au menton, et qui est adepte des pantalons simples, gris ou bleu marine, avec des hauts dont seuls les connaisseurs devinent le prix. Pourtant, Janina fait plaisir à voir. Elle a eu sa fille au début de la vingtaine, une tendance qui fait son retour ces derniers temps et, parfois, Britta a l'impression que la jeune femme ne vient pas seulement d'une autre décennie, mais d'une planète inconnue. Janina sait tirer parti de ce qu'elle a – qu'il s'agisse de ses vêtements ou de ses cheveux, de son minuscule appartement, de sa famille ou de ses rêves de petite fille. Depuis quelques semaines, Knut et elle cherchent une maison à la campagne, ce que Britta n'est pas sans trouver absurde. De son côté, elle a compris il y a quinze ans que la grande ville était hors course et que la province n'était pas un remède à la folie furieuse des métropoles, car on ne guérit pas un mal par son contraire. Le XXIe siècle est celui des villes moyennes, moyennement grosses, moyennement importantes, où le pragmatisme règne en maître. On y trouve de tout sans y manquer de rien, les logements sont abordables, les rues larges, et l'architecture vous garantit la paix.

Il y a des années de ça, alors que leurs amis en étaient encore à retaper de vieilles fermes dans le Brandebourg et cultiver des tomates bios, Britta a utilisé les premières rentrées d'argent du Pont pour faire l'acquisition d'une maison à Brunswick. Un cube de béton tout vitré dans un quartier résidentiel calme – fonctionnel, spacieux, facile à nettoyer, à l'image de Brunswick lui-même, des lignes droites, des surfaces lisses, sans l'ombre d'un doute. Tellement pensé que chaque meuble avait sa place assignée. Avec une cave, une chambre d'enfant et une chambre d'ami, des toilettes et des rangements en quantité suffisante, un jardin facile d'entretien et un électroménager intégré qui, par la domotique, régule la température des pièces, prépare le café à heures fixes et émet un signal d'alarme quand le frigo reste ouvert. À sa manière, Britta aime sa maison. De nos jours, quand on n'est pas d'humeur à se raconter des histoires, mieux vaut aimer le béton poli.

— Sincèrement. Je crois qu'on a trouvé notre bonheur.

Janina lève son verre de prosecco pour trinquer et, cette fois, elle boit. Britta est fascinée par l'enthousiasme de son amie. Janina aime les vieilles portes en bois à la peinture écaillée, les brouettes garnies de fleurs de toutes les couleurs, et les peaux de mouton devant la cheminée. Un anachronisme criant. Refus total de voir que les choses ont changé.

— Les personnes âgées à qui elle appartient viennent de déménager. Pour eux, c'est un crève-cœur de quitter cette maison. Ils y ont passé toute leur vie.

— Alors pourquoi ils veulent vendre ?

— Ce n'est pas qu'ils veulent, ils n'ont pas le choix. Quand on vieillit, les prestations laissent à désirer dans ce genre d'endroits.

— Personnes âgées ? Sécurité. (Richard a désormais devant lui trois rouleaux de makis à moitié terminés, incurvés comme des crottes de chien.) De quoi vous parlez ? D'immobilier palliatif ?

Britta éclate de rire. Elle aime la repartie de Richard, et elle aime rire des projets d'achat de Janina.

— Avouez-le, c'est une vieille bicoque croulante, dit-elle. Je parie qu'il y a des poêles à bois et des matelas en paille, et que pour avoir de l'eau chaude, il faut mettre une bouilloire sur le feu. Que le ménage est impossible à faire, parce que la poussière pleut du plafond. Et qu'il y a des araignées géantes planquées dans tous les coins.

— C'est à peu près ça, répond Knut en riant de bon cœur.

— Okaaaaay, lance Richard en étirant le mot l'air de dire : "Chacun son truc."

— Cette maison est un rêve, répète Janina. Il faut que vous veniez la voir avec nous. Cora est sous le charme. Imaginez un peu : là-bas, elle pourrait avoir un cheval.

— Il y a des chevaux chez Manufactum ? demande Richard.

— Sérieusement, c'est pile ce qu'on veut. Pas de domotique, parquet, enduit à l'argile. Grand jardin avec de vieux arbres. On vous invitera à faire des feux de camp.

— En combinaison intégrale contre les tiques, répond Britta. Et le prix ?

Janina fait une grimace de souffrance un peu exagérée.

— Trop cher, dit Knut. Mais on a décidé de ne pas y penser.

— Une stratégie financière de haut vol, plaisante Richard qui est en train de diviser le riz en portions pour les nigiris – il commence à reprendre le dessus.

Toutes les personnes présentes savent que Knut et Janina n'ont pas les moyens de s'acheter une cabane de jardin, encore moins une maison, quand bien même la politique de taux d'intérêt négatifs serait prolongée jusqu'à la fin des temps. Knut attend encore de percer comme auteur de théâtre, et la start-up de Janina, qui s'appelle La Machine à écrire et propose des services de secrétariat pour écrivains, peintres et autres artistes indépendants, pâtit du fait que les clients ne roulent pas plus sur l'or que Knut et Janina. Malgré tout, ils auraient de quoi vivre modestement tous les trois, à supposer que Knut finisse par toucher un peu d'argent, mais tout ça doit se développer, il faut du temps. L'obstination de Janina à vouloir acheter à la campagne dans ces conditions est aussi émouvante que courageuse. Britta décide d'oublier sa répugnance envers les paradis faits maison pour se déclarer prête à donner un coup de pouce financier au cas où la banque ferait des difficultés. Après tout, à bien y réfléchir, Janina est sa meilleure amie, et Britta a de l'argent à ne plus savoir qu'en faire. Grâce au Frexit, à Free Vlaanderen et à Catalunya First !, Le Pont a fait une bonne année, et il est plus que temps de recommencer à penser hygiène financière. Tout en remplissant les verres de prosecco et en ouvrant deux autres bières, Britta se promet d'en parler à Babak dès le lendemain.

Quand elle émerge de ses pensées, Richard a déjà confectionné seize petits pavés de riz. La conversation ne tourne plus autour des maisons, mais de l'actualité politique. Tandis que Knut est hypnotisé par l'écran de son portable, Britta se lève pour aller chercher un plat de pâtes de la veille et quelques saucisses végétariennes dans le frigo. Elle ne connaît pas grand monde qui ne soit pas gêné de sortir son smartphone en public. Ceux qui le font sont soit salariés, soit partisans du CCC – le Comité des citoyens concernés. Knut a beau n'être ni l'un ni l'autre, il suit quand même les snaps de Regula Freyer et compagnie. Il y a quelques années, Babak a développé un programme pour hacker les applications préinstallées sur les portables. Il a refilé le tuyau à Britta et Richard, Knut n'en a pas voulu.

— Le CCC lance le cinquième pack d'efficience. (Knut regarde autour de lui, comme pour forcer chacune des personnes présentes à prendre tour à tour position.) Il n'y aura plus de commissions d'enquête, plus de conseils parlementaires, plus d'organes de contrôle au niveau national.

Janina se racle la gorge. Si ce bruit était censé inciter Knut à la retenue, il n'a soit pas entendu, soit pas compris.

— Est-ce qu'ils veulent en finir définitivement avec le fédéralisme ?

— Possible, répond Richard d'un ton détaché. Ces tarés du CCC sont capables de tout.

Britta les pousse doucement sur le côté, lui et ses nattes à sushis, pose le wok à induction sur la cuisinière, met un peu d'huile dedans avec les pâtes et, pendant que le tout réchauffe, coupe les saucisses végétariennes en petits morceaux.

— Tout le pays est en chantier.

— C'est pour ça qu'ils se sont présentés. Maintenant, fini les excès.

— C'est quoi, ces comités ? demande Janina.

— Cela dit, ils vont économiser une somme colossale. (Knut retourne à son portable.) C'est toujours des impôts en moins.

Britta ne croit pas que Knut ait jamais payé d'impôts de sa vie.

— Au fond, personne ne sait à quoi sert le fédéralisme, reprend Janina.

— Aucun de nous n'a voté CCC, intervient Richard. Alors de quoi on parle ?

— Du cinquième pack d'efficience, insiste Knut.

Britta commence à être agacée. Même si, pour des raisons professionnelles, elle est obligée de suivre l'actualité politique dans ses grandes lignes, elle estime que ce n'est pas un sujet à aborder en privé. Manifestement, Knut n'a pas compris que la politique est comme la météo : elle *est*, qu'on s'y intéresse ou non, et il n'y a que les idiots pour s'en plaindre. Britta se rappelle confusément une époque où les choses étaient différentes. Elle se revoit dans un isoloir, en train de glisser son bulletin dans l'enveloppe, pleine de conviction. Elle se souvient qu'elle discutait avec les autres pour savoir qui voter et que la réponse comptait pour elle. Elle ne sait plus trop quand c'était – avant la crise des réfugiés, le Brexit et Trump, forcément, bien avant la deuxième crise financière et la percée fulgurante du CCC. En d'autres temps.

"Dommages collatéraux !" – les cris de joie proviennent de la chambre de Vera, avec en fond sonore la méga-musique qui cogne à plein volume dans le couloir.

— On se calme ! C'est bientôt l'heure de manger ! crie Janina.

Britta ajoute la saucisse au wok, qui se met à grésiller. Elle mélange énergiquement et enclenche la hotte aspirante.

— Ça sent sacrément bon, dit Knut.

— Moi aussi, j'ai bientôt fini.

Richard ouvre des sachets sous vide de lamelles de poisson cru destinées à garnir ses pavés de riz. Sur la table, les assiettes carrées sont prêtes, accompagnées de petits repose-baguettes en porcelaine et de coupelles de sauce soja, de gingembre mariné et de pâte de wasabi.

— Le truc dingue, c'est qu'on ne sait pas comment tout ça va se terminer, reprend Knut. Je veux dire, le CCC, ce n'est pas possible, clairement. Mais juste un exemple : qui aurait cru que des tarés comme Trump et Poutine mettraient fin à la guerre en Syrie ? On est en plein dans la post-vérité.

Britta déteste les expressions comme "post-vérité". Elles inondent les blogs et les médias à longueur d'année pour donner l'impression d'une analyse politique aux gens qui n'ont rien dans le crâne. Comme s'il y avait jamais eu une "vérité" politique. Mais quelle vérité ? L'absolutisme ? L'impérialisme ? Le nazisme, la guerre froide, l'éclatement de la Yougoslavie ou le 11-Septembre ? Britta veut des faits. Et le fait est que ces dernières années, personne ne sait plus quoi penser.

Voyant que Knut continue à scroller frénétiquement sur son smartphone, Britta met de la musique, histoire de clore la conversation une bonne fois pour toutes. La voix suave de Molly Richter emplit la pièce. La chanteuse est le phénomène de la saison. Douze ans, le crâne rasé, la silhouette et la dégaine d'un gamin des rues, et une voix à la Joséphine Baker.

Full hands, empty hearts / It's a suicide world, Baby.

Britta ouvre une boîte de tomates pelées pour en verser le contenu dans le wok. Le grésillement se transforme en gargouillement, les pâtes et les morceaux de saucisses rissolés sont noyés sous le liquide rouge. Du bout de sa cuillère en bois, Britta écrase les tomates jusqu'à ce que le mélange prenne une consistance pâteuse. Une briquette de crème transforme le rouge en rose brunâtre et la bouillie en sauce. Les enfants appellent ça le goulasch de saucisse, ils adorent ce plat.

— Ça a l'air bon. (Posté à côté d'elle, Knut plonge une cuillère dans le wok pour goûter.) Miam.

— Les sushis sont prêts dans cinq minutes, dit Richard.

— Les sushis, c'est pour les yeux, et ça, c'est pour le ventre. (Knut tend une assiette carrée à Britta.) Beaucoup trop bon pour les enfants.

Elle échange un regard avec Richard, qui lève les yeux au ciel en souriant malgré tout, et sert une portion de goulasch à Knut. Janina apparaît avec deux autres assiettes, une pour elle, une pour Britta, prend des cuillères dans le tiroir et s'installe à table.

— Vera, Cora ! crie Richard. Vos parents vous ôtent les saucisses de la bouche !

— Alors, tout le monde est mort ? demande Janina en ébouriffant les cheveux des filles qui déboulent dans la cuisine avec méga-Melanie, méga-Martin et deux Glotzis sous le bras.

Elles les posent à côté de leurs assiettes avant de se jeter sur le goulasch de saucisse. Richard dispose les makis et les sashimis sur des planchettes en bois pour faire le service, le résultat est plus réussi que prévu, tout le monde applaudit, pousse des cris et lance : *"Arigato !"*, et ils mangent tout en même temps, les saucisses, les pâtes et le poisson cru. Britta se lève d'un coup sec parce qu'elle a oublié le vin, ils trinquent, l'edwards est à tomber, même s'il ne va ni avec les sushis ni avec le goulasch. L'humeur est au beau fixe, c'est une chouette soirée.

En dessert, il y a des fraises, une petite portion par personne, mais que Vera a cueillies de ses propres mains dans le jardin de la voisine. Britta remarque que Janina fait l'impasse sur le sucre et la crème fouettée, et elle sourit intérieurement. Ça fait plaisir de voir que les problèmes sont plus ou moins équitablement répartis. Parfois, Britta se dit qu'elle est une mauvaise mère, parce qu'au fond d'elle elle préfère son travail à sa famille. En revanche, elle peut manger ce qu'elle veut.

À huit heures moins le quart, comme tous les soirs, Vera veut voir un épisode de sa série favorite sur Netflix. Un petit drone nommé Featherweight qui a échappé à son propriétaire aide une fillette à résoudre les problèmes de son quotidien.

Pendant que les filles regardent leur série, Knut et Janina commencent à les remercier et à lancer des idées d'invitation. Britta et Richard répètent qu'ils n'ont pas besoin d'aide pour ranger, que c'était une soirée super sympa, et qu'ils viendront dîner avec plaisir à l'occasion, ou autant se retrouver au parc pour un barbecue, car l'appartement de Knut et Janina n'est pas bien grand – et pas spécialement propre non plus, comme Britta le pense au fond d'elle.

— Waouh, un truc de fou ! s'exclame Vera dans le salon.

— Dommages collatéraux ! jubile Cora.

Elles ont l'air trop excitées pour que ce soit *Featherweight*. Britta traverse le couloir, les autres suivent.

Les filles ont activé le mode télé, ce qui fait partie des rares choses strictement interdites par Britta. La télévision, c'est non. Britta s'apprête à leur passer un savon, mais ce qu'elle voit à l'écran la coupe dans son élan. Le journal de vingt heures.

— Qu'est-ce que c'est que ce bordel ? souffle-t-elle – ou plutôt, s'entend-elle souffler, car ses lèvres ont bougé sans qu'elle y soit pour rien.

Les autres sont restés sur le pas de la porte et continuent à parler barbecue. Plantée au milieu de la pièce, pile au centre de l'étoile qui orne le tapis, Britta regarde l'écran. Des images floues, une vidéo de quarante-cinq secondes, elle en a déjà loupé la moitié. Pourtant, elle comprend tout de suite de quoi il s'agit. Uniformes noirs, chefs d'opération qui parlent dans des émetteurs radio, hélicoptères en train de tournoyer, gaz lacrymogène, grenades assourdissantes, la totale. Sauf erreur de sa part, l'homme couché au sol porte une ceinture d'explosifs, mais les images sont de très mauvaise qualité, comme si elles étaient filmées de loin et avec un téléphone portable.

Les genoux de Britta flageolent, elle se laisse tomber dans un fauteuil. Les filles font les folles sur le canapé, Richard crie : "Éteignez-moi immédiatement cette fichue télé !", Janina : "Maintenant, on s'en va !" Knut s'est avancé à son tour devant l'écran, il regarde la présentatrice – le grand show de vingt heures, avec brushing et tailleur aux couleurs acidulées, c'est fou qu'on en soit toujours là, que tout continue pareil, comme si rien n'avait changé au cours des vingt dernières années. Attentat terroriste, dit la présentatrice. Aéroport de Leipzig, zone cargo, déjoué *in extremis*. Un homme mort, l'autre en garde à vue. Pas de revendications pour le moment, enquête en cours, embargo médiatique. Britta a l'impression d'être dans un film fantastique. La dame va enlever son masque et se transformer en Featherweight – c'est en tout cas ce qu'espère Britta.

— Qu'est-ce qui t'arrive ? demande Knut.

Le journal est passé au sujet suivant, il s'agit d'une nouvelle plante génétiquement modifiée qui doit être brevetée, à mi-chemin entre le maïs et la courge, à la taille et aux capacités nutritives exceptionnelles, peut-être la fin de la famine dans le Tiers Monde, comme l'affirment les porte-paroles du gouvernement et de Google dans une conférence de presse commune.

— Ah, rien.

— Ils tiraient dans tous les sens, tellement cool, les types en noir avec leurs fusées éclairantes et leurs mufigènes et leurs fusils géants.

— Maman, c'était un commando spécial ? Ou les services sacrés ?

— Des fumigènes, dit Knut. Et les services secrets. Et tirer dans tous les sens, c'est pas cool.

Britta sort discrètement son smartphone de sa poche pour l'activer, mais quand elle se rend compte que Knut l'a vue faire, elle range aussitôt l'appareil.

— Qu'est-ce qu'il se passe, chérie ? demande Richard depuis le couloir. Un de tes patients ?

Richard et les autres le savent, il arrive qu'un client du Pont "fasse des bêtises", comme dit Britta. Dans ces cas-là, elle passe quelques jours à faire semblant d'être au fond du trou, pendant que tout le monde essaie de la consoler, lui répète que ce n'est pas sa faute et lui rappelle son excellent taux de guérison qui dépasse les quatre-vingt-dix pour cent. "Ce sont des êtres humains, c'est tout, dit Richard dans ces moments-là. Tu peux essayer de les aider, mais tout ne dépend pas de toi."

— C'est ce que j'ai cru au début, répond Britta. Mais je me suis trompée.

— Les enfants, on s'en va, lance Knut. Cora, où sont tes Glotzis ? Mets tes chaussures.

Ce qu'elle a véritablement vu, elle ne peut en parler à personne. À part Babak. Elle voudrait l'appeler maintenant. Lui demander les faits. Les coulisses de l'opération n'ont sans doute déjà plus de secrets pour lui. Et puis, elle a besoin de temps pour réfléchir, c'est urgent, sa tête est à deux doigts d'exploser.

À la place, elle doit dire au revoir aux invités et mettre Vera au lit. Ensuite, Richard voudra boire un dernier verre de vin en débriefant la soirée avec Knut et Janina. Leurs projets d'achat de maison. Leurs boulots catastrophiques.

Dans la tête de Britta, les pensées font les montagnes russes, mais elle se ressaisit, se lève, sourit à Knut, prend dans ses bras Vera qui n'arrête pas de gigoter et qui, du haut de ses sept ans, pèse déjà son poids, pense : "Zone cargo, pourquoi zone cargo ?" et dit des choses comme : "Maintenant, ça suffit, pas de cirque, tu avais promis." Ils restent encore un peu plantés dans le couloir, le temps que Knut et Janina rassemblent leurs affaires, les remercient une troisième fois et disent au revoir, que Cora soit enfin habillée et que l'encombrante entité familiale ait franchi le pas de la porte. Qui aurait l'idée de commettre un attentat contre des bagages ? Tout ça parce qu'on y accède plus facilement ? Salut, salut – la voiture démarre, un tour à la station de lavage ne lui ferait pas de mal, ils agitent la main jusqu'à ce que leurs visiteurs aient disparu au coin de la rue.

Richard s'en va ranger la cuisine, Britta emmène Vera à la salle de bains. Chaque fois qu'ils ont de la visite, Britta est prise de l'envie frénétique de nettoyer sur le champ toute la maison. Pour se calmer, elle se dit que Henry viendra demain, que tout est organisé, tout est prévu. En voyant son visage dans le miroir, elle commence à avoir mal au cœur.

Pas maintenant, pense-t-elle, par pitié, et la nausée passe.

Comment se fait-il que les forces de l'ordre aient été instantanément sur place, et avec des effectifs aussi importants ? Qui filmait et qui a transmis les images à la presse ? Pourquoi l'un des deux hommes a-t-il survécu ?

Elle est en train de négocier avec Vera le nombre de minutes de brossage de dents quand son téléphone sonne.

Numéro caché. Elle prend l'appel en se répétant de baisser la voix. La salle de bains et la cuisine sont côte à côte, Richard entend tout.

— Bonsoir, dit-elle.

— C'est qui ? lance Richard de l'autre côté du mur.

— Babak ! répond-elle sur le même ton.

— Dis-lui bonjour de ma part !

— Surtout, reste calme, dit Babak.

— Tu as trouvé quelque chose ?

— Trouvé quoi ? demande Vera, la bouche pleine de mousse de dentifrice.

— Laisse-moi parler une minute avec Babak, répond Britta. C'est pour le travail.

— On ne va pas parler maintenant, dit Babak. J'appelle pour te dire de garder ton sang-froid. À tous les coups, ça n'a aucun rapport avec nous.

— Tu n'as pas vu que…

— Si, j'ai peut-être vu une ceinture, je ne suis pas sûr. Les informations que j'ai trouvées ne sont pas claires. Reste calme, profite de ta soirée en famille, ne va pas sur internet. Tout comme d'habitude. Ça marche ? On en parle demain.

— Ça marche.

— À demain.

"C'est bon, j'ai assez frotté." Vera recrache la mousse, court à la cuisine. "Bonne nuit, papa ! Bisou !" Et elle file dans sa chambre au bout du couloir. Britta la suit à pas lents, elle respire à fond, sent le professionnalisme revenir en elle, l'effet est aussi agréable que celui d'une drogue légère. Dans la cuisine, Richard a remis la musique, elle entend la voix de Molly à travers le mur. *Full hands, empty hearts / It's a suicide world, Baby*.

2

Le lendemain, le soleil brille encore, un ciel propre comme un sou neuf, avec des petits nuages immaculés accrochés dessus. En prime, une brise légère, exceptionnellement douce dès le matin. Comme c'est Richard qui conduit Vera à l'école aujourd'hui, Britta va au travail à vélo. Elle appuie le moins possible sur les pédales, fait des zigzags à travers le quartier, regarde dans les jardins par-dessus les barrières et les haies, salue au passage un voisin qui a décidé de profiter du revenu de base universel pour tondre son gazon et tailler ses arbres. Lehndorf est un coin tranquille, maisons individuelles ou partagées, construit par les nazis, idéal pour les enfants, aussi laid et fonctionnel que le reste de la ville. Comme elle n'a pas beaucoup dormi et qu'elle a attendu toute la nuit de parler enfin à Babak, Britta se force à ne pas aller trop vite. Contrôle mental, maîtrise de soi.

En passant sous l'autoroute, elle accélère un peu pour profiter de ces grandes artères, bien droites et flanquées de généreux trottoirs, comme faites pour les défilés de chars. Dans le centre-ville, les rues sont encore humides à cause des canons à eau des brigades de nettoyage. Certains jours, Britta aime Brunswick comme si elle l'avait inventé elle-même. La pompe massive des bâtiments d'apparat totalitaires aux airs de châteaux, alors que ce sont de simples centres commerciaux. L'hôtel Deutsches Haus où elle loge parfois des clients et dont les couloirs sentent le socialisme. L'absence de charme de cette ville, conséquence du refus de toute esthétique au profit des règles de sécurité routière. Tout ça est un soulagement comparé à la pluralité claustrophobique des métropoles. Britta a passé son bac dans les années 2000, alors que Berlin avait encore plus ou moins le vent en poupe et, déjà, la capitale ne lui disait rien. Même les spots publicitaires montraient des jeunes mal rasés habitant le quartier de Prenzlauer Berg*. Britta était partie à Leipzig pour étudier, puis à Brunswick pour travailler et, désormais, la tendance lui donne raison. Les indépendants quittent Prenzlauer Berg en masse pour aller s'installer dans les villes moyennes détruites par la guerre et rebâties sous le signe du rationalisme – fonction, construction et forme.

En attendant au feu pour vélos, Britta lit les gros titres sur les écrans suspendus aux pylônes de régulation du trafic.

Le beau temps s'installe – Le cinquième pack d'efficience en route pour le Reichstag – La miche sésame et épeautre élue pain de l'année – Regula Freyer en visite en Chine.

Si Brunswick convient si bien à Britta, c'est parce qu'ici on vit sa vie sans se soucier du reste du monde. Normalité raisonnée, discrétion et système D. Britta aspire à la tranquillité pour elle et pour sa famille, elle veut faire son travail, assumer ses obligations, mais seulement pour les choses qui sont à sa portée. Pourquoi devrait-elle se sentir responsable de celles qui ne le sont pas ? De nos jours, personne ne sait plus pour ni contre quoi être. C'est vrai, le CCC supprime tous les acquis démocratiques les uns après les autres. Et pourtant, les

* Quartier branché de Berlin. *(N.d.É.)*

gens vont bien, peut-être même mieux qu'avant. Au moment de l'arrivée de Trump au pouvoir, on ne parlait que du déclin de l'Occident, et voilà qu'après avoir fraternisé avec Poutine, le nouveau président des États-Unis a accessoirement mis fin à la guerre en Syrie. En faisant obstacle à la politique de colonisation israélienne, l'isolationnisme américain a entraîné sans le vouloir la solution à deux États et la signature d'un traité de paix entre Israël et la Palestine. La guerre économique entre l'Europe et les États-Unis a transformé le Proche-Orient en marché lucratif pour les produits américains, et toute la région est florissante. Du jour au lendemain, le terrorisme islamiste n'était plus un problème international, et après avoir été la hantise du monde occidental, Daech n'est désormais rien de plus qu'une poignée de chefs de guerre décadents.

À l'heure actuelle, les gens ont renoncé aux spéculations politiques. Ils suivent leur petit bonhomme de chemin en faisant l'autruche, parce que dans un monde où il n'est plus possible de cracher sur un type comme Trump, ils ne savent pas quoi faire de mieux.

Britta ne se fait pas d'illusions. Elle ne prétend pas comprendre les évolutions et ne joue pas à la plus maligne. Elle habite une maison propre dans une ville propre et est à la tête d'une entreprise propre. C'est sa pierre à l'édifice. Un jour, il y a longtemps, avant la fondation du Pont, elle a lu une phrase qui l'a marquée : *La morale est le devoir des faibles – aux forts la liberté.*

À l'approche de la gare centrale, elle sent son cœur s'emballer. Depuis la veille au soir, elle lutte contre l'envie de sortir son smartphone pour chercher des informations supplémentaires. À la place, au petit-déjeuner, elle a attrapé le *Braunschweiger Zeitung*, le quotidien régional qui continue à être imprimé en tirage limité pour les nostalgiques ironiques comme Richard, et à la page 3, elle a trouvé un entrefilet sur les événements de Leipzig, glissé entre deux articles juste avant le bouclage. Elle connaissait déjà la photo pour l'avoir vue au journal télévisé : des uniformes noirs dans un hangar, une ombre oblongue au sol. Le texte n'en disait pas plus que l'image. La veille au soir, deux terroristes présumés s'étaient introduits dans le terminal de fret de l'aéroport de Leipzig, avec une substance potentiellement explosive sur eux. À la suite des informations fournies par une source anonyme, les autorités avaient pu intervenir et empêcher le pire. Un homme avait été abattu, l'autre placé en garde à vue. Selon Wagenknecht, la ministre de l'Intérieur, l'Allemagne se trouvait encore et toujours dans la ligne de mire des terroristes, il fallait redoubler de vigilance sans céder à la panique. On continuait à faire le maximum pour assurer la sécurité de la population. Ainsi, en plus de réformer le fédéralisme, le cinquième pack d'efficience élargissait les compétences de la police et des services secrets.

En descendant la Kurt-Schumacher-Straße à fond de train, Britta lève la tête pour profiter du vent qui caresse ses cheveux. Elle est reconnaissante à sa mère de lui avoir légué cette chevelure, épaisse, lisse, blonde comme les blés, parfaite pour les coupes courtes qu'il suffit d'ébouriffer pour être à son avantage. Des cheveux qui n'ont pas besoin d'être coiffés, des chemises qui n'ont pas besoin d'être défroissées, des aspirateurs qui n'ont pas besoin d'être passés – voilà le genre de choses qui plaisent à Britta. Comme un collègue qui reste debout toute la nuit pour lui faire un résumé des informations disponibles. Pour Britta, fonctionner est la loi suprême.

Les barres d'immeubles de la Kurt-Schumacher-Straße, au nord-ouest de la gare centrale, constituent un drôle de quartier, propre mais sans charme. Des appartements empilés les uns sur les autres, du linge aux balcons, des locaux commerciaux au rez-de-chaussée, essentiellement des médecins d'origine arabe, des Nabil, Sahid et Djawad qui vous font passer des radios, vous massent, inspectent votre bouche, votre nez, vos oreilles, soignent vos caries et enlèvent vos grains de beauté. Un coin de grisaille idéalement situé. Un exemple de la ghettoïsation dont le CCC nie obstinément l'existence.

Entre deux barres se trouve un passage, une succession de bâtiments plats, gris et insignifiants, comme destinés à toutes les activités commerciales non rentables. Britta glisse son vélo dans un râtelier et ouvre une porte sur laquelle est affiché son nom : *Le Pont, Britta Söldner et Babak Hamwi.* En dessous, écrit en plus petit : *Cabinet de psychothérapie et psychologie des profondeurs appliquée, self-managing, life-coaching, ego-polishing* et autres concepts qui n'ont rien à voir avec ce qu'ils font vraiment. Dans le laboratoire dentaire d'en face, une jeune blonde à queue de cheval est assise à l'accueil, elle ne dit pas bonjour, ne bouge pas, garde les yeux rivés sur son écran. Chaque matin, Britta se demande si la petite est réelle.

À l'intérieur, ça sent le café – pas de trace de Babak.

À cause des immeubles alentour, il fait sombre dans le cabinet et, comme toujours, le plafonnier est allumé, des néons blafards dans des caissons rectangulaires qui diffusent une lueur crue et déprimante à toute heure et en toute saison. Les locaux du Pont sont particulièrement mal adaptés à un cabinet de thérapie, les vitres sont trop grandes, l'atmosphère trop glauque, un studio de tatouage y aurait été plus à sa place, un salon de toilettage ou un énième magasin de fripes. Le sol est couvert de moquette marron, les occupants d'avant leur ont laissé leur guichet de réception, alors qu'ils n'en ont pas l'utilité. Il y a également un coin salon où Britta mène les entretiens préliminaires avec les nouveaux candidats, ainsi qu'une grande table de travail dont Babak est le seul à se servir. L'ensemble est fatigué, mais d'une hygiène irréprochable – Britta assure elle-même la propreté des lieux. L'atmosphère n'est guère accueillante, mais c'est délibéré : rien ne doit inviter les flâneurs à entrer.

Britta se penche au-dessus de la table sur laquelle est agrafée une feuille de papier d'un mètre sur deux – commande spéciale que Babak passe directement au fabricant. Dans un coin, le papier a l'air taché, mais à y regarder de plus près, il s'avère que la feuille est recouverte d'une multitude de petits points de toutes les couleurs, tellement collés les uns aux autres qu'on voit à peine le blanc restant. Au Pont, il y a de longues périodes creuses, pas de quoi s'inquiéter, ça fait partie du jeu. Dans ces moments-là, Britta s'occupe de la paperasse, va chercher Vera tôt à la garderie, fait du jardinage et, par temps chaud, sort la piscine gonflable, pendant que Babak garde le cabinet et tue le temps en faisant des petits points. Il débouche tranquillement un feutre, dessine quelques pointillés, le rebouche et en attrape un autre. Le cliquetis des capuchons a quelque chose de méditatif. Ce genre de dessins lui prend des mois. Britta doit avouer que le résultat lui plaît. Des dégradés de couleurs flous, oscillant du rouge au bleu en passant par le violet et inversement, où les couleurs font des vagues, comme des voiles de pluie ou des tourbillons de sable que l'œil aurait du mal à distinguer.

Un ronronnement monte du sous-sol. Comme tous les locaux commerciaux du passage Kurt-Schumacher, le cabinet dispose d'un niveau inférieur, des pièces sans fenêtres, situées à la hauteur de la voie rapide qui gronde sous leurs pieds. On y trouve une kitchenette, des toilettes, un espace multifonction carrelé ainsi qu'une salle de serveurs sécurisée où Babak passe le plus clair de son temps de travail.

Le voilà qui monte à grands pas l'escalier en colimaçon, avec dans les mains une liasse de documents qu'il laisse tomber sur la table basse. Tout en les regardant d'un air pensif, il s'essuie le front d'un geste de l'avant-bras. Ils se connaissent tellement par cœur qu'ils en oublient de se dire bonjour. Même quand ils restent quelques heures sans se voir, c'est comme s'ils n'avaient pas été séparés. Au moment de leur rencontre il y a dix ans, Babak était gros, gay, nerd et originaire d'Irak. Aujourd'hui, il n'est plus gros, et le reste ne lui fait plus honte. Il est convaincu que Britta lui a sauvé la vie, raison pour laquelle il l'idolâtre comme une grande sœur. Quand il est énervé, comme aujourd'hui, ce n'est pas parce qu'il est perturbé par les événements, mais parce qu'il se fait du souci pour l'état mental de Britta.

— Qu'est-ce que c'est ?

— De la documentation. Toutes les informations relatives à l'affaire.

— En quatre exemplaires ?

— Un pour toi, un pour moi, un pour les archives et un en cas d'urgence.

Britta ne peut pas s'empêcher de rire. Babak est resté toute la nuit à l'ordinateur, elle le voit aux ombres bleutées sous ses yeux, même s'il a pris une douche sur place et enfilé une chemise propre à la première heure. Depuis qu'il s'est affamé pour passer de cent vingt-cinq à soixante-quinze kilos, il traite son corps comme un objet de luxe. Quand il vient dîner, il peut passer des heures à parler marques scandinaves de vêtements pour hommes avec Richard, à maudire la persistance de la mode hipster et à philosopher sur la forme parfaite d'une pointe de chaussure. Dans ces moments-là, Britta écoute en silence en se rappelant l'époque où on se moquait des femmes sous prétexte que la mode était leur seul sujet de conversation.

— Assieds-toi. Voilà le café.

Babak apporte un plateau avec de petites tasses et un pot en cuivre dans lequel il prépare le café à la turque. Quand il fait le service, Britta voit ses mains trembler.

— Je t'écoute. Qu'est-ce que tu as trouvé ?

— Markus Blattner et Andreas Muradow, vingt-deux et vingt-cinq ans, mécanicien automobile et étudiant en chimie.

— Tchétchène ?

— Allemand. Le nom Muradow n'est pas si rare que ça.

— Lequel est mort ?

— Andreas.

— Et lequel est converti ?

— Sans doute aucun des deux.

— Tu plaisantes ?

— Vu comment les choses se présentent, rien ne permet de privilégier la piste islamiste.

— Daech n'a pas revendiqué l'attaque ?

— Ils revendiquent le moindre arrosoir renversé.

Britta soupire.

— Les faits, s'il te plaît.

— Hier soir, les deux hommes se sont introduits dans le terminal de fret de l'aéroport de Leipzig, centre de tri, vers dix-neuf heures.

— Changement d'équipe ?

— La plateforme de fret fonctionne aussi de jour, mais le soir, ça grouille de partout. Markus et Andreas portaient des uniformes DHL et avaient de fausses cartes de service sur eux.

— Des professionnels, donc.

Babak hausse les épaules.

— Ou des amateurs exaltés.

— J'ai cru voir une ceinture à la télé.

— Tu as vu juste. Ils portaient tous les deux des ceintures.

— Merde.

Ils se taisent. Britta finit son café, Babak la ressert, ajoute un peu de sucre, mélange à sa place. Elle savait depuis le départ que cette opération désastreuse était un attentat-suicide. Son intuition ne la trompait pas. Pas d'armes lourdes, pas de résistance. Sauf qu'ils étaient deux, main dans la main, ce qui lui avait donné un peu d'espoir. La plupart des kamikazes agissent seuls.

— On savait que ça arriverait un jour, pas vrai ? demande Babak, et Britta hoche la tête. C'était seulement une question de temps. Rien de dramatique.

Britta hoche de nouveau la tête. Puis la colère s'empare d'elle.

— C'était qui, bon sang ?

Ses deux poings s'abattent sur la table, renversant sa tasse de café tout juste remplie et transformant le contenu du joli sucrier en une mixture brune. Babak n'a pas besoin de se précipiter en bas des escaliers pour nettoyer les dégâts – le torchon et l'éponge sont déjà prêts sous le plateau, et en voyant ça, Britta se laisse retomber dans le fauteuil.

— Tu es incroyable, Babak.

— Comment ça ? (Il prend une mine candide.) Après tout, on travaille sur pronostics.

Ils échangent un grand sourire.

— Ne t'en fais pas, dit Babak. On va régler tout ça.

Pendant qu'il éponge, elle soulève le plateau. Les documents ont beau avoir été épargnés, Babak passe quand même le torchon sur les pochettes. Britta tire son exemplaire à elle. Des biographies et des pages entières de métadonnées qu'elle est incapable de déchiffrer à l'œil nu.

— Tu n'as rien laissé au hasard.

Un sourire fugace se dessine sur le visage de Babak pour en disparaître aussitôt, il ne veut pas montrer à quel point ses compliments lui font plaisir.

— Malheureusement, il n'y a pas grand-chose d'exploitable, dit-il. Pas de visites de sites terroristes, pas de vidéos, rien en préparation. Andreas était actif sur Facebook depuis plusieurs semaines, avec des contacts arabes, effectivement, *In schah Allah* par-ci, *al Hamdu lillah* par-là, et des émoticônes en veux-tu en voilà. Les fumisteries habituelles de ceux qui ne connaissent pas un mot d'arabe. Il a aussi posté quelques vidéos de prédicateurs, dont de la propagande djihadiste.

— On en revient à l'islam, donc.

— J'en sais rien. Tout ça reste assez superficiel.

— Mort aux mécréants ?

— Bien sûr.

— Et de qui est venue l'info ?

Babak hausse les épaules, Britta le regarde d'un air pensif.

— Cette histoire ne te plaît pas.

Babak lève les mains dans un geste de dénégation.

— Je ne fais que rassembler les informations.

— Que te dit ton intuition ?

— Que ça n'a rien à voir avec l'islam. C'est peut-être censé en donner l'impression. Mais rien de plus.

Britta hoche la tête.

— Il y a déjà eu une conférence de presse ?

— Ça viendra dans la journée. Mais de toute façon, ils ne savent rien. Ne comptons pas dessus.

Ils se taisent un petit moment, et un bruit que Britta n'avait jusque-là perçu qu'inconsciemment s'impose à leurs oreilles. Un ronronnement électrique, accompagné par le bourdonnement d'un gros ventilateur. Le bruit monte par l'ouverture de l'escalier en colimaçon, semble faire tanguer le sol et les meubles, envahit la pièce, familier et apaisant – c'est le fond sonore de leur vie professionnelle.

— Lassie tourne, dit Britta.

— Depuis hier soir.

— Les résultats arrivent quand ?

— D'un moment à l'autre.

Britta feuillette son dossier. Elle espérait plus de photos. Les deux clichés disponibles sont des agrandissements, un peu flous, pas très parlants. Pourtant, Britta a l'impression de connaître un des deux hommes.

Babak a un geste d'impuissance.

— Ce sont les meilleures images que j'ai pu trouver. On voit les ceintures, mais impossible de dire ce qu'il y a dedans.

— Du TATP ?

Babak hausse de nouveau les épaules.

— Que disent les listes de courses ? demande Britta.

— Fromage en tranches et fil dentaire. Aucun des deux n'a rien acheté d'intéressant.

— On trouve de l'acétone et du peroxyde d'hydrogène dans toutes les pharmacies.

— En général, il y a quand même des recherches faites au préalable.

— Le mort était chimiste.

— La fabrication de ceinture ne fait pas partie de la formation. Il faut un minimum de connaissances en électrotechnique.

— Ils n'ont pas pu aller s'équiper à l'étranger ?

— Ils ne sont pas allés à l'étranger. Et puis, le TATP est bien trop explosif pour être transporté sur de longues distances.

— Ou alors, ils ont fait leur petite tambouille eux-mêmes. Après tout, rien n'a sauté.

— Je crois que les forces de l'ordre sont intervenues avant qu'ils n'atteignent leur objectif. Ils n'ont pas eu le temps de passer aux choses sérieuses.

— Babak, tu m'énerves.

— Désolé, Britta, je sais ce que tu veux entendre.

— Mais tu ne veux pas le dire.

— Ce sont seulement des spéculations.

— Tu ne crois pas à la théorie des loups solitaires. Tu penses qu'ils ont eu de l'aide. Que ce sont des émissaires.

Avant que Babak ait pu répondre, l'imprimante du sous-sol se met à trépider.

— Lassie livre.

Britta se force à rester assise le temps que Babak dévale l'escalier pour récupérer l'impression. Mais en le voyant revenir, elle se lève, et ils se retrouvent nez à nez comme s'ils étaient tombés par hasard l'un sur l'autre, lui avec une feuille de papier à la main, elle avec un point d'interrogation sur le visage. Babak brandit le document.

— Markus : 2,5. Andreas : 2,8.

— Répète.

— 2,5 et 2,8.

Britta se sent blêmir. Le regard de Babak se fige, comme si le cerveau derrière venait de s'éteindre. Un ange passe, ils se regardent. Babak est le premier à retrouver l'usage de la parole.

— Selon Lassie, ils n'avaient aucune envie de se suicider.

3

En réalité, Britta n'aime pas les terrains de jeux. Ça la rend triste de voir ce que deviennent les gens qui n'en ont que pour leurs enfants. Des pères qui s'esquintent le bras à pousser la balançoire pendant des heures. Des mères qui se promènent à quatre pattes dans des tunnels en plastique en grognant comme des cochons. Des couples qui construisent avec enthousiasme un château de sable à quatre mains pendant que leur gamine de trois ans regarde dans le vide d'un air blasé. Britta n'aime pas les biberons ni les crackers au riz. Ça l'insupporte d'entendre des femmes passer leurs après-midi à discuter des capacités intellectuelles hors normes dont les caprices de leur progéniture seraient le symptôme. Britta aussi aime sa fille. Mais à l'inverse des autres parents, elle n'utilise pas Vera comme substitut à tout ce qu'ils ont perdu : la politique, la religion, l'esprit de groupe et l'espoir d'un monde meilleur.

Et pourtant, tous les deux ou trois jours, elle se retrouve au bord du terrain de jeux du parc municipal, avec Janina à ses côtés et un gobelet de thé vert à la main. Ces temps-ci, Richard reste souvent au bureau jusqu'à tard le soir, et Britta s'ennuie toute seule à la maison avec Vera. Elle n'est pas douée pour feuilleter des livres d'images, changer la couche aux poupées, ni acheter du faux pain à l'épicerie. Et elle n'a aucune envie de canarder des peluches en compagnie de méga-Melanie et de méga-Martin. Elle préfère encore être coincée au parc municipal avec Janina, à regarder les deux filles faire les folles et les autres parents jouer aux parents.

Ses longs cheveux détachés, Janina se prélasse sur la pelouse avec un café, comme sortie d'un tableau de Klimt. À côté d'elle, Britta est assise bien droite pour limiter au strict minimum le contact avec l'herbe. Derrière elles, un groupe Le Sport pour tous fait du yoga. Quand ils lèvent les bras pour se pencher en avant d'un même mouvement, on dirait qu'ils se prosternent devant Britta et Janina.

— Comment va Richard ?

— Il a beaucoup de travail.

— Ça s'est arrangé chez Swappie ?

— Pas vraiment. Emil et Jonas continuent à se comporter comme des gamins.

Pendant que Britta va au travail en toute détente, impatiente de retrouver Babak avec lequel elle discute des derniers ragots de la Silicon Valley en buvant un café, Richard doit affronter chaque jour des investisseurs en capital-risque à l'ego surdimensionné et les petites disputes de couple de ses associés, sans même être payé pour ça. À la place de Richard, elle serait jalouse, et pas qu'un peu. Il ne l'est pas, et elle lui en est sincèrement reconnaissante. Il est content que ça marche pour elle, même s'il n'a pas la moindre idée de ce qu'elle fait vraiment. Ça ne le dérange pas qu'elle gagne de l'argent et pas lui – il est aussi tendre et drôle qu'au premier jour.

— J'ai quelques rendez-vous à l'extérieur dans les prochains jours. Est-ce que Vera pourrait aller chez vous après l'école ?

— Pas de problème, répond Janina sans hésiter.

Vera et Cora ont arrêté de courir partout pour s'atteler à la construction d'un ambitieux château : elles humidifient soigneusement le sable et, à l'aide de seaux en plastique, forment des pâtés qui font office de fondations. Après les avoir observées un moment, Janina se laisse retomber sur le dos pour regarder le ciel.

— Et de ton côté ? demande Janina.

— Comment ça, de mon côté ?

— Comment ça se passe au cabinet ?

— Super bien.

Ce n'est pas un mensonge. Dès le deuxième trimestre, Babak et elle s'attendent à voir le chiffre d'affaires multiplié par deux par rapport à l'année passée.

— C'est drôle, non ? (Janina parle d'une voix nonchalante.) Plus les gens vont mal, plus ça va bien pour vous.

Un petit garçon rondouillard est arrivé et tourne autour du chantier des filles. Britta est trop loin pour entendre ce qui se dit. Mais il est clair que Vera et Cora ne veulent pas laisser le petit gros jouer avec elles.

Janina se redresse sur ses coudes.

— Tu as une explication pour ça ? Pour l'augmentation du taux de suicides ?

En réalité, on pourrait tapisser des murs entiers de thèses au sujet de ce phénomène. Peur de l'avenir. Burnout. Brouillage des frontières entre les genres. Deuxième crise financière. Éclatement de l'Europe. Abandon des classes inférieures. Discrimination croissante des groupes marginaux. Mauvaise alimentation. Sentiment d'isolement. Manque d'activité physique. Décadence. Complexe de culpabilité. Échec des parents des années 1990 à éduquer leurs enfants.

— Je crois qu'il y a un trou au fond de nous, dit Britta.

Le petit gros se traîne jusqu'à la balançoire, se balance deux ou trois fois sans conviction, puis revient au château de sable à moitié terminé pour regarder Vera et Cora mouiller inlassablement le sable, remplir les seaux et empiler les pâtés sur les remparts.

— Nous n'avons aucune idée de qui nous sommes. De qui nous voulons être. Ou devrions être.

— Je ne sens pas de trou.

— C'est bien pour ça que tu ne viens pas à mon cabinet.

Janina éclate de rire. L'espace d'un instant, Britta se demande comment ce serait de suivre le programme avec une femme comme Janina. Depuis tout ce temps, elle n'a travaillé qu'avec des hommes. Le petit gros s'est mis à jeter du sable sur le château. Vera lui dit d'arrêter, ou quelque chose dans ce goût-là – même de loin, Britta reconnaît sa tête qui dit "non". Et là, le garçon flanque un coup de pied dans les remparts, faisant s'effondrer une bonne partie du château.

— Maman ! s'écrient Cora et Vera en chœur.

— Quel petit con, dit Janina.

Le garçon recommence, il enchaîne les coups de pied et piétine au sol ce qu'il vient de démolir.

— Maman ! hurle Vera. Il casse tout notre château !

— Mets-lui-en une ! répond Britta sur le même ton.

Elle sent le regard étonné de Janina. Même Vera reste interdite quelques instants, jaugeant le garçon qui la dépasse d'une bonne tête. Puis elle bondit en avant, manifestement décidée à se servir de ses pieds plutôt que de ses mains, et vise la jambe du garçon – bien joué, pense Britta en voyant la basket de Vera percuter le tibia du petit gros. Le gamin pousse un hurlement, un cri d'incrédulité plus que de véritable douleur, et file en pleurnichant chercher sa maman.

— Mais enfin ! s'écrie une mère assise dans l'herbe quelques mètres plus loin, en train de bercer un bébé. C'est ça que vous voulez apprendre à votre fille ? À résoudre les conflits par la violence ?

— Selon vous, il vaut mieux quoi ? rétorque Britta. Que je lui apprenne à la boucler plus tard quand elle se fera violer ?

L'autre mère secoue la tête, rassemble ses affaires et se lève pour aller s'asseoir ailleurs.

— Ou à regarder quelqu'un se faire battre à mort devant dix autres personnes qui restent bras croisés ? (Plus l'autre s'éloigne, plus Britta hausse le ton.) Vous vous croyez supérieure sous prétexte que vous passez votre vie à éviter les ennuis ? Vous croyez que ne rien faire est utile au reste du monde ?

Une fois que l'autre n'est plus à portée de voix, Britta se laisse retomber en arrière, épuisée.

— Qu'est-ce que c'était que ça ? demande Janina en riant après s'être redressée.

— Aucune idée. Il faut que je me dégourdisse les jambes.

Britta se lève. Parfois, elle arrive à calmer ses nausées en se promenant un peu. Elle fait le tour du terrain de jeux où Vera et Cora sont en train de reconstruire leur château détruit et, quand elle se sent mieux, elle retourne voir Janina.

— Tu n'es pas enceinte, quand même ?

— N'importe quoi, dit Britta. Tu es prête ?

— À vous l'honneur.

Elles appellent ça le jeu du dilemme. L'une d'elles décrit une situation délicate où il faut prendre une décision, et l'autre doit dire ce qu'elle ferait. Britta finit son café avant de jeter le gobelet.

— Tu vois la poubelle là-bas ?

Janina regarde dans la direction en hochant la tête.

— Dedans, il y a une bombe qui va exploser d'ici cinq minutes.

Britta trouve l'exemple amusant, car elle est certaine à cent pour cent que cette poubelle ne va pas sauter, ni aujourd'hui, ni demain, ni dans les semaines qui viennent – aucun attentat n'aura lieu nulle part dans le pays. C'est en tout cas ce qu'elle aurait affirmé avec certitude il y a encore vingt-quatre heures.

— Tu as pris le terroriste la main dans le sac, et tu l'as capturé. Il est le seul à connaître le code pour désamorcer la bombe. Qu'est-ce que tu fais ?

— Je prends la bombe et je la jette dans l'étang.

— Si tu la touches, elle explose. Tu meurs avec toutes les autres personnes présentes.

Janina soupire. C'est Britta qui a inventé ce jeu, et Janina y joue pour lui faire plaisir, même si au fond elle trouve ça plus pénible qu'autre chose.

— Je raisonne le terroriste.

— Il te rit au nez.

— J'appelle la police.

— Pas le temps.

— Tu veux savoir si je lui mets mon poing dans la figure ? Si je le tabasse jusqu'à ce qu'il désamorce la bombe ?

Britta hausse les épaules.

— Qu'est-ce que tu ferais ?

Janina réfléchit quelques instants.

— Honnêtement ? J'attraperais Cora et Vera, et je courrais le plus vite possible. Pour nous mettre en sécurité.

— En laissant les autres enfants mourir ?

— J'ai répondu. À mon tour.

Britta hoche la tête en souriant. Elle peut de nouveau respirer, toute trace de nausée a disparu. Le jeu du dilemme la soulage à tous les coups.

— Tu es en voiture dans le quartier, et là, un chat saute sous tes roues. Tu lui rentres dedans, mais il n'est pas mort.

— On n'a pas déjà eu un truc dans le genre, récemment, avec un chien ?

— Le chat est au bord de la route, il râle, il gémit, mais c'est clair : il n'a aucune chance de survie. Qu'est-ce que tu fais ?

— La même chose que la dernière fois. Je continue à rouler.

— Tu ne descends même pas ?

— Pour quoi faire ?

— Tu pourrais aller chercher de l'aide.

— Mais tu as dit qu'il n'avait aucune chance de survie.

— Et si c'est le chat d'une famille ? Les enfants trouveront leur animal à l'agonie dans le caniveau.

— Ça leur apprendra à ne pas traverser la rue n'importe comment. Qui sait, peut-être que ça leur sauvera la vie un jour ?

— Je ne sais pas. (Janina se secoue.) Je trouve ça un peu… brutal.

Britta regarde une grand-mère avancer à petits pas sur le chemin de graviers en tirant derrière elle un minuscule chien en laisse, de ceux qu'on achète seulement dans le but d'avoir encore quelqu'un sur qui passer ses nerfs dans la dernière ligne droite de l'existence.

— Toi aussi, tu as pris tes jambes à ton cou devant la bombe, dit-elle. Pas la peine de faire l'hypocrite.

Son ton est plus cassant que prévu, ce qui n'échappe pas à Janina. Elle regarde Britta d'un air pensif.

— Tu es bizarre aujourd'hui.

— Désolée. Un peu stressée par le travail.

— Je connais ça.

Janina a beau hocher gravement la tête, elles savent toutes les deux que ce n'est pas vrai. Elle ne connaît que la pénurie de contrats et les périodes creuses à répétition. Être stressé par le travail, c'est le rêve des gens comme Knut et Janina. Soudain, Britta a un élan d'affection. Elle sait ce que Janina s'apprête à lui demander. Parfois, la précision avec laquelle elle est capable de prédire ce que les gens vont faire l'étonne elle-même. Comme si une partie des facultés de Lassie avait déteint sur elle.

— Si jamais on achète cette maison pour de bon… (Janina enroule une mèche de cheveux autour de son doigt en regardant par terre.) Tu nous prêterais l'argent ?

4

Ils se sont disputés. Babak ne démordait pas d'une des règles fondamentales du Pont, qui veut qu'on ne se déplace qu'en cas d'urgence absolue. Et est-ce vraiment une urgence ? Britta n'avait pas réellement d'argument à lui opposer. Elle ne sait pas elle-même quel est le but exact des visites qu'elle prévoit de faire. Occuper le terrain. Chercher des indices. Faire comprendre à leur clientèle que Le Pont n'est pas responsable du désastre de Leipzig. Babak répétait en boucle qu'il pouvait très bien s'agir de deux fous furieux qui auraient pris seuls l'initiative et auraient voulu en rajouter une couche à coups de *"Jalla jalla"*.

— Avec un score inférieur à 3 ? a demandé Britta, et Babak n'a pas répondu.

La possibilité que Lassie se soit trompée est exclue. L'algorithme est au point, il est extrêmement intelligent, autoadaptatif, parfaitement dressé. Babak travaille à le développer depuis les débuts du Pont. Il a mis Lassie au monde, il la nourrit, la soigne, l'entraîne, la félicite quand elle fait les choses bien, la corrige quand elle commet des erreurs, ce qui n'arrive pratiquement plus jamais. Dès ses premiers résultats, Lassie a dépassé toutes les espérances. C'était il y a onze ans et, depuis, l'algorithme s'est amélioré à chaque utilisation. Lassie n'est pas Google, mais elle est à la pointe de son domaine. Elle est autant chez elle sur le Web visible que sur le Darknet. Elle part, nez au sol, flairer les recoins clairs et obscurs de la communication humaine pour créer des connexions. Simultanément, elle réalise des estimations en attribuant une note de 1 à 12 sur l'échelle des envies de suicide développée par Britta. Les scores inférieurs à 3 correspondent à des tendances suicidaires pratiquement inexistantes.

Dans le fond, il n'y a que deux explications possibles. Soit un concurrent a des vues sur le marché, et il s'y prend comme un pied. Casting pourri, planning pourri, briefing pourri. Soit – le "soit" est plus compliqué. Soit on s'est bien foutu de la gueule des deux garçons.

Britta enfonce ses écouteurs dans ses oreilles pour écouter Molly Richter en regardant le paysage défiler par la fenêtre. Au-dessus de sa tête, un écran annonce que la météo va se dégrader, que Regula Freyer poursuit son voyage en Turquie et que le nombre de juges constitutionnels va être réduit à trois, par souci d'efficacité. Au bout de quatre heures, le train entre en gare de Cologne, où Britta doit faire un autre changement.

À son arrivée à Bonn Bad Godesberg, comme il lui reste un peu de temps avant son rendez-vous, elle décide de traverser le centre-ville à pied plutôt que de prendre un taxi. C'est fou comme Bonn a changé ces dernières années. À l'époque où Britta commençait à se déplacer ponctuellement pour rencontrer des commanditaires, les médias se proposaient de rebaptiser Bad Godesberg "le petit Bagdad". Tout autour de la Theaterplatz, les boutiques de vêtements avaient fermé – à la place, les salons de thé poussaient comme des champignons. Les librairies escamotaient certains ouvrages de littérature générale pour mettre le Coran en vitrine. Au milieu de la vaste zone piétonne, des hommes en turban promenaient leurs femmes voilées de noir. Comme la ville était devenue une destination de choix pour le tourisme médical en provenance des Émirats, les magnats du pétrole dont les milliards auraient pu sortir des peuples entiers de la misère préféraient se rendre à Bonn avec leur suite pour s'y payer des by-pass, des hanches en titane ou de nouvelles dents. À certains coins de rue, le sol était recouvert de bougies allumées, d'ours en peluche et de bouquets de fleurs, avec des photos de jeunes hommes et des messages écrits à la main, *"Je t'aime, Nils !"*, *"Amir, tu nous manques"*, immigrés tués par des extrémistes de droite ou lycéens privilégiés battus à mort par des Maghrébins.

Depuis que Regula Freyer, avec ses pantalons moulants et ses coupes racées, a entamé son second mandat, les salons de thé et librairies spécial Coran ont disparu. La zone piétonne a été agrandie, la circulation limitée dans une bonne partie du centre-ville. La chaussée refaite, les façades des immeubles repeintes, les parterres à étages coquettement fleuris. Les uniformes orange des brigades de nettoyage attirent le regard à tous les carrefours. Des gens vêtus de T-shirts rouges "Le Sport pour tous" défilent à la queue leu leu dans les ruelles, le cliquetis des bâtons de marche nordique remplit l'air. Britta ne saurait pas dire si elle préférait avant. Les burkas ne lui ont jamais posé problème – en revanche, c'est plus propre maintenant. Elle sait seulement que le résultat n'est pas celui que tout le monde attendait, et que le mieux à faire est d'accepter les choses comme elles sont. D'autant que dans le contexte actuel, son cabinet gagne plus d'argent d'année en année.

Le Dubai Lounge est un vestige de cette époque révolue, niché dans un coin de la zone commerciale de la vieille ville où il a dû être oublié au moment du grand ménage. Quand Britta arrive, Hassan est déjà assis – ou plutôt vautré – à sa place habituelle, un fauteuil en rotin bas avec vue sur le rideau aux airs de tapis qui dissimule l'entrée. À en juger par sa posture, il a passé les trois derniers jours dans ce fauteuil.

Le Dubai Lounge n'a pas de fenêtres et est tellement grand que le fond de la salle se perd dans le flou. La lumière tamisée des ampoules faiblardes sous les abat-jours pseudo-orientaux crée un fuseau horaire indépendant, comme s'il était deux heures du matin en permanence. Un bar carré trône au milieu de la pièce, quatre comptoirs disposés en équerre avec un petit espace pour passer, une construction monstrueuse faite de bois sombre et de fioritures dorées qui paraît étrangement vide, car il n'y a ni tireuse à bière, ni shaker à cocktail, ni seau à champagne, ni vitrine lumineuse pour whisky de luxe, ni bouteilles d'alcool fort à bec doseur suspendues à l'envers. L'endroit est tellement *halal* que si on ne connaissait pas le principe du blanchiment d'argent, on se demanderait ce que vend la maison.

Le seul élément animé du mobilier est une serveuse maquillée comme une voiture volée accoudée derrière le bar, style islam disco, avec un foulard rose vif et un haut à franges censé faire penser aux *Mille et Une Nuits*. La jeune fille pianote sur son smartphone d'un air blasé et ne lève même pas les yeux quand Britta tire le rideau. À part Hassan et les deux femmes, le Dubai Lounge est complètement désert.

En voyant Britta approcher de la table, Hassan ne cille pas, ne prend pas la peine de se lever, mais lance un : "Hey, bitch, quoi de neuf ?" en agitant mollement la main – geste qui, dans son cas, doit être interprété comme l'expression d'une sympathie particulière.

Britta le connaît depuis toujours, depuis les tout débuts du Pont. À l'époque, Hassan venait d'avoir seize ans, c'était une petite frappe parmi les grandes, envoyée par un oncle ou un cousin quelconque pour tâter le terrain. Il faisait comme si négocier avec une femme lui donnait mal au cœur. Il casait à tout bout de champ des expressions arabes dans ses phrases, alors que Britta aurait mis sa main à couper qu'il ne parlait pas trois mots de cette langue. Mais face à une organisation internationale comme Daech, on pouvait s'estimer heureux d'avoir un interlocuteur attitré.

À l'époque, quand elle lui avait proposé le marché, il avait secoué la tête avec un sourire en coin. Pourquoi se serait-il embarqué là-dedans ? Ils avaient leurs propres hommes, et en nombre plus que suffisant. Et puis, les règles du Pont étaient contraires au principe de violence décentralisée et pseudo-anarchique propre à Daech. Il avait congédié Britta comme on chasserait une mouche. Mais sitôt l'accord de paix négocié avec la Syrie et Assad envoyé en exil, Hassan l'avait recontactée. Désormais, Daech se félicite de pouvoir, grâce au Pont, mener à l'occasion une opération propre dans un cadre propre, afin de prouver qu'il existe encore.

Hassan n'a pas changé, ses boutons n'ont pas disparu, ses baskets sont toujours rouges. Un jean élimé, un T-shirt blanc et des lunettes de soleil qu'il n'enlève jamais, même à l'intérieur. Un type comme les autres, qui tourne en rond dans le magasin de tapis de son père, dans le centre-ville de Bonn, et a toujours été plus intéressé par son abonnement Netflix que par le djihad. Pas un fanatique, juste quelqu'un qui fait le boulot parce qu'il le faut. Tout ce qu'il reste d'une organisation multinationale qui a fait vivre un enfer à l'Occident.

— Tu as quelque chose pour nous ?

Comme chaque fois, il y a une certaine impatience dans la question de Hassan. Ses chefs doivent lui mettre la pression – la dernière opération remonte à un moment. Histoire de gagner du temps, Britta fait de grands signes à la serveuse pour attirer son attention et commande un thé. En attendant que la boisson arrive, elle garde le silence et se demande si Hassan bluffe. Manifestement, il n'a aucune idée de la raison de sa venue. Avec ses lunettes de soleil, ce n'est pas facile de lire dans ses pensées. Britta décide de passer à l'offensive.

— C'était vous ?

— Hein ? Nan.

— Vous l'avez revendiqué.

Il se tait quelques instants. Les miroirs aveugles aux reflets noirs qui cachent ses yeux reposent sur Britta. Il ne dit pas ce qu'ils savent tous les deux – que Daech ne laisse jamais passer une occasion de revendiquer tout et n'importe quoi.

— C'est ça, ta question ? Tu déconnes ?

Britta dégaine son sourire professionnel.

— Vous êtes des clients de longue date, Hassan. C'est mon boulot. Le Pont vous a contrarié ? N'a pas répondu à vos attentes ? Vous n'êtes pas satisfaits des transactions précédentes ?

— Qu'est-ce que tu veux, au juste ?

— Ne te fais pas plus bête que tu n'es. Je veux savoir si Le Pont a de la concurrence.

La franchise de Britta fait rire Hassan. Il secoue la tête d'un air amusé.

— Tu sais à quoi ça me fait penser, toutes tes conneries, là ? (Il prend une gorgée de thé en faisant la grimace, comme s'il aurait préféré commander une bière.) Saison quatre, épisode trois. Le moment où Tywin dit à Tommen – c'est le deuxième fils de Cersei, et Joffrey vient de mourir, il a été assassiné, du coup Tommen va monter sur le trône – qu'un bon roi n'a pas besoin d'être pieux, ni d'avoir le sens de la justice, ni d'être fort, mais seulement d'écouter ses conseillers. C'est génial, ce truc.

Hassan est obsédé par *Game of Thrones*, et sous prétexte qu'il passe sa vie à regarder une horde d'acteurs en costumes moyenâgeux et manteaux de fourrure se balader à grandes enjambées, il croit comprendre tout sur tout.

— C'est quoi, le rapport avec moi ? demande Britta.

— Tu devrais écouter Babak. Tu n'as rien à faire ici.

5

Moins de vingt-quatre heures plus tard, Britta est de nouveau dans le train, cette fois direction Leipzig. Il pleut des cordes depuis ce matin. Dehors, le monde perd ses contours et vire à la tache de gris au milieu de laquelle les balises rouges des éoliennes clignotent d'une manière fantomatique. Alors qu'elle a l'habitude de se mettre sur son trente et un pour ses rendez-vous clients, Britta porte de bonnes chaussures, un jean et une veste imperméable à capuche – il y a de fortes chances qu'elle doive passer du temps à l'extérieur. Le plafonnier est allumé et baigne le compartiment de la couleur typique de l'éclairage artificiel par temps de pluie, ça sent les parapluies mouillés et les fringues humides, les cheveux qui sèchent et les chaussures trempées. Les gens paraissent plus réels aujourd'hui, ils ont moins l'air de comédiens et plus de véritables êtres vivants, peut-être parce qu'ils ont un peu froid, peut-être parce qu'ils profitent ensemble de leur petit confort en sachant que d'autres en bavent en ce moment, notamment tous ceux qui sont dehors sous la pluie au lieu d'être au sec dans un train qui fend les trombes d'eau.

Juste avant le départ, Babak a appelé pour essayer une dernière fois de la faire changer d'avis.

— Prendre le train pour un oui ou pour un non, ce n'est pas une bonne idée.

— Appeler sur le portable non plus, a-t-elle rétorqué.

Il s'est contenté de raccrocher. C'est la première fois qu'il fait ça. Britta n'a pas l'habitude de se disputer avec Babak. On dirait que le monde est de travers.

Dans le carré d'en face, un monsieur d'un certain âge lit un article à sa femme sur son smartphone. Il y est question du seuil électoral qui va passer de cinq à quinze pour cent afin d'augmenter l'efficacité de l'action parlementaire. Quand l'homme entreprend d'expliquer les avantages de cette initiative, Britta enfonce ses écouteurs dans ses oreilles.

Elle regarde les gouttes de pluie faire la course à l'horizontale sur la vitre en pensant à Babak. Chaque fois qu'elle prend le train pour Leipzig, elle pense à Babak, car c'est la ville où ils se sont connus.

La première fois qu'elle a vu Babak, il était près de la rambarde d'un pont de S-Bahn à Leipzig. Il faisait noir, la lumière orange d'un lampadaire éclairait son corps massif, ses épaules tombantes et son dos voûté. Britta portait des chaussures de course, une tenue de sport moulante et un bracelet fitness qui enregistrait ses données vitales. Elle traversait le pont, son trajet habituel pour se rendre au parc Clara-Zetkin où elle allait courir le soir histoire se défouler après l'ennui de ses cours de gestion. C'était l'automne, l'Allemagne était sur le point de devenir championne du monde de foot. L'afflux de réfugiés n'avait pas encore commencé, la Grande-Bretagne n'avait pas encore quitté l'Union européenne, le chômage et les taux d'intérêt étaient à un niveau historiquement bas. L'Allemagne était le plus chanceux de tous les pays, sans en avoir conscience le moins du monde.

Il y avait quelque chose de curieux dans la manière dont Babak fixait les rails. Le lendemain soir, il était au même endroit, et le soir d'après aussi. Chaque fois qu'elle le voyait, Britta sentait la colère monter. Elle hésitait à changer de trajet pour se rendre au parc, mais elle aurait dû faire un détour et courir le long d'un gros axe routier, ce dont elle n'avait aucune envie. Le cinquième soir, elle s'est arrêtée juste derrière Babak pour l'interpeller.

— Saute ou laisse tomber, mais ne reste pas planté là.

Babak a sursauté comme s'il avait pris un coup.

Quand Britta s'est remise en route, il s'est joint à elle. Elle voulait courir, il était lent comme un escargot. Elle s'est calée sur son rythme sans savoir pourquoi. Impossible de partir en courant. Ils avançaient d'un pas lourd, côte à côte, deux promeneurs mal assortis en vadrouille à travers la nuit.

Le parc Clara-Zetkin sentait déjà l'hiver, et pour un début novembre, il ne faisait pas chaud. Dans ses minces vêtements de course, Britta commençait à avoir froid. Babak a enlevé sa veste pour la lui tendre sans un regard. En dessous, il était en T-shirt. La veste sentait la lessive bon marché et n'avait pas dû être désinfectée depuis une éternité. Pourtant, ça amusait Britta de la porter. C'était comme une immense tente protectrice.

Dans l'allée bordée de hauts platanes, les lampadaires à l'ancienne projetaient à leurs pieds des ombres qui grandissaient et rétrécissaient, prenaient de l'avance et restaient en arrière. La lune dessinait des flaques blanches sur les pelouses. Les sentiers crissaient sous leurs semelles, des merles psychotiques chantaient aux carrefours éclairés. D'un coup, Babak s'est mis à parler. Les mots jaillissaient de sa bouche comme si on avait ouvert une vanne.

Il était arrivé en Allemagne tout petit avec ses parents, et son père, qui était médecin, y avait ouvert une épicerie tandis que sa mère s'occupait de la maison et des enfants. Depuis que Dieu les avait sauvés de la guerre, ses parents étaient de plus en plus croyants. Ils emmenaient tout le temps Babak à la mosquée, où on lui enseignait que l'amour entre deux hommes était un péché. Il avait fini par se bricoler un ordinateur, et depuis, il vivait dans des mondes qu'il était le seul à comprendre.

Quelques jours plus tôt, son frère aîné, Murad, l'avait surpris en train de surfer sur un site de rencontres gay. Depuis, Babak traînait nuit et jour dans la rue, de peur de croiser son frère. Il évitait sa mère et n'allait plus travailler à l'épicerie, parce qu'il ignorait ce que Murad avait raconté à leur père.

Babak disait qu'il ne savait pas quoi faire de cette vie de merde, pas quoi faire de sa peau, lui ce gros nerd homo sans diplôme, qui n'était ni allemand en Allemagne ni irakien en Irak, qui n'avait rien, ni argent, ni amis, ni voiture, et que les filles n'intéressaient même pas.

Britta l'a laissé parler, ils ont traversé le parc et sont arrivés à la Gottschedstraße, où les bars s'alignaient les uns à côté des autres. Même avec la veste de Babak, Britta s'était remise à avoir froid, elle a ouvert la première porte venue et s'est engouffrée dans la chaleur, la lumière et le brouhaha des voix. Ils ont trouvé une petite table libre dans un coin et s'y sont assis. Britta a commandé un thé vert pour elle et une bière pour Babak.

— Je ne bois pas d'alcool, a-t-il dit.

— Bois, a répliqué Britta, et Babak a obéi. Bon, a-t-elle repris avec la tasse brûlante entre les mains, fini le bureau des pleurs.

Babak l'a regardée sans dire un mot.

— Pas d'avenir, pas d'identité, pas d'argent et pas moyen de tirer son coup, a-t-elle poursuivi. Tout ça, c'est juste des histoires d'ego. Il n'y a franchement pas de quoi en finir.

— Qui dit que je veux me suicider ?

— Que tu te jettes du pont ou non, je m'en fiche. Mais quitte à sauter, autant le faire avec un peu de dignité.

Babak a pris une gorgée, l'air perdu.

— Tu veux que je me suicide, mais pour de bonnes raisons ?

— Et de la bonne manière.

Ils se sont regardés – ils ne savaient ni l'un ni l'autre si Britta était sérieuse ou non.

— Réfléchis-y, a-t-elle insisté en posant une main sur son avant-bras. Te suicider, ça te donne un pouvoir incroyable. Quoi que tu fasses, tu ne seras jamais sanctionné. Pour un bref laps de temps, tu peux être qui tu veux et faire ce qui te plaît. Tu es le roi du monde. L'arme la plus dangereuse qui soit.

À dire vrai, Britta elle-même ne savait pas ce qu'elle racontait ni pourquoi. C'était comme si elle avait le bout de quelque chose entre les mains et qu'elle tirait dessus sans avoir la moindre idée de ce qu'elle allait découvrir.

— Tu es complètement barge.

Babak a secoué la tête, mais quand elle lui a commandé une deuxième bière, il n'a pas protesté. Il l'a descendue d'un trait avant de commander lui-même la troisième.

— Selon toi, qu'est-ce que je dois faire ?

Britta a haussé les épaules.

— Devenir djihadiste. Après tout, tu es plus ou moins arabe.

— Ces mecs vont trop loin pour moi.

— Séparatisme ? Écologie ? Mouvement Occupy ?

— Nan.

— Tu veux peut-être retourner dans ton ancien lycée pour tirer dans le tas ?

— Sûrement pas.

— Tu n'es vraiment pas un cadeau.

Ils ont tous les deux éclaté de rire.

— Dans ce cas, le djihad. (Britta s'est renversée en arrière sur sa chaise.) Il paraît qu'ils paient bien.

— Je ne cracherais pas sur un peu d'argent. Je le laisserais à ma mère. Elle pourrait s'acheter un lave-vaisselle.

— Vous n'avez pas de lave-vaisselle ?

— Et un aspirateur correct. Un Thermomix. Peut-être même une voiture à elle. Et des nouvelles fringues dans cette boutique où elle reste collée à la vitrine sans entrer. Je mettrais l'argent sur un compte auquel elle serait la seule à avoir accès. Et je rédigerais un testament lui interdisant de donner l'argent à mon père ou à Murad. Elle n'oserait pas ignorer ma dernière volonté. Elle serait obligée de s'acheter tous ces trucs, parce que je lui en donnerais l'ordre depuis l'au-delà.

Quand Babak souriait, on devinait ses vrais traits sous la graisse de son visage. Ils se sont de nouveau regardés, un long moment, et Britta a fini par lire quelque chose dans ses yeux. Une souffrance, une tristesse profonde, un manque – sans savoir pourquoi, elle a eu l'impression d'être en terrain connu.

— Je crois que j'ai une idée, a dit Britta.

— Au fait, comment tu t'appelles ? a demandé Babak.

Britta est tirée de ses pensées par un contrôleur qui lui réclame son billet. Le retraité du carré d'en face se plaint qu'il fait trop froid, on lui promet d'augmenter le chauffage. Après le départ du contrôleur, le calme revient dans le compartiment, comme si une étendue d'eau avait été brièvement agitée par un bateau à moteur. Les passagers retournent à leurs occupations respectives, Britta retrouve Molly Richter et se dit que si les écouteurs n'avaient pas été inventés, il y aurait encore plus de violence dans ce monde.

Ils se sont retrouvés les soirs suivants. Britta buvait du thé vert, Babak commandait sa bière lui-même, même si c'était toujours elle qui payait. Deux semaines plus tard, ils avaient le concept, et ils se sont mis au travail.

Selon les statistiques, rien qu'en Allemagne, environ dix mille personnes se suicident par an, dont trois quarts d'hommes, plus de la moitié par pendaison. Babak s'est lancé dans le développement d'un algorithme censé, grâce aux techniques du data-mining, du profiling et de la stylométrie, repérer en ligne les cibles potentielles. En parallèle, Britta élaborait une série de tests psychologiques et comportementaux, avec lesquels elle comptait mettre à l'épreuve la volonté des candidats d'en finir. Un cabinet de thérapie spécialisé dans la prévention du suicide. La majorité de leurs clients iraient reprendre leur vie, guéris à jamais de leurs idées suicidaires après avoir été brutalement confrontés à leur propre désir de mort. Resterait une poignée d'incorrigibles. Des gens décidés à mourir coûte que coûte, d'une manière ou d'une autre. Ils seraient mis en relation avec des organisations qui sauraient quoi faire d'eux. Qui leur donneraient un but, un sens, une cause à laquelle se sacrifier. Et qui paieraient pour ça. S'ils le souhaitaient, les clients pourraient laisser leur quote-part d'honoraires à un être cher.

Ils s'amusaient à tester des noms de société, RAM – Rent a Martyre, ou T'n'T – Therapie and Terror, en dessinant des logos sur des serviettes et des sous-bocks.

Pour finir, c'est Babak qui a trouvé le nom du futur cabinet de thérapie : Le Pont.

Britta a arrêté ses études de gestion pour commencer une formation de thérapeute. Elle apprenait à guérir les traumatismes par les mouvements oculaires, à identifier sous le désespoir existentiel des croyances sur lesquelles travailler, à appuyer sur certains points du corps en prononçant des mantras pour renforcer la confiance en soi. Rien qui lui serait utile pour son futur métier. Pendant qu'elle préparait ses examens, la version bêta de l'algorithme de Babak tournait, et les premiers noms sont tombés. Britta envoyait des invitations qu'elle réitérait jusqu'à deux ou trois fois, produisant de fausses références fournies par Babak pour être plus crédible. Elle appelait la prise de contact "acquisition proactive" et ce qu'elle proposait "méthode de confrontation". Si toutes les cibles ne réagissaient pas, une bonne partie d'entre elles répondaient, parmi lesquelles un petit nombre se déclaraient partantes pour un entretien préliminaire. Britta ne réclamait pas de contrepartie financière, les candidats n'avaient que leurs frais de déplacement à charge. S'ils étaient satisfaits du travail du Pont, libre à eux de verser la somme de leur choix.

Certains quittaient rapidement le programme et disparaissaient pour ne jamais revenir. D'autres étaient officiellement remerciés au niveau 4, 5 ou 7 de l'évaluation. Les candidats guéris faisaient des donations au Pont. Souvent, ils débordaient tellement de gratitude qu'ils se montraient très généreux.

Le premier candidat à réussir toutes les étapes de l'évaluation s'appelait Dirk, c'était un pédophile qui n'avait plus envie de vivre avec ses pulsions. Ils l'ont trouvé sur un forum de suicide où il débattait depuis des mois de la méthode la plus sûre pour en finir. Lassie bêta lui a d'emblée attribué un coefficient de 10,4 – la meilleure note jamais obtenue jusque-là. Dirk était tellement sûr de lui qu'il avait passé l'évaluation à toute vitesse et terminé avec un score supérieur à 11, ce qui, d'après les statuts du Pont, était plus que suffisant.

Quand Britta lui a proposé de se charger à sa place de toute la logistique afférente au suicide – régularisation de ses affaires personnelles, planification et exécution du processus avec une garantie de réussite de cent pour cent, enterrement dans une sépulture de milieu de gamme – en lui offrant en prime la possibilité de mettre sa mort au service d'une cause supérieure, Dirk en a pleuré de joie. Ils l'ont introduit auprès de Green Power, une organisation environnementale selon laquelle la planète se porterait bien mieux sans l'humanité. L'association se distinguait notamment par ses opérations spectaculaires dans le domaine de la pêche à la baleine.

Green Power était enthousiasmé par le modèle économique novateur du Pont, et Dirk par l'idée de se sacrifier pour la survie des baleines. On a vite trouvé un terrain d'entente, et une fois les derniers détails réglés, il ne leur restait plus qu'à attendre.

Babak, qui avait déjà perdu vingt kilos en programmant Lassie, en a perdu trois de plus. Britta a arrêté le thé vert en voyant que les tremblements provoqués par la caféine se propageaient de ses mains à ses bras. Pour finir, le flash info s'est répandu sur les sites d'actualité : une organisation environnementale classée comme écoterroriste avait coulé un baleinier norvégien en haute mer, l'un des activistes avait trouvé la mort. La vidéo YouTube postée peu de temps après par Green Power montrait un canot pneumatique qui fonçait tout droit sur le gigantesque baleinier avant d'exploser juste sous la proue. Il y a eu un million de vues en l'espace de quelques secondes. Britta et Babak ont passé la nuit à faire la fête.

Dirk tenait à ce que Le Pont touche l'intégralité des honoraires versés par Green Power en échange de l'opération, et pas seulement la quote-part convenue. Il avait également légué tout ce qu'il possédait à Britta et Babak, et laissé une lettre pour leur exprimer sa profonde reconnaissance et l'espoir que la passion et le professionnalisme qu'ils mettaient dans leur métier seraient à l'avenir profitables à bien d'autres. Grâce à cet argent, Babak et Britta sont partis pour Brunswick, ils ont loué le local commercial du passage Kurt-Schumacher et acheté leur premier parc de serveurs pour Lassie.

Britta adore son travail. Elle voit beaucoup de monde, ne dépend de personne et fait le bien autour d'elle. Sauver des suicidaires constitue de loin la majeure partie de son activité. À partir du moment où il y a recrutement de terroristes, Le Pont se soumet à un code de conduite strict – nombre limité de victimes, évitement soigneux de toute escalade, pas de dommages collatéraux. Peu à peu, les commanditaires se sont faits à ces conditions, et désormais, plus personne ou presque ne se lance dans une opération sans le soutien du Pont. Depuis la victoire du CCC, les organisations sont affaiblies, leurs causes ne sont plus aussi attractives, les martyrs sont difficiles à trouver. En tant que premier et jusqu'ici unique prestataire de services terroristes du pays, Le Pont a pacifié et stabilisé la branche. Il fait régner une atmosphère de menace, dans la juste mesure dont toute société a besoin. Et il a rendu riches Babak et Britta.

Mais au bout du compte, c'est autre chose qui emplit Britta de joie et de fierté. Depuis la fondation du Pont, elle vit et travaille en harmonie totale avec son époque. Si elle n'avait pas si souvent la nausée, elle se dirait sans doute heureuse.

6

Britta prend son temps pour descendre. Elle reste sur le quai jusqu'à ce que le train soit reparti et que les passagers arrivés à destination se soient dispersés. Puis elle regarde autour d'elle – dans sa tête, elle divise les alentours en carrés et les passe au crible un par un. Avec sa spectaculaire voûte en verre, la gare terminus de Leipzig vaut assurément le détour, mais ce sont les poubelles qui intéressent Britta. Il y en a une dizaine par quai, à bonne distance les unes des autres, de gros bacs en inox avec des trous pour y jeter le verre, le plastique, le papier et les déchets divers. Tant qu'aucun train n'entre en gare, Britta a une vue dégagée sur quatre des quais, des deux côtés, et si quelqu'un était en train de fouiller une des poubelles, elle ne pourrait pas le louper. Cela dit, les quais sont trop longs pour qu'elle puisse en voir l'extrémité, elle va donc devoir parcourir un bout de chemin chaque fois pour contrôler toutes les poubelles, ce qui, à raison de vingt et une voies, fera une sacrée trotte. Sans compter les poubelles du hall principal et des niveaux inférieurs où se trouvent les traditionnels snacks et boutiques de fringues – rien ne garantit qu'elle arrivera à trouver G. Flossen comme ça, la gare est assez grande pour ne pas se croiser de toute la journée.

Britta soupire en se disant que, contre toute probabilité, ça a toujours fini par marcher jusque-là. Flossen n'a ni portable ni boîte mail, et s'il a une adresse postale, Britta ne la connaît pas. Mais par ce temps de chien, il est relativement probable qu'il soit fourré quelque part dans le coin.

Elle est sur le point d'entamer ses recherches quand deux hommes en uniforme commencent à avancer dans sa direction. Les agents de sécurité se dirigent droit sur elle, il est trop tard pour les éviter.

— On peut vous aider ?

Les hommes se sont arrêtés juste sous son nez, la mine sévère et les mains posées sur leurs matraques et pistolets.

— À quoi donc ? réplique Britta.

— On ne voit pas bien ce que vous faites ici, reprend l'autre. Le prochain train ne part de cette voie que dans quarante-trois minutes.

— J'observe le toit, dit Britta. Ces arches en béton armé ne sont-elles pas incroyables ? Et ce vitrage. Six mille mètres carrés.

— Merci de poursuivre votre chemin. Vous vous trouvez dans une zone de transit.

En contrôlant sa respiration, Britta parvient à ravaler sa colère. Elle se dit que ces agents n'ont rien contre elle, que ce n'est pas personnel, qu'ils n'ont aucune idée de qui elle est ni de son activité professionnelle, ils font juste leur boulot. Et puis, c'est sa faute à elle. Elle aurait dû se douter qu'après l'attentat l'atmosphère serait électrique.

Elle arrive à sourire avec un geste désinvolte – *Pas de problème* –, auquel les agents répondent par un regard suspicieux – *On t'a à l'œil.* Au moins, avec ce déploiement de sécurité, elle est à peu près certaine que G. Flossen n'est pas dans les parages.

Il pleut. Ce n'est pas une averse, c'est l'apocalypse. Alors qu'on est en pleine journée, les rues sont plongées dans l'obscurité, les lampadaires sont allumés et colorent en orange les trombes qui tombent du ciel. Les voitures tracent des sillons dans l'eau, les égouts n'ont aucune chance. Leipzig a disparu derrière un rideau dont les gens surgissent de tous les côtés pour se précipiter, dos courbé, vers l'entrée de la gare. Des indécis restent à l'intérieur sans oser sortir, hésitant à attendre que la pluie s'arrête alors que tout le monde voit bien qu'il y en a encore pour des heures.

Britta n'a pas le choix. En temps normal, elle ferait le trajet à pied, car le parc de Rosental se trouve à moins de dix minutes. Mais par ce temps, il n'y a pas une seconde à perdre. Elle tire la capuche sur ses cheveux, ouvre son parapluie et plaque son sac en bandoulière contre elle. Abritée du vent par la gare, elle court jusqu'à la station de taxis côté ouest. Quand elle monte en voiture, ses jambes de pantalon sont déjà trempées jusqu'aux genoux.

En arrivant au parc, elle se rend vite compte qu'elle n'est plus à ça près. Au lieu de passer par la pelouse à ciel ouvert, elle décide de longer l'orée de la forêt, où la pluie tombe un peu moins dru. Mais le sol est détrempé, et en l'espace de quelques minutes, l'eau pénètre à l'intérieur de ses chaussures imperméabilisées, et même sa veste se révèle moins étanche que prévu. Déjà, les premières gouttes dégoulinent sur sa nuque. Le pire, ce n'est pas l'humidité ni le froid, mais cette question lancinante : ce qu'elle est en train de faire a-t-il le moindre sens ? G. Flossen est un cinglé. Mais l'est-il assez pour rester dehors un jour pareil ? Britta se répète qu'elle n'a pas d'autre choix que de continuer. Il n'est pas question de reprendre le train pour Leipzig dans un avenir proche, même avec l'accord de Babak. Si elle veut parler à Flossen, c'est maintenant ou jamais. Elle décide de mettre toutes les chances de son côté, jette son parapluie qui ne sert de toute façon à rien dans les buissons, et poursuit sa route. Elle compte faire le tour de ce parc, et il lui en restera deux autres avant de rentrer chez elle bredouille au pire des cas.

C'est plus rapide qu'elle ne le craignait. De l'autre côté de la grande pelouse, près du coin zoo où on ne voit pas l'ombre d'un animal ce jour-là, Britta aperçoit une tente bleue qui avance tout doucement. Aussitôt, elle quitte le sentier et met le cap dessus, elle commence à courir alors que la tente n'a pas l'air de vouloir prendre la fuite – au contraire, elle s'est arrêtée et regarde Britta approcher.

Jusqu'à la dernière seconde, elle n'est pas certaine qu'il s'agisse bien de Flossen. Mais arrivée devant lui, elle reconnaît le visage barbu au regard un peu perdu sous sa capuche. Sous la cape de pluie se trouve également un vélo sur les flancs duquel, Britta le sait, sont accrochées de grosses sacoches blanches remplies de bouteilles en plastique vides.

— Salut, dit Flossen. Te voilà.

— Vous m'attendiez ?

— Je traînais à la gare parce que je me doutais que tu allais venir. Mais c'est compliqué ces temps-ci.

— J'ai remarqué.

— Tu as quelque chose pour moi ?

Effectivement, elle a deux bouteilles de coca vides qu'elle sort de son sac en bandoulière. Flossen pourra les échanger à la consigne contre quelques piécettes. Avec un grand sourire, il prend les bouteilles, soulève sa cape et fourre son butin dans ses sacoches. Elle ne lui a jamais demandé pourquoi il passait ses journées à fouiller les poubelles de la ville à la recherche de bouteilles consignées. Elle a fini par conclure que c'était tout simplement de ça qu'il vivait. G. Flossen déteste tellement la société qu'il ne doit pas supporter l'idée de faire un travail ayant la moindre utilité collective.

— Mais tu n'es pas venue pour me donner tes vieilles bouteilles. Pose ta question.

— OK, dit Britta. C'était vous ?

— Non. Vous ?

— Non.

Flossen soupire. Puis ils se taisent quelques instants en s'interrogeant, chacun de son côté, sur la signification de ce double non. Aucun des deux ne doute que l'autre dise vrai. Britta ne trouve pas Flossen sympathique, elle est contente de ne pas être obligée de l'apprécier. Il a des narines arrogantes et une voix de mégère qui ne va pas à un homme de plus de soixante-dix ans. Dans une vie antérieure, il a étudié les sciences sociales et, pendant des décennies, il s'est pavané dans une université berlinoise, jusqu'à ce qu'un événement le fasse dérailler, une histoire de femme, d'enfant et de séjour en prison. Désormais, il se consacre corps et âme à l'activisme écologique. Avec ses campagnes contre la chasse aux baleines, Green Power est sous les feux des projecteurs, mais la spécialité de G. Flossen, c'est d'empêcher la construction d'infrastructures. Par le passé, et avec l'aide des candidats de Britta, il a fait sauter la pile principale d'un projet de pont sur l'Elbe, le forage d'un tunnel urbain ainsi que plusieurs chantiers d'éoliennes, toujours avec succès. Britta aime travailler avec lui, il a une sorte de candeur qui inspire confiance.

— Tu n'as aucune idée de ce qu'il se passe ? demande-t-il.

Britta secoue la tête.

— J'imagine que tu as déjà posé la question aux musulmans.

— Ils disent que ce n'étaient pas eux.

— Je m'en doutais. Pourquoi auraient-ils visé la zone de fret ? Ce serait plutôt une cible pour nous, plaque tournante de l'import-export de viande et ainsi de suite.

— Vous avez une piste ?

Elle n'a jamais arrêté de le vouvoyer, même si lui s'obstine à lui donner du "tu". Il la regarde d'un air pensif, voire un peu inquiet.

— Rien de précis. Mais quelque chose se trame.

— Comment ça ? demande Britta d'un ton sec.

— Aucune idée. C'est juste une impression.

Britta ne supporte pas les allusions à mots couverts, mais elle doit bien avouer avoir fait le même genre de réponse à Babak : aucune idée, mais j'ai un mauvais pressentiment, il se passe quelque chose.

— Vous dominez le marché, dit Flossen. Un concurrent devrait avoir plus à offrir que le pétard mouillé de l'aéroport.

— Les gens sont parfois étonnamment tordus.

Il rit en soufflant de l'air par les narines.

— Quand même. Cette histoire sent mauvais.

D'un coup, Britta a envie de rentrer chez elle au plus vite. Sous sa veste de pluie, elle grelotte de froid.

— Peut-être que quelqu'un veut vous déstabiliser, reprend Flossen. Peut-être que quelque part, c'est après vous qu'on en a.

— Qui ça, *quelqu'un* ? Comment ça, *quelque part* ?

La colère s'entend dans la voix de Britta. Flossen secoue la tête.

— Ah, gamine. Le monde est grand et compliqué. Fais attention à toi.

Sous les bruissements de sa cape en plastique qui dégouline d'eau, il remonte à vélo et pose le pied sur la pédale.

— Merci pour les bouteilles, lance-t-il avant de s'éloigner, non en direction de la ville, mais de l'orée de la forêt.

7

Une visiteuse égarée. Le genre de choses qui n'arrive pas au Pont. La jeune femme se contente d'un bref regard sur la plaque du cabinet avant d'ouvrir la porte sans hésiter.

Babak rebouche tranquillement le feutre avec lequel il était en train de dessiner ses pointillés. Depuis que Lassie tourne à plein régime, il redouble d'ardeur pour faire son dessin. Tout aussi calmement, Britta referme l'ordinateur portable sans bouger de son coin de canapé. Tous deux regardent la nouvelle venue entrer d'un air aimable, comme s'il était parfaitement banal que quelqu'un débarque au cabinet.

— Bonjour, dit Britta. Comment pouvons-nous vous être utiles ?

Au lieu de répondre, la jeune femme regarde autour d'elle.

— Un café ? propose Babak.

Elle hausse les épaules, secoue la tête, puis opine du chef. Babak disparaît dans l'escalier qui descend à la cuisine. D'un geste de la main, Britta invite la visiteuse à s'asseoir et lui laisse le temps d'examiner les alentours. La jeune fille observe le guichet abandonné, la moquette bon marché et les pointillés de Babak. Britta observe la jeune fille. La petite vingtaine, anorexique. Chevelure sombre et bouclée, yeux tout aussi sombres, grands et innocents. Pas de doute, elle est d'une beauté renversante. Mais c'est autre chose qui fascine Britta. On dirait que la personnalité de la jeune femme déborde d'elle et remplit la pièce, comme s'il y en avait trop pour tenir dans ce corps fluet. Quand Babak remonte l'escalier avec le plateau à café, Britta et lui échangent un regard. Les yeux de Britta disent : On ne prend pas de femmes. Ceux de Babak répondent : Mais c'est un 12 assuré.

La veille, il y a eu une grosse dispute. Avec l'aide de Lassie, Britta veut lancer une vaste opération de recherches afin de faire rapidement remonter à la surface le plus grand nombre de candidats potentiels. Babak ne voyait pas l'intérêt. Après tout, ils ne savaient pas plus qu'avant quoi penser de l'attentat de l'aéroport.

— Quand on ne sait rien, il faut faire profil bas, répétait Babak en boucle.

Mais Britta veut être parée à toute éventualité. Elle a cité G. Flossen : "Cette histoire sent mauvais" et "Fais attention à toi."

— Mobiliser le plus de candidats possible ne peut pas faire de mal, a-t-elle ajouté.

À supposer qu'ils aient effectivement un concurrent, ne faudrait-il pas marquer leur territoire ? Par exemple, en frappant un grand coup pour montrer qu'ils ne jouent pas dans la même cour que les responsables du fiasco de Leipzig.

— Quels sont les arguments contre ? a demandé Britta.

— La poussière que nous soulevons, a répliqué Babak.

Ils ont continué à se renvoyer la balle un moment, Babak lui reprochait d'agir sans réfléchir, Britta lui reprochait d'être lâche, jusqu'à ce qu'elle soit suffisamment remontée pour transformer sa demande en ordre.

Depuis, Lassie ronronne en continu, et eux ne parlent pas beaucoup.

Une fois le café servi par Babak, Britta relance la conversation.

— Que pouvons-nous faire pour vous ?

— Je m'intéresse à votre… travail.

L'hésitation entre les deux derniers mots confirme ce dont Britta se doutait déjà : la jeune femme n'est pas là par hasard.

— Nous sommes ravis de votre intérêt. Le Pont est un cabinet de thérapie dédié aux personnes en situation de détresse. Grâce à notre méthode de confrontation spéciale, nous avons à ce jour réussi à sortir de l'impasse un nombre considérable d'individus en perdition. Habituellement, nous travaillons de manière proactive. Ce qui ne veut pas dire que nous allons chercher des suicidaires sur les ponts de la ville. (Britta a un sourire fin, comme un guide de musée qui fait toujours la même blague au même moment.) Nous utilisons des technologies de pointe afin d'établir des pronostics numériques.

La jeune fille a fermé les yeux. Elle reste un long moment sans bouger, à croire qu'elle s'est endormie. Quand elle prend enfin la parole, elle garde les yeux clos et se contente de bouger les lèvres, comme dans un état second.

— Épargne-moi ton baratin. Je sais ce que vous faites.

Les mots sonnent comme une menace.

— Comment ?

— Grâce à internet.

— Il n'y a aucune information en ligne sur Le Pont. La loi interdit aux cabinets de thérapie de faire de la publicité.

— Il y en a, un étage plus bas.

Britta voit Babak tendre l'oreille au sens propre. Il s'est assis à côté d'elles avec sa tasse sous le nez, et il souffle inlassablement dessus. Le Deep Web, c'est son élément. Le Pont y est effectivement mentionné – un genre de bouche-à-oreille. Mais rares sont ceux capables d'accéder à ces informations.

— Et qu'est-ce qu'on fait, alors ?

La fille rouvre les yeux d'un coup. Son regard touche Britta comme un frôlement.

— Il y a un type qui traîne sur le Darknet en parlant de vous.

— S'il traîne là-bas, c'est qu'il est encore en vie.

— Certes.

— Tant mieux. La méthode du Pont est nettement plus efficace qu'une psychothérapie classique.

La jeune fille fait une moue qui se transforme en rictus sans que ses yeux s'en mêlent. Son regard sombre gagne en profondeur, et une lueur muette s'y allume. Babak la dévisage, comme si elle était un précipice menaçant de vous engloutir.

— J'aime l'efficacité, dit-elle. C'est pour ça que je suis là.

C'est au tour de Britta de la dévisager.

— Qu'est-ce que vous avez en tête ? demande-t-elle prudemment.

— Un grand ménage. Du sol au plafond. Et que ça brille !

Son rictus s'accentue. Ses canines sont un peu plus longues que ses autres dents.

— Vous nous prenez pour une société de nettoyage ?

La jeune fille éclate de rire. Lève une main avant de la laisser retomber sur sa cuisse. Un geste de poupée mécanique.

— Exactement. Et j'aime vos balais.

Le silence qui suit devient délicat. Britta compte jusqu'à cinq en silence, le moment idéal pour attaquer par surprise.

— Ce n'est pas un jeu, compris ? lance-t-elle d'un ton cinglant. On n'est pas là pour jouer la comédie !

Après un léger mouvement de recul, la visiteuse se ressaisit aussitôt.

— Vous cherchez du monde, dit-elle.

— Ce que nous cherchons ne vous regarde pas. (Britta se lève.) Je crois que nous ne pouvons rien pour vous.

Au fond, Le Pont n'est qu'un ensemble de règles. Les règles sont le capital, la véritable substance du cabinet. Les paramètres de recherche de Lassie. Les règles de prise de contact avec les candidats. Les règles strictes d'évaluation. Les règles de déplacement et de communication avec les commanditaires, les règles de recrutement des candidats et d'exécution des opérations. C'est quand on arrive en terrain glissant que l'existence d'une règle se justifie. En temps normal, les candidats ne débarquent pas au cabinet comme des fleurs, en temps normal, ce ne sont pas des femmes, et en temps normal, leur comportement n'est pas aussi agressif. On dirait presque que la jeune fille leur lance un défi, et Britta est bien tentée de le relever. Mais la première règle du processus d'évaluation est sans ambiguïté : frustrer l'intéressé, le renvoyer chez lui et voir s'il revient.

— OK, dit la jeune femme. On reprend du début. Je ne suis pas là pour plaisanter. (Elle tend la main.) Je m'appelle Julietta.

— Stop ! (Britta tend l'index.) Nous ne voulons pas connaître votre nom. Je vous prie de quitter ce cabinet. Immédiatement.

D'un regard en coin, elle vérifie que Babak affiche le même visage de marbre qu'elle. Il a reposé sa tasse et regarde distraitement un bout du canapé, l'air absolument pas concerné. Très bien, pense Britta en réprimant un soupir de soulagement. Quand les choses deviennent sérieuses, ils fonctionnent en équipe.

— Vous vous foutez de moi. (Les mains de Julietta s'abattent sur les accoudoirs du fauteuil.) Alors que vous êtes…

Elle se lève d'un bond, fixe Babak comme si elle allait le frapper, fait volte-face. Au passage, elle flanque un coup de pied dans le canapé.

— Rien à foutre. *Fuck !*

En quelques enjambées, elle est à la porte, la main sur la poignée, et se retourne une dernière fois.

— C'est quoi qui ronronne comme ça ?

— Le congélo, répond Babak. Il n'est pas de première jeunesse.

— Va te faire foutre, lance Julietta avant de s'en aller.

8

— Tu candidates pour la médaille de la meilleure mère de l'année ?

Janina porte une de ses robes à fleurs, elle a relevé ses cheveux en un chignon artistiquement négligé et est entourée de tout un attirail. Britta aperçoit un grand panier à pique-nique, une couverture colorée, une glacière, un vélo pour enfant, des jouets de bac à sable, un parasol ainsi qu'un sac à dos qui doit contenir des casquettes, de la crème solaire, des lingettes, du spray anti-insectes et autres accessoires utiles. Faute de place sur le trottoir, Cora a pris ses aises sur le panier à pique-nique et Knut sur la glacière.

Pendant que Richard actionne l'ouverture de la portière et du hayon arrière, Britta saute du Combi Volkswagen et fait le tour de la voiture pour saluer son amie. Pour l'occasion, elle a sorti les baskets et la jupe en jean – le contact du tissu rugueux sur ses jambes lui fait un drôle d'effet.

— Et tu as aussi une couverture chauffante ? Une cocotte-minute et un aspirateur robot ? On reste combien de temps ? Une semaine ?

Dans un éclat de rire, Janina l'attrape et la serre contre elle. Pour une fois, au lieu de juste se laisser faire, Britta lui rend son étreinte de bon cœur.

— C'est toujours ceux qui se moquent des paniers à pique-nique qui finissent par manger toutes les cuisses de poulet, réplique Janina – et une fois de plus, Britta se fait la réflexion que, sous ses airs de mère parfaite, son amie a plus d'un tour dans son sac.

Ils sortent de la ville pour s'engager joyeusement sur l'A392. Le van est relativement neuf et bien équipé avec sièges pivotants, climatisation individuelle et système de sonorisation Bose. Richard est au volant, Britta assise à côté, ce qui lui permet de poser la main sur son genou et de lui jeter des petits coups d'œil quand elle en a envie. Ils ont tous les deux des lunettes de soleil, ça fait du bien de rouler sous le ciel largement déployé, avec deux gamines survoltées et leurs meilleurs amis à l'arrière, ils ne font pas assez de choses le week-end. C'est Britta qui a eu l'idée de transformer la visite de maison en virée en famille, et quand Richard met la musique et que les enceintes commencent à égrener les accords de piano feutrés et les basses sourdes de *Suicide World*, elle se dit qu'elle a été sacrément bien inspirée.

Au fond de la voiture, Vera et Cora trônent sur leurs rehausseurs, à bavarder et pouffer de rire en continu, sous le regard de Knut et Janina qui ont retourné leurs sièges pour être dos à la route, comme dans un compartiment de train. Au moment où l'autoroute laisse place à la Celler Heerstraße, Vera se lance avec enthousiasme dans le récit de son premier entraînement de hockey où elle a, selon elle, été accueillie comme une super-star avant de filer comme le vent sur la patinoire. Dans le rétroviseur, Richard couve sa petite fille surexcitée du regard, un grand sourire aux lèvres, en citant telle ou telle remarque de l'entraîneur qui s'est montré séduit par le talent de Vera.

— Vous avez entendu que l'ONU va être supprimée ? demande Knut.

— Hein, quoi ? demande Cora d'une voix rendue suraiguë par l'excitation. Mais c'est trop bien comme jeu de cartes.

— Pas le UNO, ma chérie, répond Janina. L'ONU.

— Les États-Unis et la Russie sont tombés d'accord, la France, l'Allemagne, la Grande-Bretagne, la Turquie et quelques autres pays vont être consultés.

— De toute façon, ça fait longtemps que l'ONU a disparu des radars, dit Richard.

— Le droit international, c'est très XXe siècle, renchérit Janina.

— Knut, tu travailles sur quoi en ce moment ? demande Britta d'une voix forte.

Dehors, une affiche publicitaire défile, plantée au milieu d'un champ. Dessus, il est écrit : *"Tu es toi !"* sans référence à un produit quelconque.

— Oh, à un projet passionnant. (Knut range son smartphone dans sa poche et retourne son siège vers l'avant pour pouvoir discuter plus facilement.) Une sorte d'outrage au public à la Handke.

— Knut a développé une théorie, explique Janina. Sur ce qui fait que les gens vont aussi mal en ce moment.

— Ça va te plaire, Britta, ajoute Knut. Quelque part, c'est ton rayon.

Britta en doute, et elle regrette de ne pas avoir demandé où en étaient les contrats de Janina, histoire de se changer les idées.

— L'homme moderne souffre de claustrophobie intime, déclare Janina.

— Hein ? fait Richard en éclatant de rire.

— Avec la globalisation, il n'y a plus d'échappatoire possible, poursuit Janina. Parce que tout est déjà partout. Du coup, le suicide est la dernière issue.

— L'idée, c'est surtout que le capitalisme du corps n'est rien d'autre qu'un communisme de l'esprit. (Knut force la voix pour se réintégrer à la conversation.) À l'avant de la scène, un comédien raconte sa vie, et à la manière dont il le fait, les spectateurs ont l'impression qu'il parle d'eux.

— Et bim ! s'écrie Vera. Problème réglé !

— Mort ! applaudit Cora.

Méga-Melanie et un Glotzi ont réussi à s'introduire dans le Combi Volkswagen. Britta se dit qu'avec les Mégas, il y aurait de quoi monter une pièce de théâtre palpitante, même si "théâtre" fait très XXe siècle aussi. Sa bonne humeur fond comme neige au soleil. Elle se sent triste sans savoir pourquoi. Le Combi dépasse une longue file d'adeptes du Sport pour tous juchés sur des vélos. Britta se concentre sur le paysage, qui est éclatant de propreté. La ligne droite de l'horizon, les rectangles réguliers des champs. Le ciel qui brille comme un sou neuf, l'étendue ondoyante des pousses de blé.

— La fin est assez intense. (Janina enfonce des pailles dans des briquettes de jus de cerises.) Le comédien demande aux spectateurs de le ramener chez eux.

— "C'est vous qui m'avez créé, cite Knut, emmenez-moi avec vous. Mettez-moi de vrais habits, asseyez-moi dans un fauteuil, empêchez-moi de me planter un objet pointu dans les yeux."

Knut et Janina s'embrassent, puis il prend son jus de cerises. Britta se force à faire un petit bruit admiratif. Elle sait que, cette fois encore, Knut n'aura pas droit à une grande première sur une scène en vue, tout au plus à un mini-lancement dans un hangar alternatif autrichien à moitié vide. Non parce qu'il manque de talent ou ne travaille pas assez – c'est juste que Knut n'est pas un winner. Le genre de type que ses amis appellent Kurt sans le faire exprès. Le destin ne s'y est pas trompé et a décidé de ne pas s'intéresser à lui.

— Hé, Britta, lance Janina dans son dos, j'ai un dilemme pour toi. Une femme se moque du panier à pique-nique de son amie. Est-ce qu'on lui donne quand même un sandwich à la dinde ?

— Absolument, répond Britta. Et même le plus gros, pour la récompenser de son esprit critique.

En riant, Janina lui tend un sandwich enveloppé dans du papier aluminium. Britta laisse Richard croquer dedans avant d'y goûter. C'est un vrai délice.

— À mon tour, dit Britta la bouche pleine. Une femme est dans une situation délicate, mais elle a déjà une idée de comment s'en sortir. Son meilleur ami lui conseille de faire l'inverse. Que doit-elle faire : ce qu'elle pense être juste ou ce que son ami suggère ?

— Lequel des deux est le plus intelligent ? demande Janina.

— Aucune idée. (Britta a comme l'impression d'avoir été prise la main dans le sac.) La femme, je crois.

— Dans ce cas, il faut qu'elle écoute son ami. En général, les gens qui se croient intelligents ont tort.

"Et bim", pense Britta.

— Tu as des problèmes avec Babak ? demande Richard d'une voix tellement basse que Britta peut faire semblant de ne pas avoir entendu.

— Encore ! crie Vera.

— À ce rythme, le panier à pique-nique sera vide avant qu'on arrive, dit Janina.

— C'est toujours comme ça, dit Richard en riant avant de mettre son clignotant droit pour que la jeep juste derrière eux les dépasse. Donne-moi une autre bouchée.

Comme il ne lâche pas le rétroviseur extérieur des yeux, Britta doit se pencher vers lui avec le sandwich – la mayonnaise dégouline sur le menton de Richard.

— Il va me doubler, oui ou non ?

Knut et Janina regardent par la lunette arrière, Britta se retourne. La jeep les serre tellement que si le visage du conducteur n'était pas dissimulé derrière des lunettes de soleil, la visière d'une casquette et une moustache à l'ancienne, on verrait la couleur de ses yeux.

— Qu'est-ce qu'il me veut ?

— Surtout, ne mets pas de coup de frein.

— Je vais déjà plus vite que je voudrais.

— Quel taré !

— Pourquoi il nous colle comme ça, maman ?

— Il en a après Knut.

— Pourquoi après papa ?

— Pourquoi après moi ?

— Parce que ta pièce de théâtre est une critique de la société. Le CCC n'aime pas ça.

— Richard plaisante, Cora. Il y a juste des conducteurs qui ne tournent pas rond.

— Mais il roule droit, là.

— Vous voyez la plaque d'immatriculation ?

— Il n'en a pas. En tout cas pas à l'avant.

— La voiture autonome, c'est pour quand, déjà ?

— Ralentis, dit Britta.

— Quoi ?

— Allume les feux de détresse et lève le pied de l'accélérateur.

Ils ont dépassé le pont de l'A2 et la sortie vers Hillerse, la B214 n'a qu'une voie, la circulation d'en face n'est pas trop dense. Le van perd de la vitesse, et la jeep décroche.

— Il lâche l'affaire, dit Richard, soulagé.

— Appuie sur le frein. Arrête-toi.

Après lui avoir jeté un coup d'œil en coin que Britta ne lui rend pas, trop occupée à regarder vers l'arrière, Richard s'exécute. Le van se range sur le bas-côté, la jeep semble hésiter – derrière, les coups de klaxon fusent. Soudain, l'autre voiture accélère et profite d'un espace dans la circulation d'en face pour les dépasser.

— Attention à la plaque d'immatriculation ! Vous avez vu quelque chose ?

— Couverte de boue.

— Moi, je trouve qu'il roulait droit.

— Forcément, il ne veut pas se faire flasher.

— C'était une jeep.

— C'est juste une expression, ma chérie.

— Quel modèle ?

— Une Toyota, je dirais. Blanche.

— Il est parti.

— Quel fou furieux !

— Allez, redémarre.

Britta se laisse retomber sur son siège. Ses sourcils sont tellement froncés qu'ils lui font mal. Son cœur bat la chamade. Elle pense à ce qu'a dit Janina. Que la femme intelligente aurait mieux fait d'écouter son ami. Puis elle s'interdit d'y penser pour respirer par le ventre.

— Regardez, là-bas ! Mille éoliennes !

— On arrive bientôt ?

— On va où, au juste ? Au Danemark ?

— Depuis quand le chauffeur a le droit de poser des questions ?

— Pense que le prix au mètre carré baisse à chaque kilomètre. Regarde dehors, toutes ces maisons de moins en moins chères.

— Quelqu'un veut encore du jus de cerises ?

Moins d'un quart d'heure plus tard, ils arrivent à Müden an der Aller. Des villages défilent par la vitre, beaucoup de colombages, des toits larges, des jardins fleuris. De la petite route part une route encore plus petite, le panneau indiquant Wiebüttel est à moitié caché par un buisson de lilas. Le bitume s'arrête, des pavés cabossés traversent une forêt. Les rayons du soleil transpercent le feuillage d'une lumière jaune clair, l'odeur est presque palpable : des effluves de bois pourri, de terre, de champignons et de sangliers, avec un soupçon d'enfance. Depuis combien de temps Britta n'est-elle pas allée en forêt ? Autrefois, ses parents l'emmenaient faire de longues promenades, ils ramassaient des pommes de pin, des glands et des faînes pour fabriquer de petits animaux. Mais la forêt avait fini par devenir trop sale pour Britta, et quand ses parents partaient en balade, elle restait à la maison.

— La voilà, dit Janina avec recueillement.

— Ça, c'est de la bicoque ! s'exclame joyeusement Richard.

Après avoir glissé du siège passager, Britta se campe sur le trottoir défoncé pour observer la maison, abasourdie. À moitié mangée par les arbres, c'est une construction en brique trapue avec des colombages lasurés brun foncé et des volets mélancoliques. Petit encorbellement, tuiles en terre cuite, antenne parabolique d'époque. Au pied du perron, une allée autrefois pavée, désormais envahie par les mauvaises herbes. Manifestement, il n'y a de voisins que d'un côté, le terrain est situé en bordure du village. Britta longe la maison pour aller voir le jardin à l'arrière, flanqué d'une haie mal taillée de plus de deux mètres de haut. Encore des arbres, une niche, un étendoir à linge. Les herbes hautes crient "tiques", le sol en terre "tétanos". C'est un cauchemar de maison, une fuite hors de la réalité faite pierre, un fantasme de cheminée ouverte, de fauteuil en rotin et de bouquet de fleurs séchées à moitié en ruine. Même les parents de Britta n'auraient pas eu l'idée de s'installer dans un taudis pareil.

— Elle est belle, non ? demande Janina.

— Elle est belle, répond Britta.

Troublée, elle se rend compte que ce n'est qu'un demi-mensonge. Le grand sourire radieux de Janina lui donne encore plus envie de se tirer d'ici. Gênée, Britta sort son portable comme pour regarder ses mails, alors qu'elle n'en écrit pas et n'en reçoit pas non plus, même de la part de Babak. Curieusement, l'appareil s'est éteint tout seul et est en train de redémarrer, le symbole en forme de fleur tournoie au milieu de l'écran. Perplexe, Britta le range dans sa poche.

L'agent immobilier arrive, affable, roublard, aux abois. Les filles jouent dans le jardin avec des cris perçants, comme si elles étaient en train de tourner dans un Indiana Jones, les adultes visitent les pièces une par une, Britta respire tout doucement par la bouche en faisant attention de ne rien toucher. L'endroit est d'une saleté repoussante. Certaines fenêtres sont pratiquement opaques. Leurs rebords sont jonchés de tonnes de mouches mortes. La couche de poussière au sol est tellement épaisse qu'on voit les empreintes des différentes personnes venues visiter la maison. Quand ils arrivent dans la cuisine, deux chats endormis par terre dans une tache de soleil bondissent et s'enfuient par la porte d'entrée restée ouverte. Britta voit déjà les araignées dans la cave et la couleur de l'eau dans les canalisations rouillées. Elle sent le regard en coin de Richard et se force à sourire. Elle se dit qu'une fois de retour chez eux, ils pourront toujours laver et désinfecter tous leurs vêtements.

Knut et Janina écoutent attentivement les explications de l'agent, étalent des connaissances techniques imaginaires et font semblant de peser le pour et le contre alors que leur décision est prise depuis longtemps. La maison coûte une bouchée de pain, Janina est sous le charme. Ils vont l'acheter, Le Pont paiera. Crédit à taux zéro, contrat de leasing ou bail emphytéotique – côté juridique, on trouvera bien ce qu'il faut. Après les avoir autorisés à déplier leur nappe à pique-nique dans le jardin, l'agent ferme la maison, leur répète une dernière fois qu'il y a du monde sur le coup, et repart en ville.

Prise d'une faim de loup, Britta engloutit trois cuisses de poulet froid, et tant pis si les autres se fichent d'elle. Vera et Cora grimpent aux arbres, cueillent des fleurs et se jettent du sable à la tête. Richard et Knut parlent d'un nouveau jeu de rôle plus esthétique et plus intelligent que tout ce qui a été fait jusque-là. Appuyée sur un coude, Janina jette des regards rêveurs à la maison. Britta sait exactement ce qu'elle voit. Un endroit où le reste du monde n'a définitivement plus la moindre importance. Où élever un enfant et vivre au rythme des petits-déjeuners dans le jardin, des pique-niques au soleil de midi et des soirées barbecue. Britta sait que c'est une illusion. Mais elle envie Janina d'être capable d'y croire.

Elle regarde une nouvelle fois son portable. Et là, alors que tout est redevenu comme d'habitude – l'écran de verrouillage avec le visage souriant de Vera et, en dessous, les raccourcis vers la boîte mail, la messagerie instantanée, le moteur de recherche qu'elle n'utilise presque jamais –, la terreur s'empare de Britta. Soudain, le téléphone lui brûle la main. Elle saute sur ses pieds, appelle les filles et traverse la pelouse en courant. Au fond du jardin coule un petit ruisseau, un minuscule affluent de l'Aller ou de l'Oker, qui clapote dans son coin sous les herbes hautes. Avec Cora et Vera, elle y fait voguer de petites embarcations en bouts de bois, comme ses parents le faisaient avec elle autrefois. Les filles prennent les bateaux en chasse, et une fois certaine que personne ne la regarde, Britta jette son portable à l'eau. Avant même qu'il touche le fond, elle sait ce qu'elle aurait dû faire – éteindre l'appareil, le mettre au frigo pour la nuit et l'apporter dès que possible à Babak, au cabinet, pour qu'il regarde s'il y a eu une intrusion et qui en est l'auteur. Céder à la panique et se débarrasser de son téléphone, c'était complètement stupide. Ça ne lui ressemble pas.

L'appareil est emporté un peu plus loin par le courant avant de se retrouver coincé au fond, à briller d'un éclat argenté entre les galets comme un poisson mort. Britta se lève pour aller vomir discrètement derrière un framboisier.

9

Quand Julietta revient trois jours plus tard, le cabinet du Pont a des airs de petite entreprise en plein contrôle fiscal. Le canapé, les fauteuils, le guichet, la moindre surface libre et une partie du sol sont jonchés de piles de papiers, de dossiers, de chemises, surplombés de tours de classeurs Leitz. Babak et Britta examinent, lisent, comparent, se passent des feuilles de main en main, se penchent sur des CV et profils psychologiques. Le ronronnement de Lassie est devenu le bruit de fond de leur remue-ménage. Sur les forums de suicide, l'algorithme repère inlassablement des noms, analyse le style et le type de vocabulaire, combine les résultats avec des listes de courses, des données de géolocalisation, des bibliothèques de musique et de films, des critiques d'e-books, des historiques de recherches, avant de déposer son butin en tas aux pieds de son maître. Babak a mis Britta en garde – quatre candidats sont déjà en cours d'évaluation, et avec toutes ces recherches, ils sont sur le point d'exploser leurs capacités. Elle a hoché la tête en disant : "On continue."

Babak a écouté l'histoire du portable noyé sans faire de commentaire.

Au passage, il a trouvé plusieurs exemples d'individus déséquilibrés qui ont planifié et exécuté leur attaque seuls, sans que Daech se prive de revendiquer les faits après coup. Nice, Wurtzbourg, Bratislava. La vidéo d'un jeune Afghan qui brandit un couteau de cuisine en lançant à la caméra : "Je suis un soldat du califat."

Britta connaît ces cas, elle les connaît tous. Mais depuis que le djihad a perdu son attractivité et que Le Pont identifie les terroristes potentiels sur le marché, ce genre d'opérations kamikazes n'arrive plus. La perche tendue par Babak tombe à l'eau, et ce n'est pas la seule raison.

— À Leipzig, ce n'étaient pas des loups solitaires, dit Britta. Ils étaient deux. Et puis, les individus isolés visent un carrefour, un train régional, un café ou un concert. Sûrement pas un aéroport. Pour entrer là-dedans, il faut un soutien logistique.

Ils ne parviennent ni l'un ni l'autre à résoudre cette contradiction : Leipzig était le fait d'un organisme, mais pour un résultat tellement catastrophique que n'importe quel terroriste improvisé sous psychotropes s'en serait mieux sorti. Ce paradoxe fait s'empiler les papiers sur les meubles, plier leur dos, fumer leur cervelle. Dans la liste fournie par Lassie, ils ont sélectionné environ cent vingt noms prometteurs qu'un examen approfondi doit permettre de réduire à quarante. Ils ont déjà oublié Julietta.

— Qu'est-ce qu'il se passe ici ?

La voilà plantée au milieu de la pièce sans que personne l'ait vue entrer. Elle a l'air de bonne humeur, sa posture a quelque chose de triomphant. Britta lève lentement les yeux de son tas de dossiers en moulinant de la mâchoire, comme si elle avait un chewing-gum dans la bouche.

— Inventaire. (D'un mouvement rapide, elle se lève, évite le regard de Babak et attrape sa veste posée sur le dossier du fauteuil.) Viens.

Après quelques journées estivales, l'air s'est rafraîchi, un vent brusque secoue tout ce qui traîne. Britta et Julietta s'emmitouflent dans leur veste pour affronter la bruine légère qui leur fouette le visage. Malgré le temps, il règne au parc municipal la même animation que d'habitude. Des groupes Le Sport pour tous, des grands-mères avec leurs petits chiens. Des jeunes qui profitent du revenu de base universel pour rester les fesses sur un banc. Des préretraités qui bichonnent leurs plants de tomates dans les zones potagères publiques. Des mères qui poussent des landaus recouverts de bâches et de langes, au point qu'on n'est pas bien sûr qu'il y ait quelque chose dedans.

À leur arrivée au Babylon, elles sont trempées et glacées jusqu'aux os. Sans quitter leur veste, elles s'asseyent sur les chaises pliantes dont est meublé le kébab, l'une des dernières adresses arabes du centre. Sahid leur apporte de lui-même un thé vert, leur demande si elles veulent manger et disparaît derrière le rideau de perles, car, à cette heure de la journée, il n'attend pas d'autres clients.

Julietta se trémousse sur sa chaise, regarde la porte, sourit à Britta, se frotte les cuisses et les bras, regarde de nouveau la porte. Soit elle est sous traitement. Soit elle a compris. Britta attend. Le candidat doit parler en premier. Une autre règle du Pont : ce sont eux qui veulent quelque chose de nous, pas l'inverse.

— J'ai mis un peu de temps à percuter, dit Julietta.

— Quoi ?

— Que vous envoyez les gens bouler pour voir s'ils reviennent.

Elle sourit en haussant les sourcils – une demande de confirmation qui reste sans réponse. Britta a vidé son visage de toute expression.

— Me voilà, dit Julietta. Test réussi ?

— Oui.

— Et maintenant ?

Maintenant, Julietta arrive au niveau 2. Petit roulement de tambour. Imperceptible. Dépitée, Britta se lève en serrant les dents pour aller demander de quoi écrire à Sahid. Julietta est jeune, et elle est canon, les médias l'adoreraient. Sous sa détermination bien palpable, on devine encore autre chose – une dureté, voire une cruauté qui n'est pas dirigée seulement contre elle-même, mais contre l'humanité tout entière. À première vue, c'est la candidate idéale, et Le Pont a besoin de candidats idéaux, surtout en ce moment. Sauf que Britta ne veut pas. Elle veut que Julietta s'en aille. Mais faire passer ce qu'elle ressent avant les résultats de l'évaluation serait contraire aux règles.

Assis à une table de camping, Sahid remplit une grille de mots croisés, avec à côté de lui une tablette sur laquelle une série est lancée sans le son, ainsi qu'une radio qui accompagne les images muettes de son discret babillage. Il lui prête volontiers du papier et un crayon, et Britta retourne voir Julietta. Son écriture est tellement catastrophique qu'elle n'a pas besoin de cacher ce qu'elle écrit – de toute façon, c'est illisible, parfois même pour elle.

— Pourquoi tu veux te suicider ?

— Pourquoi pas ?

Bonne réponse. Britta n'en a encore jamais entendu de meilleure. Mais elle doit quand même insister pour avoir des explications supplémentaires.

— Je reformule : pourquoi tu veux être morte ?

— J'en rêve depuis toujours. Comme les autres petites filles rêvaient d'un cheval. (Julietta hausse les épaules.) L'humanité est répugnante. Tout le monde devrait faire comme moi, histoire qu'elle disparaisse au plus vite.

— C'est décadent. (Britta prend des notes. Elle liste les points qu'elle veut approfondir par la suite – l'entretien préliminaire sert surtout à dresser un état des lieux.) Ailleurs, il y a des gens qui se battent pour survivre, et toi, tu es là et tu souffres.

— Tu ne comprends pas. (Julietta prend une petite gorgée de son thé.) Ce n'est pas moi qui souffre. C'est nous tous. C'est ça, le problème. Dans un monde où ceux qui ont la belle vie en chient comme pas permis, il y a un truc qui ne tourne pas rond.

— Une phrase compliquée.

Julietta hausse de nouveau les épaules.

— Tu peux bien penser ce que tu veux.

— Il n'y a rien qui te retient ?

— Je vais manquer à mon chat.

— Et à tes parents ?

— Pourquoi tu me parles de mes parents ?

— Je parle toujours des parents.

Julietta secoue ses cheveux et passe les doigts dedans, ils commencent à sécher, ça sent l'humidité, le thé chaud leur fait du bien. Dehors, la pluie s'est arrêtée et, l'espace d'un instant, le ciel s'ouvre en deux pour laisser passer une lumière lavée de frais, poussée le long de la rue par les nuages qui défilent à toute allure. Le vent fait s'envoler des bouts de papier et des sacs vides à travers ce théâtre d'ombres et de lumière. Même dans une ville propre comme Brunswick, il trouve toujours dans les derniers recoins quelques déchets avec lesquels jouer.

— On dirait une question de psy.

— C'est une psychothérapie.

— Arrête.

— La méthode de confrontation…

— Nan, sérieusement ! s'écrie Julietta. On ne peut pas laisser tomber le blabla ?

Britta suçote son stylo jusqu'à se rendre compte qu'il a un petit goût de friture, et réprime l'envie de courir aux toilettes se rincer la bouche. Elle hésite à retourner au niveau 1 et à renvoyer la candidate chez elle. Julietta la dévisage comme si elle était à deux doigts de la planter là. Malgré ça, Britta décide de changer d'approche. Julietta est jeune, elle est maligne, et c'est une femme. Avec elle, il ne s'agit pas de briser la dominance. La petite a surtout peur de ne pas être prise au sérieux.

— Je vais t'expliquer ce que fait Le Pont, dit Britta. Ce que nous pouvons faire pour toi. (Elle finit son thé.) Avec nous, tu vas suivre un processus en douze étapes, le but étant de savoir si tu veux vraiment mettre fin à tes jours.

— Je le sais déjà.

Britta se penche en avant pour plonger son regard dans celui de Julietta.

— Il est indispensable de vérifier que tu es parfaitement sûre de ton choix. Ce qu'on fait, c'est ça. On élimine les pensées suicidaires.

La colère de Julietta laisse place à un air songeur.

— Et à la fin, il reste juste quelques personnes ?

— Voilà.

— Et qu'est-ce qu'il se passera quand j'aurai réussi les douze étapes ?

Britta garde le silence.

— Vous me mettrez en relation avec une organisation à qui ma mort peut être utile.

Britta garde le silence en effaçant de nouveau toute émotion de son visage. Julietta hoche lentement la tête.

— OK, dit-elle.

Britta retourne son bout de papier pour le faire glisser sur la table.

— Écris-moi ton nom et ta date de naissance.

Julietta prend le stylo.

— Je peux t'envoyer mon CV par mail, si tu veux.

— Pas besoin.

La jeune fille se met à rire :

— D'ici demain, vous en saurez plus sur moi que moi-même, pas vrai ? Vous avez un algorithme. C'est pour ça que ça ronronne dans votre planque.

Britta ne répond pas. Julietta se renverse en arrière, écarte les cheveux de son visage, relâche ses épaules. Tout son corps se détend. Pour la première fois, elle regarde Britta droit dans les yeux. Sa beauté est sidérante. Peau lisse, nez droit, sourcils arqués, cils longs et sombres. Ses lèvres sont un peu pâles et abîmées parce que Julietta les mordille quand elle réfléchit, mais ce défaut couronne sa perfection au lieu de lui faire de l'ombre.

— Je n'y peux rien, dit Julietta qui voit ce que Britta pense.

— Je sais.

— Mon physique ne m'a jamais servi.

— Ça ne m'étonne pas. Parle-moi de tes parents.

Dans le cadre de son travail pour Le Pont, Britta a plus d'une fois écouté des inconnus lui raconter leur vie. Elle a parlé avec des gens qui regrettaient d'avoir commis un crime. Avec des pères qui avaient perdu un enfant. Avec des hommes qui avaient été abandonnés par leur grand amour ou étaient torturés par des pulsions qui les répugnaient eux-mêmes. Britta a contemplé toutes sortes d'abîmes existentiels, et elle en a conclu qu'il n'y avait pas de hiérarchie du drame. Certaines personnes souffrent plus de s'être vu refuser les baskets de leurs rêves par leurs parents que d'autres d'avoir été battues trois fois par jour. La seule différence entre ces récits, c'est qu'ils sont plus ou moins distrayants. Il apparaît rapidement que l'histoire de Julietta n'a pas grand intérêt.

Enfant unique, famille d'universitaires. Obligation de perfection, exigence de bonheur. Le père rentrait pour le dîner, embrassait sa femme tirée à quatre épingles et sa fille murée dans le silence, s'asseyait à table et parlait politique. Efficacité, renationalisation, hygiène populaire. Ses parents étaient des électeurs CCC de la première heure. Julietta terminait son assiette quel qu'en soit le contenu. Elle allait au lit toujours à la même heure, qu'elle ait sommeil ou non. Son père l'adorait. C'était une petite fille modèle, et ravissante avec ça, toujours radieuse.

— Beaucoup de temps sur l'ordinateur ?

— J'aime le Darknet. Et les forums de suicide.

Si Julietta était un homme, Lassie l'aurait sans doute repérée il y a des années, et la jeune fille aurait reçu un courrier du Pont. Mais pour Lassie, les femmes sont tout sauf prioritaires. Elles parlent beaucoup de suicide et passent rarement à l'acte. En plus, comme elles s'en prennent avant tout à elles-mêmes, elles n'ont pas l'étoffe de terroristes. Il n'y a pas de règles interdisant au Pont d'accepter des femmes. Mais dans le système de Lassie, aucune d'elles n'a jamais obtenu de score élevé. Britta préfère travailler avec des hommes. Avec les hommes, elle est en terrain connu.

— Tu habites Brunswick ?

— J'ai pris une chambre.

— Va t'installer au Deutsches Haus. On a un accord commercial. Les frais sont à notre charge.

— Et si je m'en vais dans quinze jours ?

— Le Pont assume entièrement ce risque.

— Comment vous pouvez vous le permettre financièrement ?

— Les gens auxquels nous sauvons la vie se montrent généreux.

— Et les autres ?

Britta sourit.

— Les autres aussi.

Un large sourire se dessine sur le visage de Julietta.

— Ça veut dire que je suis prise ?

— Félicitations, répond Britta en se demandant ce que Babak dira de tout ça.

— J'ai une dernière condition, ajoute Julietta.

Britta, qui était déjà en train de se lever, se rassied lentement.

— Il faut que ce soit pour les animaux.

— On a déjà clarifié ce point, dit Britta avec sang-froid. On teste tes envies de suicide, c'est tout.

— Mais à la fin, insiste Julietta. Quand j'aurai passé toutes les étapes. Green Power, ça serait super. Ou une association de protection des animaux.

— Les candidats du Pont ne posent pas de conditions.

En réalité, en temps normal, les candidats du Pont ne savent pas ce qu'ils veulent.

— Mais à la fin, qui prend la décision ? Les candidats n'ont pas leur mot à dire ?

En règle générale, la décision est prise d'un commun accord, Le Pont fait des propositions, le candidat choisit, puis sa demande est examinée. Britta ne prend pas ce choix à la légère. Il faut que ça colle. Mais au niveau 2, il est beaucoup trop tôt pour en parler.

— Ne gâche pas tout, dit Britta en repoussant sa chaise.

— Je te préviens. (Julietta lève l'index et le brandit sous le nez de Britta.) Je le ferai de toute façon. Avec ou sans vous. À toi de voir.

— Finis ton thé.

Britta sent la moutarde lui monter au nez, une émotion tout sauf professionnelle et tellement forte qu'elle doit quitter la table pour aller s'enfermer dans les minuscules toilettes de Sahid. Elle s'assied sur le couvercle, pose les mains sur ses genoux et essaie de faire le point. Mais la colère continue à venir par vagues, Britta se retient de casser quelque chose, le miroir ou le distributeur de papier-toilette. L'envie la démange d'envoyer Julietta au diable – cette fois, pas pour qu'elle revienne, mais pour se débarrasser d'elle à tout jamais. Pourquoi ? Parce qu'elle n'a pas le profil. Les candidats du Pont n'ont pas de but, et c'est cette absence qui les fait souffrir. Ceux qui ont un but n'ont pas de raison de se suicider. À la fin, les rares à réussir l'évaluation sont reconnaissants de se voir attribuer une vocation.

Je vends des convictions, se dit Britta, et cette fille-là, je ne peux rien lui vendre.

Ce qui énerve le plus Britta, c'est que Julietta soit aussi sûre d'elle. La fougue avec laquelle elle a dit : "Je le ferai de toute façon" révèle une force hors du commun. C'est encore une enfant, mais elle est solide comme un roc. À côté de Julietta, Britta se sent vulnérable. Un flottement, un léger balancement. Il y a des choses que Julietta déteste. Britta ne déteste rien ni personne. Pour détester, il faut déjà savoir où on en est.

Après quelques exercices de respiration, Britta sort des toilettes et fait signe à Sahid de mettre le tout sur son ardoise, comme d'habitude. Julietta est assise, le dos courbé. En entendant Britta, au lieu de redresser la tête, elle lève simplement les yeux pour la regarder approcher, comme un animal aux aguets. Britta n'aime pas ce regard. Il dit : "Je gagne. Toujours."

10

— Coucou ! Bonne nouvelle !

La porte du cube de béton percute le mur avec une telle violence que, l'espace d'un instant, c'est à se demander si le verre dépoli ne va pas tomber de son cadre. Britta abandonne fourneaux et casseroles pour se précipiter dans l'entrée, où Richard est en train de refermer avec un peu plus de délicatesse la porte heureusement intacte. Il sourit de toutes ses dents, une bouteille de dom pérignon à la main. De quoi trinquer comme il se doit. En un clin d'œil, Britta passe en revue tout ce qu'elle aurait pu oublier – un anniversaire, un entretien réussi, un nouvel exploit de Vera – et se rend compte qu'elle n'a pas l'ombre d'une piste. Il a dû se passer quelque chose.

Un fumet appétissant flotte à travers la maison. En temps normal, Britta ne cuisine pas, elle fait ça pour se changer les idées. Après le rendez-vous avec Julietta, au lieu de retourner au cabinet, elle est allée chercher Vera tôt à la garderie. Elle a passé l'après-midi à ranger toute la maison, traquer les toiles d'araignées, faire la poussière, effacer ces traces que Henry oublie systématiquement. Elle n'arrêtait pas de penser à Babak. Ces derniers temps, avec Lassie en mission spéciale, il ne dort pratiquement pas. Entre les phases de maintenance, pour rester réveillé, il travaille à ses pointillés qui ont bien avancé, de manière régulière, en partant des coins. Babak est à bout de forces. Il a beau être contre l'idée de mêler Lassie à tout ça, il ne lui viendrait jamais à l'esprit de ne pas obéir aux ordres de Britta. Elle aime sa loyauté. Elle aurait dû acheter deux kébabs au Babylon et les rapporter au cabinet. L'odeur se serait répandue dans les locaux, et pour quelques instants, tout aurait été comme avant – Britta et Babak en tête à tête, la routine habituelle, kébabs, pointillés, trois à quatre candidats dans la boucle d'évaluation, puis soirée en famille pour Britta et bars gays pour Babak, une vie qui leur plaît à tous les deux, avec beaucoup de temps morts et peu de turbulences, une vie loin du reste du monde, une vie parfaite, une vie rare.

Sauf que ça ne sent pas le kébab, mais le curry. Au lieu d'aller au cabinet, Britta est rentrée à la maison, tout ça parce qu'elle n'avait pas envie de répondre aux questions de Babak au sujet de Julietta. Il doit mourir de curiosité, c'est cruel de le laisser dans le flou. Mais pour le moment, Britta n'a aucune envie de parler de ce qu'il y a de formidable chez Julietta, et encore moins de ce qui la dérange chez elle.

Après avoir posé un baiser sur la joue de Richard, elle le plante dans l'entrée, pour que les oignons qui sont en train de suer dans la poêle ne finissent pas carbonisés. À côté de la cuisinière sont disposés de petits bols de citronnelle et de coriandre hachées, d'ail, de cumin et de pleurotes. Britta a téléchargé les instructions sur internet. En temps normal, c'est Richard qui prépare cette recette pour elle, un de leurs plats préférés depuis l'époque où ils se sont connus. Comme le curry pique trop pour Vera, en faire un est toujours une petite rébellion.

Richard entre dans la pièce, l'enlace de côté et pose un baiser sur son front – Britta écarte les mains pour signaler que ses doigts sont pleins de jus de piment.

— Tu fais la cuisine pour moi ? Tu es déjà au courant ?

— Miracle de la télépathie, dit Britta en riant. Ou hasard ? Comme tu préfères.

— Je prends la télépathie.

— Qu'est-ce qu'on mange ? (Vera entre dans la cuisine en traînant des pieds, une poupée méga-Melanie dans chaque main.) Beurk, j'aime pas ça.

— Pour toi, c'est mini-pizza.

— Toujours la mini-pizza.

— C'est la première fois depuis plusieurs jours.

— La mini-pizza, c'est nul.

— On a quelque chose à fêter !

Richard attrape sa fille à la mine renfrognée et l'entraîne à travers la cuisine avec des petits mouvements de hanches, comme s'ils dansaient au son d'une musique inaudible.

— Lâche-moi ! Qu'est-ce que tu as ?

— Je suis juste de bonne humeur !

Effectivement, Britta ne l'a pas vu aussi bien luné depuis une éternité. Le voilà qui soulève Vera et la fait tournoyer dans les airs jusqu'à ce qu'elle se mette à rire – ils se laissent tomber sur le sol de la cuisine avec des cris perçants, tout étourdis. Après avoir examiné l'étiquette du dom pérignon, Britta glisse la bouteille dans le freezer.

— Tu veux me demander ma main ?

— On est déjà mariés.

— Tu veux divorcer ?

— Non merci.

— Tu as gagné au loto ?

— Sans jouer ?

— Pourquoi pas ? (Britta verse une bonne lampée d'huile de sésame dans la poêle.) Pour autant que je sache, les chances ne sont pas beaucoup plus élevées quand on y joue.

— On peut continuer les devinettes autant que tu veux, tu ne trouveras pas.

— Mets la table. On mange sur la terrasse.

Avec le dos d'un couteau, elle pousse les ingrédients dans la poêle et les fait revenir rapidement avant de déglacer au lait de coco. L'odeur est tellement intense que Britta ferme les yeux quelques instants. Comme c'est la fête, il y a un cadeau pour Vera. Richard lui donne le paquet, ou plutôt essaie de le lui donner, car avant même qu'il ait tendu le bras, Vera le lui a arraché des mains et a déchiqueté le papier. Deux nouveaux membres de la méga-famille font leur apparition, méga-Milan et méga-Miró. Désormais, Britta est assez familière du méga-monde pour savoir de qui il s'agit. Lui est pianiste et originaire de Zagreb, elle est peintre et vient de Paris, tout leur réussit, ils ont des penthouses à Brooklyn et à Zamoskvoretche et sont connus pour leur style vestimentaire extravagant. Le week-end, ils flânent bras dessus bras dessous dans le méga-mall, pour dépenser l'argent gagné grâce à leur art. De temps en temps, ils ont un concert ou un vernissage. Maintenant qu'ils ont atterri chez Vera, ils seront sans doute abattus sous peu lors d'une intervention du méga-commando spécial.

"Trop bien, trop bien", répète Vera en boucle avant de disparaître dans sa chambre pour confier à chacun sa mission avant le dîner.

Le mauvais temps s'est dissipé, la soirée est douce. Ils sont tous les trois attablés sur l'étendue de graviers devant le cube de béton, Vera est déjà penchée sur sa pizza, alors que Britta est encore en train de remplir l'assiette de Richard et la sienne. La brise apporte des odeurs de barbecue depuis les jardins d'à côté, viande grillée, charbon de bois et alcool à brûler, accompagnées de rires d'enfants, du cliquetis des couverts, des coups sourds d'un ballon de foot, de voix d'adultes qui bavardent doucement. Le curry est à tomber. Quand Britta inspire par le nez, toute sa tête se remplit d'arômes de citronnelle et de gingembre. Ce parfum fait resurgir la fête où elle a vu Richard pour la première fois, d'abord de dos – appuyé dans l'encadrement d'une porte, il discutait, grand, le dos large et pourtant étonnamment souple, les cheveux blondis par le soleil. Il racontait une blague en roulant des hanches, les mots se bousculaient pour sortir de sa bouche, entrecoupés d'éclats de rire, l'histoire d'un type qui essaie d'aborder une fille et dit systématiquement ce qu'il ne faut pas, peut-être une scène de film qui n'avait absolument rien de drôle, mais Richard la racontait tellement bien et avec un plaisir si évident que ses interlocuteurs riaient aussi, la gaieté se répandait en cercles autour de lui, et Britta s'était dit : Celui-là, il vient d'une autre époque, c'est un rescapé, il est pour moi, c'est avec lui que je veux partager ma vie – et elle avait redouté le moment où il ferait volte-face. Puis quelqu'un avait crié son nom, Richard s'était retourné, Britta avait vu son visage, et elle s'était retenue de dire : "Te voilà, où tu étais pendant tout ce temps ?" À cette fête, il y avait du curry thaïlandais, car leurs hôtes rentraient tout juste d'un séjour prolongé à Ko Samui, on se servait dans la marmite qui faisait la taille d'une cantine à goulasch, on mangeait debout, avec des assiettes et des couverts en plastique. Britta s'était postée à côté de Richard, et elle lui avait dit qu'elle venait d'ouvrir un cabinet et de toucher sa première rentrée d'argent, qu'elle allait quitter Leipzig et que c'était à lui de choisir la ville où elle irait – pas plus de trois cent mille habitants et pas plus au sud que Coblence, car les dialectes souabe et bavarois la rendaient malade. Il aurait pu dire Cassel, Siegen, Bremerhaven ou Paderborn, mais il avait dit Brunswick, sans réfléchir, alors qu'il n'en était pas originaire, il venait de Hagen, ce qui n'était guère mieux. Ils avaient quitté la soirée ensemble et étaient partis pour Brunswick, et entre les deux, il ne s'était écoulé que deux ou trois mois, qu'ils avaient passés à cuisiner des currys.

— C'est bon ?

— Délicieux. J'ai toujours su que tu faisais semblant de ne pas savoir cuisiner.

— Tu vas cracher le morceau, oui ou non ?

Richard pose sa cuillère pour sortir d'un geste large le champagne du seau à glace.

— Fini le porte-à-porte, dit-il en ôtant la coiffe en aluminium du goulot. Finir de lécher le cul à des chauves en jean et chemise, poursuit-il en retirant le muselet du bouchon.

— Tu as dit "cul", s'écrie Vera, la bouche pleine.

— Tu as été viré, répond Britta, étonnée.

— Tu as oublié qu'un tiers de la boîte m'appartient ? Au pire, c'est moi qui me vire moi-même.

Les doigts crispés sur le goulot, Richard empêche le bouchon de sauter.

— Tu as pris un congé sabbatique à vie.

— Mieux. Cet après-midi, je me suis retrouvé avec un type au bout du fil. Un certain Guido Hatz.

— Connais pas.

— Google non plus.

— Donc un illustre inconnu. Ou une grosse pointure.

— Un millionnaire, surtout. Qui veut entrer au capital de Smart Swap. Racheter toutes les parts. C'est un investisseur privé, pas un fonds. Les conditions habituelles – mutualisation des discussions, des avis, des profits, confession mensuelle, transparence totale.

— Combien ?

— Je n'ai pas le droit de le dire. En tout cas, Seed et Early sont couverts, et sans doute une part de Later. Swappie arrivera tranquillement à maturité commerciale.

Britta sait qu'elle devrait être contente, ce n'est qu'une affaire de secondes avant que Richard s'énerve parce qu'elle n'a pas poussé de cri de joie.

— À quoi il ressemble, ce type ?

— Aucune idée, chérie, on était au téléphone.

— Et tout est déjà réglé ?

— Hatz sait ce qu'il veut. Il m'a tout de suite transféré les contrats préliminaires, le cadre général est en place.

— Il vous connaît d'où ?

— Chérie, je ne vais pas au boulot que pour jouer aux fléchettes ! Prospection ! Publicité ! Networking ! Ce n'est pas si improbable que ça de connaître Swappie. (Il se penche, sert le champagne et attrape sa main.) Tu ne comprends pas ce que ça signifie pour moi ?

— Bien sûr que si. Félicitations.

— C'est une nouvelle page qui s'ouvre. Swappie va décoller. Emil et Jonas seront obligés de se calmer. On pourra embaucher des gens, on sera une entreprise comme les autres, j'aurai un bureau où travailler !

— C'est génial. (Ils trinquent, Britta se lève à moitié de sa chaise pour embrasser Richard par-dessus la table.) Je suis tellement contente pour toi. Tu le mérites vraiment.

Le sourire radieux de son mari est aussi irrésistible qu'il y a douze ans. Dans le fond, Richard n'a quasiment pas changé – il a toujours l'air de vivre dans un monde où chaque chose est à sa place.

— Je t'aime, dit Britta.

— Et bim, s'écrie Vera, parce que méga-Miró vient de tirer sur méga-Milan.

Après le dîner, Richard rapporte les assiettes dans la cuisine pendant que Vera part jouer aux poupées. Britta reste assise quelques instants pour savourer la douceur de l'air et sa troisième coupe de champagne.

Alors qu'elle vient de réussir à se convaincre que la bonne fortune de Richard n'a rien d'étrange et qu'elle se réjouit de mettre Vera au lit pour poursuivre la petite fête sur le canapé, elle entend un bruit de moteur. Dans le quartier, les voitures roulent doucement, mais pas au pas. Elle s'attend à voir passer un véhicule de patrouille quand une jeep blanche apparaît dans son champ de vision. Une Toyota Hilux.

Cette fois, le visage du conducteur est bien visible, il ne porte ni lunettes ni casquette à visière. Cheveux foncés, qui n'ont pas été coupés depuis un moment, la quarantaine bien tassée ou la petite cinquantaine, professeur d'allemand, père de famille ou concessionnaire auto – voire les trois à la fois, un type lambda, sympathique et sans signe distinctif, à l'exception de cette moustache, sombre, mal taillée, élément perturbateur broussailleux entre le nez et la bouche. Quand leurs regards se croisent, il appuie sur l'accélérateur. La voiture prend de la vitesse, bifurque à droite au bout de la rue, et Britta entend les hurlements du moteur s'éloigner vers le centre-ville.

— Hé, tu as encore l'air sous le choc. (En riant, Richard s'accroupit près de sa chaise et lui prend la main.) C'est vraiment flippant à ce point que les choses marchent bien pour moi ?

Britta s'arrache un sourire et un signe de dénégation sans réussir à parler. Richard lui embrasse le bout des doigts.

— Tu verras, dit-il. Tout va bien se passer.

11

— Alors, Djawad, c'était comment ?

— *Wallah*, madame Britta, c'était génial, juré.

Djawad a beau avoir vingt-trois ans, Britta est toujours tentée de lui parler comme à un gamin.

— Les oncles et tantes étaient gentils avec toi ?

— Grave, ils m'ont donné des cachetons, des trucs bien chargés, je faisais que dormir, jour et nuit.

Djawad a passé les dix derniers jours et huit dernières heures à Langenhagen, une clinique psychiatrique près de Hanovre. Au niveau 5 de l'évaluation, les candidats se font interner pour pensées suicidaires et effectuent un séjour d'au moins dix jours, en participant à toutes les thérapies proposées. Le fait que Djawad soit parti de lui-même dès ce matin, le lendemain du dixième jour, est bien la preuve que tout n'était peut-être pas si génial que ça.

— Je suis un homme nouveau, madame Britta, juré.

En riant, il s'allume une cigarette. Britta et Babak n'aiment pas qu'on fume au cabinet, mais Djawad transgresse systématiquement les interdictions de tout type – ce n'est pas par esprit de rébellion, c'est juste que son cerveau est ainsi fait que les informations entrent par une oreille et ressortent aussitôt par l'autre. Parfois, Britta est trop fatiguée pour le rappeler à l'ordre.

— Si ça te plaisait, pourquoi tu n'es pas resté plus longtemps dans l'unité ?

— *Abu*, madame Britta, toujours causer et dormir, dormir et causer. Moi, le matin, j'ai la tête comme ça, fallait que je récupère ma cervelle. Le médecin vient, et je dis : "*Wallah*, frère, plus de cachetons, sinon je t'envoie au plafond."

— Hum.

Britta feuillette le dossier de sortie, qui contient notamment une lettre du médecin. Témesta tous les jours, avec Citalopram le matin et Mirtazapine le soir. Rien d'étonnant à ce que Djawad ait voulu récupérer sa cervelle.

— Tu as suivi toutes les séances de thérapie ? Tu étais coopératif ?

— Ouais, grave coparatif ou je sais pas quoi.

— Tu te verrais poursuivre la thérapie ?

— Hein, quoi ?

— As-tu ressenti l'envie de renoncer à ton projet de suicide pour avoir un jour une vie normale ?

— Tu veux me prendre la tête ou quoi ?

— Je suis obligée de te poser la question, Djawad. C'est la procédure. Je demande la même chose à tous les candidats après leur séjour en clinique.

— Ouais, je vois. (Il écrase sa cigarette contre sa semelle et se remet à rire.) Tu voulais te débarrasser de moi, j'ai cru.

Sa candeur va droit au cœur de Britta. Djawad est un cas qu'elle a accepté dans le programme avec le secret espoir qu'il quitterait Le Pont au plus vite et reprendrait sa vie en étant guéri. Lassie a beau l'avoir repéré en ligne avec un bon score de 10,1, Britta ne comprend toujours pas pourquoi il veut se suicider. Il est vrai que son avenir n'est pas des plus prometteurs. Djawad sait à peine lire et écrire, d'où le fait que ses rapports hebdomadaires se limitent généralement à quelques mots : "Aujourd'hui pluie, moi cinéma", et d'après Babak, son arabe est encore pire que son allemand. Il n'a ni diplôme ni perspective professionnelle d'aucune sorte. Mais les autres jeunes de son acabit vendent de la drogue, se battent avec des videurs, rêvent de grosses voitures et de filles dociles comme des Arabes et libérées comme des Allemandes. Ils vivent leur vie en marge d'une société qui ne veut sous aucun prétexte avoir affaire à eux.

Pendant leurs séances hebdomadaires, quand Britta lui parle de son envie de mourir, Djawad dit : "Je vais Allah, madame Britta, juré." Les cinquante minutes restantes, il les passe à tuer le temps en chipotant pour fumer et en parlant de tout et de rien. Le fait qu'il ne soit toujours pas tombé aux mains de Daech est la preuve ultime qu'ils ne recrutent plus.

Même si c'est un emmerdeur de première, Britta l'aime bien. À sa manière tordue, Djawad est prêt à tout pour lui plaire. Jusque-là, et contre toute attente, il a passé l'évaluation haut la main. Le psychotest externe du niveau 4 lui a diagnostiqué un trouble narcissique, un QI bas ainsi que des tendances suicidaires envahissantes. Et manifestement, le séjour en clinique du niveau 5 l'a laissé de marbre. Britta soupire. C'est l'une des règles de base du Pont : ne pas développer de sentiments amicaux envers les candidats. Elle sait qu'elle doit commencer à regarder Djawad autrement. Ce n'est pas un gros bébé rigolo, c'est un kamikaze potentiel. Le simulacre de noyade du niveau 6 permettra de voir sa réaction face à la mort. Viendront ensuite l'automutilation et la rupture avec tous les proches. Et après quelques autres étapes, ce sera l'heure de l'envoyer au casse-pipe. Il est temps de réfléchir à quoi peut servir Djawad.

Elle met fin à l'entretien et renvoie Djawad à l'hôtel pour s'attaquer aux rapports hebdomadaires. Les épanchements de M. Marquardt sont sur le dessus de la pile. C'est un monsieur guindé et obséquieux d'environ cinquante ans, qui s'assied toujours au bord de sa chaise, le dos bien droit, et répond aux questions de Britta avec des formules aussi fleuries qu'alambiquées. Il a pour habitude de noircir plusieurs pages par jour de sa minuscule écriture nette et précise, et l'idée de devoir une fois de plus se plonger dans les états d'âme de ce névrosé fait horreur à Britta.

Cela dit, Marquardt est arrivé au niveau 8 à toute vitesse et en toute discrétion – lors du simulacre de noyade, au lieu de se mettre à convulser dans tous les sens comme les autres, il a juste fait le mort avant d'affirmer avoir vu une lumière vive. À l'heure actuelle, c'est le candidat le plus prometteur. Il atteindra certainement le niveau 12 sans problème et exécutera sa mission pour son commanditaire avec une précision chirurgicale.

Malgré ça, Britta repousse les confidences de Marquardt au bord de la table basse pour s'emparer, intriguée, des notes de Julietta. Quand Britta est retournée au cabinet, le lendemain de la conversation au Babylon, Babak était déjà devant ses pointillés et a posé sur elle un regard fatigué. Il avait encore passé la nuit avec Lassie.

"Alors ?" a-t-il demandé, et Britta a hoché la tête – sur quoi Babak a haussé les sourcils d'un air approbateur en opinant du chef.

C'était tout. Pas de question. Voilà pourquoi Britta l'aime.

Depuis, Julietta fait officiellement partie du programme. Elle a un dossier, un numéro de chambre d'hôtel et un coefficient de 8,7. Exceptionnellement, Babak a demandé à Lassie de refaire le calcul en cochant "masculin" pour le sexe. Quand le résultat est tombé, il a lâché un sifflement admiratif : 11,3. Le score le plus élevé jamais obtenu en début d'évaluation.

La petite liasse comprend dix pages, ce qui signifie que Julietta en écrit un peu plus d'une par jour.

Au lieu de lire, Britta feuillette les pages dans le désordre. Elles sont numérotées, datées et vont manifestement ensemble. Pourtant, on distingue trois écritures différentes, et Britta se demande si Julietta a pu leur remettre les notes d'autres personnes. À y regarder de plus près, elle se rend compte que la graphie change en pleine phrase, passant d'une écriture cursive fluide à des caractères d'imprimerie maladroits qui, moins d'une page plus tard, se transforment en pattes de mouche à peine lisibles. Britta sent ses poils se dresser sur ses bras. Elle a entendu parler de ce phénomène, mais c'est la première fois qu'elle le voit de ses yeux.

Même sans ça, la présentation est inhabituelle. Le texte est divisé en deux colonnes, comme si Julietta avait couché ses pensées sur le papier sous la forme d'un long poème.

Toujours la même chose
toujours ce carrousel
infernal
qui tourne en rond
j'efface les pensées

Je ne déteste
Pas
le monde
la vie
moi
ça ne vaut pas
la peine

j'efface les émotions
je tire ma révérence
mon masque à moi
la réalité et moi
ça ne passe pas

je vous aide
à sortir de là

crie
crie
crie

entraînez-vous au néant
l'indifférence tue *étincelle*
Voilà ! Ça, c'est vous. *feu*
bêtes et méchants *nuit*

— Salut, excuse-moi, on peut se parler une minute ?

En voyant Babak entrer, Britta repose les feuilles avec soulagement. En temps normal, elle n'aime pas être dérangée quand elle lit, mais les vers de Julietta enfoncent leurs crochets dans son cerveau, crie crie crie, Britta se passe les mains dans les cheveux, se gratte le cuir chevelu du bout des ongles, le bruit résonne étrangement fort, comme si l'intérieur de son crâne s'était transformé en un hangar vide.

— Tout va bien ?

Elle hoche la tête, laisse ses cheveux tranquilles et se concentre sur le visage de Babak. Il a nettement meilleure mine, son teint est moins gris, les cernes sous ses yeux ont disparu, les fossettes de gamin sont de retour sur ses joues. Depuis que Lassie s'est tue, il passe de nouveau ses nuits au lit. En tout, ils ont identifié une centaine de candidats potentiels, de quoi monter au besoin une petite armée. Même s'il leur faudrait des mois pour préparer correctement tous ces hommes, Britta se sent plus sûre d'elle avec un atout comme ça dans sa manche.

— Tu voulais me dire quelque chose.

— Je reviens de chez l'avocat. Demande acceptée.

— Sérieusement ?

— Oui. Je vais rencontrer le terroriste survivant de Leipzig.

— Comment c'est possible ?

— Je suis le cousin de Blattner. Torsten Mayer, vingt-six ans, domicilié à Bitterfeld. Autorisation nominative, trente minutes.

— Tu n'as pas une tête de Torsten.

— Mais je peux le prouver. J'ai ici…

— Stop ! s'écrie Britta. Je ne veux pas le savoir. Il y a des conditions ?

— Le juge de la détention a demandé que l'entretien soit enregistré.

Britta hausse les épaules.

— Tu t'attendais à quoi ? C'est un attentat terroriste. À tous les coups, s'ils te laissent y aller, c'est seulement pour voir s'il se met à table.

— Tu veux que je prenne la suite ? propose Babak en montrant les rapports hebdomadaires. Comme ça, tu pourras aller chercher Vera à l'école.

Britta sent sa gorge se nouer. Ces derniers jours, Vera passe ses après-midi chez Knut et Janina, sous prétexte que Britta reste au cabinet jusqu'à tard le soir et que Richard est débordé avec le nouvel investisseur. Secrètement, Britta se félicite d'avoir accepté de financer la maison à la campagne – comme ça, elle n'a pas à avoir mauvaise conscience de solliciter autant son amie. "Tu achètes tes proches, dirait sa mère qui est spécialiste de ce genre de phrases, parce que tu ne supportes pas d'être reconnaissante." Britta ne voit pas le problème dans le fait d'acheter : après tout, c'est comme ça que tout fonctionne. Et puis, il y a des personnes à qui elle est reconnaissante. Comme Babak, par exemple.

— Tu es un amour.

Elle se lève d'un bond et fait mine de vouloir l'embrasser sur la bouche. Babak la repousse en riant.

— File !

Elle se dirige vers la porte, heureuse comme si elle faisait l'école buissonnière. Alors qu'elle est pratiquement dehors, Babak la rappelle.

— Hé, Britta. Quand toute cette histoire sera terminée… (D'un geste, il désigne le tas de dossiers qu'ils ont glissé derrière le guichet.)… tu prends rendez-vous chez le médecin.

Elle ne se rend même plus compte qu'elle a en permanence la main plaquée sur l'estomac.

12

Quand Richard rentre à la maison, elle est déjà au lit, mais encore éveillée. C'est la même chose depuis des jours : elle a beau être complètement crevée, elle n'arrive pas à dormir et finit par s'énerver. Ce qui n'arrange rien. Elle n'arrête pas de se répéter que tout va pour le mieux côté privé, et que côté professionnel, il ne s'agit au pire que de quelques fausses notes. Avec un travail comme le sien, il ne faut pas s'attendre à passer entre les gouttes toute sa vie durant. Britta le sait. Mais pas son corps. Au lieu de s'abandonner à la fatigue, il envoie des décharges électriques dans son organisme. On peut se forcer à beaucoup de choses, mais pas à dormir.

Elle entend avec soulagement le bip de la porte qui se déverrouille, et elle suit à l'oreille le cheminement de Richard à travers la maison, de l'entrée à la cuisine – ouverture du réfrigérateur, sifflement d'une canette de bière – pour venir tout droit dans la chambre à coucher. La porte entrouverte est prudemment poussée, il jette un coup d'œil à l'intérieur, la voit assise éveillée dans le lit et entre. Son sourire remplit la pièce.

— Salut, chérie.

— Comment c'était ?

— Sensationnel.

Il se jette sur le lit, l'embrasse en renversant un peu de bière sur la couette, jure, rit, se retourne dans tous les sens jusqu'à finir vautré à côté d'elle. En rentrant à la maison, Britta a trouvé son petit mot sur la table de la cuisine. Le nouvel investisseur les avait invités à l'improviste, et Richard était parti pour Berlin avec Emil et Jonas. Ils comptaient rentrer par le dernier train.

— Imagine-toi un film du siècle dernier. Limousine noire devant la gare, le chauffeur a au moins un doctorat. À peine on s'est assis à l'intérieur qu'on est arrivés à destination. On descend sur Unter den Linden. Un ascenseur nous emmène jusqu'au toit, penthouse avec terrasse, vue sur le Reichstag.

— Privé ou professionnel ?

— Les deux, je pense. Guido est un drôle de type. Ça ne m'étonnerait pas qu'il habite essentiellement à l'hôtel.

— Vous vous tutoyez déjà ?

— Dès qu'on passe la porte, le champagne est débouché, plus personne ne se vouvoie et les derniers papiers sont signés. Il nous embarque sur la terrasse et remplit nos coupes en nous commentant la vue.

— Il vous a parlé de Berlin ? C'est tellement vieux jeu.

— À sa manière. Guido Hatz est géomancien de métier.

— Sourcier ?

— Plutôt un genre de guérisseur terrestre. Il raconte que les nouvelles constructions blessent la terre, que Berlin n'est au fond qu'une gigantesque plaie et que, face à ce genre de catastrophes énergétiques, réconcilier l'homme et la terre est une tâche immense. Il nous a montré l'endroit où l'ange de la ville aime aller se percher.

— Je ne comprends pas.

— Sur le quadrige de la porte de Brandebourg.

— Évidemment. C'est là que j'irais aussi. Si j'étais un ange, je veux dire.

— Emil et Jonas n'arrêtent pas de poser des tas de questions, comme des fayots le jour des portes ouvertes. Bras dessus bras dessous, les meilleurs amis du monde, avec les joues toutes rouges.

— À cause du champagne ?

— À cause de l'argent.

— Et toi ?

— J'en sais rien. Ce type est un taré, mais d'un côté, il m'intrigue.

— Le magnétisme du sourcier.

— Voilà.

Britta lui prend la canette des mains, boit quelques gorgées alors qu'elle s'est déjà brossé les dents, et retourne se blottir dans les oreillers. C'est agréable d'écouter Richard, de le voir rayonner au sens propre, galvanisé par le succès, l'espoir et l'euphorie.

— Et attends la suite. D'un coup, alors qu'il est en train de nous raconter ses histoires, il pousse une chaise contre la balustrade de la terrasse et grimpe dessus. Il continue à parler, radiesthésie, ley-lines, chakras de la terre et ainsi de suite, repose son verre, monte sur la balustrade, et il nous sort : Regardez, là, il y a une ligne machinchose, juste ici, j'ai fait construire la terrasse en fonction, pas besoin de regarder mes pieds, je sens l'énergie. Il ferme les yeux, écarte les bras et avance sur la balustrade – de l'autre côté, c'est le vide, avec les touristes, les voitures, les feux de circulation et les vélos vingt mètres plus bas.

— Dingue.

— Je l'ai filmé.

Richard sort son portable de sa poche, balaie l'écran jusqu'à trouver la vidéo en question, se penche vers Britta, elle approche sa tête de la sienne, c'est marrant tout ça, elle se dit qu'après ils vont sans doute faire l'amour. Et la vidéo démarre. Le ciel au-dessus de Berlin, les toits, une balustrade, Emil et Jonas de profil, qui pouffent d'un air terrifié, une coupe de champagne à la main, des exclamations fiévreuses en fond sonore – waouh, incroyable, mais qu'est-ce que tu fabriques, j'hallucine, c'est de la folie, regarde-moi ça. Sur la balustrade, un homme parfaitement impassible, yeux fermés et bras écartés, visiblement détendu, souriant, qui pose avec assurance un pied devant l'autre, sans traîner ni se presser – un homme qui sait où il va. Au milieu du visage, une moustache qu'on ne peut pas louper, châtain, comme ses cheveux.

13

Salut maman, salut papa,

Quand vous lirez cette lettre, je ne serai plus là. Je suis sûre qu'apprendre ma mort vous horrifie, et que vous vous posez tout un tas de questions. Pourquoi a-t-elle fait ça ? Était-elle malheureuse ? Qu'est-ce qu'on a raté ?

Laissez-moi vous prévenir : vous resterez seuls avec ces questions à tout jamais.

Le cabinet de thérapie qui m'a aidée à trouver ma voie propose des lettres d'adieu types aux candidats. On y trouve des formules toutes faites comme : "Ce n'est pas votre faute", "Ma décision n'a rien à voir avec vous", ou : "Je souhaite que ma quote-part te revienne, chère maman, pour que tu puisses enfin t'acheter telle ou telle chose. Pense à moi chaque fois que tu t'en serviras, et sache que je t'aime."

Pour moi, il était hors de question de prendre une lettre type. Je fais don de mes honoraires au refuge pour animaux.

Chère maman, cher papa, si vous êtes au fond du trou en ce moment, dites-vous que ce n'est pas parce que je vous manque, mais juste parce que vous avez l'impression d'avoir échoué en tant que parents. Pour vous, l'univers ne dépasse pas les contours de vos personnes, et à l'intérieur, vous êtes vides. N'allez pas vous croire capables de véritables émotions. Faites comme si j'étais en train d'étudier à l'étranger, comme si j'avais un travail, un mari et des enfants. Londres. Ou Boston. De toute façon, je ne vous aurais pas donné de nouvelles, donc ça ne change rien.

Bonne chance pour la suite,

Julietta

Britta a lu la lettre dix fois. La relire une onzième fois ne fait pas partie de ses attributions, encore moins dans cette situation, mal assise au volant de son van à l'arrêt, avec le porte-documents contenant les rapports hebdomadaires sur les genoux. Pourtant, c'est précisément ce qu'elle fait : elle relit une dernière fois les lignes de Julietta. Ses mots déclenchent en elle un drôle de sentiment, comme une croûte qu'on ne peut pas s'empêcher de gratter jusqu'à ce qu'elle saigne.

Contre toute attente, beaucoup de candidats achoppent sur la lettre d'adieu. À l'heure de s'adresser pour la dernière fois aux êtres qui leur sont chers, leur fantasme de suicide se heurte à la réalité dans un fracas de tous les diables. Sachant que, selon les statistiques du Pont, un tiers des participants quitte le programme à ce stade-là pour reprendre sa vie, Britta a placé la rédaction de la lettre au début de l'évaluation, au niveau 3. Certains passent des semaines à se torturer pour l'écrire, essaient toutes les lettres types, jettent leurs brouillons à la poubelle les uns après les autres, jusqu'au moment où ils se rendent à l'évidence : arrivés au pied du mur, ils n'ont aucune envie de se suicider.

Julietta n'a pas eu à se torturer. Ses lignes sont couchées sur le papier dans une écriture fluide et uniforme, on voit qu'elles ont été rédigées avec plaisir. Britta y sent un souffle qui la dépasse. Les mots de Julietta respirent la dureté, la cruauté, la haine – de quoi accomplir de grandes choses. Soudain, Britta a envie d'envoyer une lettre d'adieu à ses propres parents. Tout en fixant le parking désert de la maison d'arrêt de Leipzig à travers le pare-brise, elle teste différentes formules, réfléchit à la manière dont elle commencerait, chère maman, cher papa, quand vous lirez ça… Elle se rend compte que ce sont les mots de Julietta qui s'imposent à elle, et elle prend peur.

Brusquement, elle se redresse et met la lettre de côté. Les règles du Pont interdisent toute identification avec les candidats. Se laisser aller à ce genre de divagations, ce n'est pas professionnel. Au fond, Britta n'a rien à faire ici, elle devrait être à son bureau au cabinet, et pas dans une voiture devant la maison d'arrêt. Elle a tenu à accompagner Babak à Leipzig, alors que ça ne rime à rien. Ils sont partis ensemble au lever du jour, pour être sur place à huit heures pile. Pendant tout le trajet, elle a essayé de lui parler de Guido Hatz. Mais chaque fois qu'elle voulait ouvrir la bouche, c'était le vide dans son cerveau. Une seule pensée lui venait : "Il a une moustache."

Elle descend la vitre, inspire profondément, elle est en manque de sommeil ces derniers temps. Elle est en train de ranger la lettre de Julietta dans le porte-documents pour prendre d'autres papiers quand le sas du bâtiment principal s'ouvre. Babak en sort. Il est trop tôt. Avec une demi-heure de temps de visite et les formalités qui vont avec, il n'aurait pas dû quitter la prison avant neuf heures. L'horloge du tableau de bord indique huit heures et quart.

Babak avance vers le parking, se perd du côté des râteliers et fixe les arcs métalliques sans un seul vélo garé dedans, l'air de se demander à quoi ils servent. En apercevant le van, il repart, accélère le pas, court presque. Britta se penche par la fenêtre ouverte.

— Qu'est-ce qu'il se passe ? lance-t-elle d'une voix étouffée. Tu as été démasqué ?

— Markus est mort.

Sur le trajet de retour, ils gardent le silence, assis côte à côte, Britta au volant, Babak sur le siège passager, les yeux braqués vers l'avant où le nez épaté du van avale la route mètre après mètre. Il faudrait parler, il y a urgence, mais ce n'est pas possible. Britta est certaine que Babak rumine les mêmes pensées qu'elle. 2,5. La note attribuée par Lassie à Markus Blattner, sachant que 12 correspond à un risque de suicide maximal. 2,5, c'est un désir de mort superficiel, une œillade lancée à la grande faucheuse, rien de plus. Et pourtant, Markus est censé s'être pendu dans sa cellule.

Britta a le sentiment douloureux d'être une pièce d'un puzzle sans queue ni tête. L'attentat de Leipzig, la Hilux devant sa porte, Julietta, l'investisseur équilibriste de Richard avec la même moustache que leur poursuivant. La mort de Markus Blattner. Il faut absolument qu'elle mange un morceau, elle a mal à l'estomac, comme si quelqu'un farfouillait dedans.

Markus serait-il encore en vie si Babak n'avait pas voulu lui rendre visite en prison ?

Quand ils se garent sur une des places de stationnement au pied des barres d'immeubles de la Kurt-Schumacher-Straße, il est dix heures et demie. Une heure incroyablement matinale vu toute la route qu'ils ont faite. Britta masse ses poignets raidis à force d'agripper le volant. Babak descend aussitôt de voiture pour s'engouffrer dans le passage sans l'attendre. En arrivant à son tour au cabinet, Britta entend du remue-ménage au sous-sol. Elle descend lentement l'escalier en colimaçon et s'adosse contre le chambranle de la salle des serveurs. Ça lui fait mal de voir Babak retirer les câbles du mur, débrancher les raccords, détacher les composants les uns des autres. Comme s'il arrachait le cœur du Pont à mains nues.

Au lieu de l'aider, Britta retourne en haut s'asseoir sur le canapé, avec une tasse de café qu'elle ne boira pas. De temps en temps, Babak passe, chargé de cartons ou de caisses, de bobines de câbles, d'écrans, de sacs remplis de petits éléments. Un hurlement strident, qui n'est pas sans rappeler le bruit d'une scie sauteuse, s'élève du sous-sol et repart de plus belle chaque fois que Babak met une nouvelle liasse de papiers dans le broyeur. Britta n'a pas besoin d'aller voir pour savoir ce que c'est : les résultats des dernières recherches de Lassie sont en train d'être détruits.

Une bonne heure plus tard, Babak remonte l'escalier en colimaçon une dernière fois, à bout de souffle, gravissant une marche après l'autre avec le châssis du serveur dans les bras. Le broyeur s'est tu, le silence pèse de tout son poids sur les locaux.

"À plus", dit Babak avec un faible sourire avant de s'en aller.

Britta se dit que Lassie va être remontée ailleurs. À un endroit que même elle ne connaît pas. Que ce n'est qu'un déménagement, une mesure de précaution. Malgré ça, elle a le sentiment qu'une page est en train de se tourner.

14

— Ah, vous fermez déjà ?

Guido Hatz est adossé contre le capot de sa jeep blanche. C'est le modèle à bord duquel les cinglés de Daech roulaient autrefois dans le désert. Les bras croisés, il sourit de toute sa hauteur à Britta, qui doit faire une tête de moins que lui.

— Qu'est-ce que vous voulez ?

— Des informations sur vos services.

Ils se regardent avec des expressions à l'opposé l'une de l'autre – Hatz avenant et impatient, Britta hésitant entre la colère et la peur – à tel point que c'est un miracle qu'ils arrivent à se voir l'un l'autre.

— On peut peut-être entrer ? suggère Guido Hatz. J'aimerais bien discuter un peu.

L'espace d'un instant, Britta caresse l'idée de le planter là pour rentrer chez elle. Elle est épuisée. Elle rouvre la porte à contrecœur et se campe au milieu de l'entrée. En comprenant qu'elle ne lui proposera pas de siège, Hatz entreprend de faire un petit tour du propriétaire : il inspecte le guichet, le coin salon et le dessin en pointillés.

— Comme c'est intéressant. (Il se penche sur l'œuvre de Babak.) Je vois des centres énergétiques. Ici, par exemple. (Son doigt encercle l'endroit sur lequel Babak a travaillé ces derniers temps.) Une zone d'extrême densification. Qui réclame à grands cris une bouffée d'air. C'est une méthode pour identifier les nœuds énergétiques ? C'est vous qui l'avez développée ?

Il est doué. Britta ne saurait dire s'il parle sérieusement ou s'il joue avec elle. Elle sent l'angoisse monter derrière ses pensées et simule un bâillement pour se détendre – Guido Hatz n'est sans doute pas dupe.

— Venez-en au fait. De quoi s'agit-il ?

— Peut-être votre mari vous a-t-il déjà raconté que je m'intéresse à la géomancie.

Surprise, Britta hausse les sourcils. Il ne cherche pas à cacher qu'il connaît Richard. Il ne s'est pas présenté et ne lui a pas non plus demandé son nom. Manifestement, il part du principe que chacun sait qui est l'autre. Selon un vieil adage, la solution la plus simple est souvent la meilleure – à partir de là, Hatz ne serait rien de plus qu'un millionnaire excentrique qui aime savoir où va l'argent qu'il investit. Britta se ressaisit et passe en mode "conversation normale".

— Richard m'a montré la vidéo, dit-elle. Celle où vous marchez en équilibre sur une balustrade avec les yeux fermés.

— Un jeu d'enfant, répond Hatz avec un petit geste de la main. C'est à la portée de n'importe qui, à condition de se concentrer un peu. Mais pour faire ça, poursuit-il en revenant au dessin de Babak, il faut nettement plus d'ouverture émotionnelle à la constellation énergétique. Vous pourriez peut-être m'expliquer rapidement votre méthode ? Quelque part, je suis du métier.

— Le Pont n'a rien à voir avec l'ésotérisme. Je suis psychothérapeute.

— L'ésotérisme est un concept creux. (Guido Hatz se caresse la moustache.) Guérir, c'est une question d'énergie.

— C'est vrai. (Britta hoche lentement la tête, histoire de gagner du temps – elle en a besoin pour se remémorer les grandes lignes de sa formation.) Le Pont propose de la thérapie respiratoire, du training autogène, de l'hypnose ainsi que du brainspotting, du CRM et de l'EMDR.

Guido Hatz semble réprimer un sourire.

— Mais ces derniers temps, nous nous sommes spécialisés, même si vous allez me dire que la spécialisation est contraire au principe même du cabinet de thérapie. Parfois, ce sont justement les contradictions qui libèrent la plus grande énergie.

Face à cette pirouette rhétorique, il fait un sourire approbateur.

— Self-managing, life-coaching, ego-polishing.

D'une voix où ne perce aucune ironie, il cite l'inscription sur la plaque du cabinet.

— Derrière ces concepts se cache une idée simple, explique Britta. Le Pont guérit les pensées suicidaires.

— Vos patients savent à quoi s'attendre ?

— Nous avons recours à un processus en douze étapes.

— Jusqu'au stade terminal ?

— Dans certains cas particuliers. Même si on appelle ça autrement.

— Les autres partent avant ?

— La grande majorité nous quitte lors des premières étapes.

— Guérie.

— Pour ainsi dire.

— Tous les élèves ne deviennent pas maîtres.

— En quelque sorte.

— Vous avez des statistiques ?

Britta l'examine du regard, Hatz fait toujours la même tête, l'air curieux et avenant.

— La question vous étonne ? Je suis un homme d'argent. Les chiffres m'intéressent.

— Le Pont a des statistiques sur tout. Mais les chiffres sont confidentiels.

— Donnez-moi un ordre d'idées. Combien de patients arrivent à la dernière étape ?

— Moins de dix pour cent.

— C'est extrêmement vague.

Il se met à rire.

— Restons-en là.

— Je peux prendre vos mains quelques instants ?

La perplexité de Britta ne dure qu'une fraction de seconde. Depuis qu'elle travaille au Pont, elle tombe régulièrement sur des illuminés. Dans leur quête éperdue de sens, les gens se bardent de pierres semi-précieuses, arborent des bracelets magnétiques et refusent de se doucher après leurs séances de prana pour conserver leur énergie. Jusqu'au jour où ils se mettent en tête qu'en finir une bonne fois pour toutes serait la meilleure solution. Les illuminés sont incapables d'écouter et parlent beaucoup. En ce sens, Hatz n'est pas un exemple typique. Et il ne porte pas de pierres guérisseuses. Dans l'espoir d'abréger cette visite surprise, Britta tend les mains, paumes vers le haut, et Hatz pose délicatement les siennes dessus, un léger contact dont Britta ne saurait dire s'il est réel ou non. Au bout de quelques secondes, il hoche la tête d'un air approbateur.

— Rien d'étonnant à ce que vous ayez autant de succès, dit Hatz. C'est exceptionnel.

Britta retire ses mains pour les fourrer dans les poches de sa veste. Soudain, elle éprouve le besoin de les laver avec beaucoup de savon et d'eau chaude, si possible en prenant une longue douche. Mais au lieu de se décider à partir, Hatz montre un des fauteuils.

— Ça ne vous dérange pas que je m'asseye ?

Britta est tentée de prétexter un rendez-vous pour se débarrasser de lui. Mais la raison lui dit d'en profiter pour le faire parler. Qu'il soit un cinglé inoffensif ou l'émissaire d'une force ennemie, elle veut savoir à qui elle a affaire.

Elle lui propose un fauteuil avant de s'asseoir sur le canapé. Hatz prend ses aises, l'air d'attendre qu'elle aille chercher le café. Voyant qu'elle n'en fait rien, il se renverse en arrière, tout sourire, bras croisés. Britta n'a pas la force de jouer la guerre des nerfs – elle décide de parler en premier.

— Pourquoi investissez-vous chez Smart Swap ?

— Oh. (Le sourire de Guido Hatz s'agrandit. Manifestement, il ne s'attendait pas à cette question.) Ça vous inquiète ? Vous avez peur que j'achète quelque chose qui vous appartient ?

"Tu achètes tes amis, dit la voix de la mère de Britta. Tu aimes que Richard dépende de toi, parce que comme ça tu es sûre qu'il ne te quittera pas." Britta fait de son mieux pour ne pas trahir ses pensées. Imperturbable, elle soutient le regard de Guido Hatz.

— J'investis parce que je suis riche.

— Ce n'est pas une raison.

— Parce que je veux être encore plus riche.

— Avec Swappie ?

— L'idée a du potentiel. Votre mari est doué. Même si vous le prenez pour un raté.

Une attaque en règle. De toute évidence, il cherche à la provoquer, mais Britta est bien décidée à ne pas se laisser déstabiliser. Dans le silence qui suit, elle se fait la réflexion que le ronronnement de Lassie en fond sonore lui manque cruellement.

— Vous savez, si je suis venu, c'est surtout pour vous dire que vous êtes sur la bonne voie.

Hatz lève l'index, signe qu'il compte enfin entrer dans le vif du sujet.

— Comment ça ?

— Vous vous préparez à faire une pause. Vous jetez votre portable, débranchez les ordinateurs.

Sans lui laisser le temps de répondre, il agite l'index près de son oreille, pour montrer qu'il entend la même chose qu'elle – rien.

— Les serveurs sont en maintenance.

Hatz ne juge pas nécessaire de réagir à cette excuse absurde, Britta ne peut pas lui en vouloir.

— Je ne lis peut-être pas dans les pensées, poursuit-il, mais je lis dans les champs énergétiques. Vous êtes arrivée à votre limite. Derrière, c'est le vide.

Dans sa tête, Britta barricade portes et fenêtres pour empêcher les paroles de Hatz de l'atteindre. Elle veut qu'il se taise, mais elle ne va pas jusqu'à l'arrêter. Elle doit écouter ce qu'il a à dire.

— D'un point de vue extérieur, la situation est claire et nette. Vous traversez un épisode paranoïaque, vous vous sentez persécutée, vous ramenez tout à vous. Confusion, pensées obsessionnelles, insomnies. Crises de panique. Sentiment d'une menace imminente. Et bien sûr, les nausées. Les nausées qui ne s'arrêtent jamais.

Il se penche en avant et lève légèrement les mains, plein de compassion et de tendresse.

— Faites votre propre diagnostic, Britta. C'est un burn-out. Vous êtes à deux doigts de la dépression.

Elle a beau savoir qu'il va trop loin et qu'elle ne devrait pas laisser passer ça, elle continue à le dévisager, figée comme un lapin dans les phares d'une voiture. Comment est-il possible qu'il en sache autant sur elle ? Elle se concentre de toutes ses forces pour garder un visage impassible, ne pas changer d'expression, ne pas craquer.

Respirer – inspiration, expiration –, ne pas essayer de sourire, ne pas bouger d'un cil, ne pas tourner la tête, ne pas cligner des yeux, juste respirer. Inspiration, expiration.

— Vous êtes une femme forte, Britta. Mais votre ange gardien se fait du souci.

Britta se racle la gorge.

— Mon ange gardien ?

— Moi-même.

Hatz se lève, lisse les jambes de son pantalon.

— Dites-vous simplement que je suis un ami de la famille. Qui vous observe à distance depuis longtemps, et vient de temps en temps à la rescousse, sans le crier sur les toits.

Cette fois, plus de doute, pense Britta, il est fou. Soudain, cette idée la transporte d'allégresse – fou, fou, fou, sa tête chante ce mot sur tous les tons. Le soulagement la soulève du canapé, comme si elle allait s'envoler au plafond. Un cinglé plein aux as qui se prend pour un ange gardien, un stalker à plusieurs millions qui, pour une raison obscure, s'est mis en tête de faire leur bien, à Richard et à elle. Tordu, mais inoffensif.

— Vous avez réussi, vous méritez de souffler, poursuit Hatz. Laissez la barre à votre mari. D'ici quelques années, je veux que Swappie soit coté en Bourse, et pour une belle somme. D'ici là, Richard aura besoin de soutien. Il doit pouvoir compter sur vous.

Il se caresse la moustache en jetant un dernier regard aux locaux. Puis il hoche la tête, comme convaincu par la justesse de ses propres explications.

— Accordez-vous une pause. Le reste ira tout seul.

Il se dirige vers la porte sans que Britta bouge du canapé.

— Et sinon ? demande-t-elle alors qu'il a déjà la main sur la poignée.

Dehors tombe une légère bruine, fine comme un tissu transparent, ou peut-être est-ce le brouillard qui commence à descendre du ciel. Hatz lâche la porte qui se referme dans un bruit de succion.

— Si je ne suis pas votre conseil. Qu'est-ce qu'il va se passer ?

Il lui lance un regard pénétrant.

— Sincèrement, Britta, répond-il, je n'en sais rien.

15

Sans un mot de plus, Guido Hatz a quitté le cabinet pour remonter dans sa Hilux. Britta est plantée sur la place de stationnement, comme si elle avait besoin de s'assurer qu'elle est vraiment vide. La tête renversée en arrière, elle laisse la pluie fine lui chatouiller le visage. Elle a envie d'écarter les bras et de tournoyer sur elle-même sous le ciel bas. Quel bonheur d'être une personne normale, dehors dans la rue, avec une vie normale. Pas d'idées obsédantes, pas de questions qui tournent en boucle dans sa tête. Une passante comme les autres, qui s'est arrêtée quelques instants pour observer le ciel tandis que la bruine transperce peu à peu ses vêtements.

Si Guido Hatz est fou, Britta ne l'est pas.

D'un coup, elle arrive à envisager que les événements de ces derniers temps n'aient rien à voir avec elle. Un attentat raté, commis par deux idiots, une mauvaise idée qui se termine en opération catastrophe. Un multimillionnaire azimuté qui se promène en jeep pour jouer les anges gardiens. Et un terroriste en herbe qui met fin à ses jours derrière les barreaux, sans doute à l'aide d'une ceinture ou de lacets dont le port, contrairement à ce que racontent les films hollywoodiens, est parfaitement autorisé en détention provisoire.

Un jour, à la question : "Comment tu fais pour être toujours d'aussi bonne humeur vu l'époque à laquelle on vit ?", Janina a répondu : "Je profite à fond de ce que la grande majorité des choses ne me concernent pas."

Britta observe son visage dans la vitre teintée du van. Contre toute attente, elle a exactement la même tête que d'habitude. Les événements n'y ont laissé aucune trace. Ce qu'elle voit lui plaît bien. Elle a un joli visage, de ceux qui ne restent pas en mémoire. Des habits chics, mais sans en faire trop. Des cheveux blonds trop courts pour jouer la carte de la séduction. Ni grande ni petite, ni grosse ni maigre, une femme sans vices ni passions, qui mange modérément, aime modérément, fait du sport modérément. La moyenne incarnée, et Britta compte bien continuer comme ça, sur les rails où elle est lancée, jusqu'à la fin. Tout en détaillant son reflet, elle sent sa conscience remonter à la surface, après avoir passé des jours à errer dans ses profondeurs. C'est à l'air libre qu'il faut rester pour trouver le bonheur et la santé. Plus on s'enfonce en soi-même, plus on perd pied. Britta le sait par son travail. Désormais, elle n'a qu'une envie : rentrer chez elle, prendre une douche chaude qui la nettoiera de l'intérieur et de l'extérieur, se débarrasser de tout ce qui lui colle à la peau depuis l'attentat de Leipzig. Après ça, elle en est sûre et certaine, elle sera libre.

Une fois Vera endormie, Britta se décide à parler de Hatz à Richard. Ils sont au salon, chacun avec un verre de vin à la main, et regardent dehors par la baie vitrée. Le soleil ne sera pas couché avant deux heures, mais il fait déjà presque nuit, la bruine s'est transformée en averse. Des trombes d'eau tombent du ciel noir, l'assaut fait ployer les plantes et les arbres, les voitures roulent au pas en poussant de petits halos de lumière devant elles.

— Il est venu au cabinet. Guido Hatz.

— Vraiment ? Qu'est-ce qu'il voulait ?

— En gros, il a dit que j'avais une aura pourrie et qu'il était mon ange gardien.

— Du Guido tout craché !

Richard éclate de rire, et Britta s'énerve parce qu'il appelle Hatz par son prénom. C'est grotesque.

— Et il m'a conseillé de faire une pause, afin que tu puisses te donner à fond pour Swappie.

D'un coup, Richard reprend son sérieux.

— C'est vrai que les prochains mois ne vont pas être faciles.

— Je n'en crois pas mes oreilles, répond Britta, stupéfaite.

— Attends, chérie. Ces dernières années, tu as bossé comme une dingue, nourri la famille, financé la maison. Pourquoi tu ne lèverais pas un peu le pied ? Chacun son tour.

— Mais enfin, tu ne comprends pas ? (Le ton de Britta est plus agressif qu'elle ne l'aurait voulu.) Si je travaille autant, ça n'a rien à voir avec toi et Swappie. (Elle l'examine du regard.) Ou est-ce que toi aussi, tu penses que je suis en plein burn-out ?

L'hésitation de Richard la blesse. Il est censé croire qu'elle réussit tout. Tout le temps. C'est pour ça qu'il est là.

— Non, répond-il. Enfin, il faut qu'on s'occupe de tes maux de ventre. Tu dois vraiment aller chez le médecin.

— Je me suis déjà plainte ?

— Ce n'est pas la question. Depuis quelques semaines, tu es à côté de tes pompes. Et toujours par monts et par vaux. Vera passe sa vie chez Janina.

— Tu as parlé de moi avec Hatz ?

— Non.

— Tu es sûr ?

— Non ! Tout ça n'a rien à voir avec Hatz !

— Tu ne t'es jamais demandé s'il n'était pas fou ?

Richard lui lance un regard étrange.

— Tu veux dire qu'il faut être fou pour investir dans mes idées ?

Il y a de la dispute dans l'air, ce n'est pas ce que Britta voulait. La conversation est en train de mal tourner. Elle tente l'ironie.

— Voilà ! Il n'y a que les psychopathes pour croire à Swappie ! (Elle l'embrasse, même si ça lui coûte un peu.) Tu dois bien admettre que Hatz est un drôle d'oiseau. Qu'est-ce qu'il a à me poursuivre comme ça ? Et à s'inquiéter de ma santé ?

— Te poursuivre ? Je croyais qu'il était juste venu au cabinet.

— Tu sais ce que Guido Hatz a comme voiture ?

— Il en a sans doute un paquet.

— Une Toyota Hilux.

— Et alors ?

— C'est une jeep blanche.

— Je ne comprends pas où tu veux en venir.

— Souviens-toi du trajet pour aller à Wiebüttel. La voiture qui nous collait au train.

— Britta. (Richard repose son verre pour lui prendre les mains.) C'est n'importe quoi.

— Quelques jours plus tard, il est passé devant la maison, toujours en voiture. Je l'ai vu.

— Arrête, s'il te plaît !

— J'en suis sûre et certaine. Il va falloir que tu t'y fasses : votre poule aux œufs d'or a un pète au casque, et un gros.

— Chérie, tu ne te rends pas compte que ce que tu racontes est absurde ?

— Tu trouves ça normal qu'il vienne me voir au cabinet ?

— Il voulait faire ta connaissance. Il est juste un peu spécial.

— Donc pour toi, c'est moi qui débloque, pas lui ?

— Personne ne débloque.

Richard essaie de lui caresser les cheveux, mais elle esquive.

Le lendemain matin, elle va au cabinet à vélo. Malgré sa dispute avec Richard, elle a dormi quelques heures la nuit passée et se sent reposée. Cela dit, elle est toujours un peu fâchée contre lui, et à la table du petit-déjeuner, ils ont à peine échangé trois mots.

Au laboratoire dentaire, la réceptionniste blonde en blouse blanche est déjà à sa place. Quand Britta la salue, elle se contente de la fixer comme si elle était transparente. Britta se demande si la fille a passé la nuit assise ici, si c'est une vraie personne ou un robot de surveillance télécommandé par Guido Hatz.

Au premier coup d'œil, elle voit que Babak n'est pas au cabinet. Le plafonnier est éteint, les pointillés n'ont pas bougé. Elle ne se fatigue pas à descendre de vélo pour ouvrir la porte : elle repart aussitôt, longe les boutiques du passage, pour la plupart vides, retourne sur la Kurt-Schumacher-Straße et prend la direction du centre-ville. La place John-F.-Kennedy est à nouveau en chantier, sens de circulation inversé, barrières en plastique jaune dans tous les coins, pétarades de marteaux pneumatiques, hurlements d'ouvriers. De ce que Britta en sait, un espace Le Sport pour tous est censé être construit au milieu du carrefour, avec un coin yoga, un parcours de marche nordique et des trampolines, mais elle n'est pas sûre. Depuis que le CCC siège au conseil municipal, elle ne suit plus les nouvelles locales. Les écrans fixés aux lampadaires annoncent le lancement d'un festival culturel, "Le peuple en fête", avec des concerts, des tables rondes et des activités pour enfants.

En passant devant le Babylon, elle jette un regard par la vitre. Ce n'est pas Sahid qui est au comptoir, mais une femme aux cheveux blond cendré. Peu importe, se dit Britta, ça n'a rien à voir avec moi.

L'appartement de Babak se trouve sur Höhe, une rue étroite qui donne sur la zone piétonne et dont le nom signifie "Hauteur". D'après Babak, c'est pour son adresse qu'il a acheté cet appartement, parce qu'il aime se dire qu'il "prend de la hauteur" en rentrant chez lui. Il y a quelques années, l'immeuble a eu droit à un coup de peinture et est désormais rutilant de fraîcheur et de propreté, les fenêtres sont impeccables, les larges balcons soigneusement fleuris et ornés de marquises de toutes les couleurs. Tous sauf un, où seules quelques tiges séchées dépassent des bacs à fleurs. Le balcon de Babak est le dernier de ses soucis.

Britta accroche son vélo à un pied de lampadaire avant de sonner. Pas de réponse. Elle s'y attendait. Quand Babak a décidé de dormir, il dort, douze à quatorze heures d'affilée. La troisième fois, Britta garde le doigt sur la sonnette jusqu'à ce que le grésillement de l'interphone se fasse entendre. Elle s'élance dans la cage d'escalier où flotte une odeur de légumes grillés, grimpant les marches deux par deux, jusqu'au troisième étage. Au moment précis où elle va pousser la porte entrebâillée, cette dernière s'ouvre de l'intérieur.

Incrédule, Britta toise la silhouette qui la regarde, à moitié endormie. Ce n'est pas Babak : c'est Julietta. Ses jambes minces dépassent comme des allumettes de son pantalon de jogging gris coupé aux genoux. En haut, elle porte un T-shirt noir beaucoup trop grand qui devait appartenir à un homme. Britta ferme les yeux en priant de toutes ses forces pour que Julietta ait disparu quand elle les rouvrira. En vain. Elle pousse la jeune fille sur le côté et se précipite dans le salon, qui est plutôt un genre de débarras surdimensionné. Depuis la dernière visite de Britta, peu de choses ont changé, si ce n'est que la quantité de bouteilles vides, de magazines entassés et de déchets électroniques a encore augmenté. La nouveauté, c'est le matelas au milieu de la pièce, avec des draps pêle-mêle dessus et, à côté, une petite pile de livres, de quoi écrire, un portable branché à des écouteurs, quelques habits noirs et une ceinture cloutée que Britta a déjà vue Julietta porter. Un cendrier plein de mégots de cigarettes et de restes de joints, ainsi que des boîtes de comprimés que Britta identifie comme étant du Témesta. Elle va à la fenêtre ouvrir en grand les deux battants, comme une mère de retour de voyage qui découvre ce que sa fille a fait de la maison en son absence. Un flot d'air entre de l'extérieur, étonnamment frais, avec un léger parfum d'automne.

— Ce n'est pas ce que tu crois, dit Julietta qui l'a suivie pour s'adosser dans l'encadrement de la porte.

Pour un peu, Britta éclaterait de rire, mais elle est trop en colère pour ça.

— Babak est homo, espèce de dinde, siffle-t-elle. (Son script ne vaut pas mieux que celui de Julietta.) Où il est ?

— Il dort.

— Plus pour longtemps.

— OK, dit Julietta, je crois que je vais y aller.

Elle se dirige vers son matelas, tire un jean noir du capharnaüm et saute dedans sans enlever son jogging. Britta l'observe quelques instants et constate avec soulagement qu'elle prend les cigarettes mais pas les boîtes de médicaments. La porte d'entrée claque, si violemment que quelques secondes plus tard la porte de la chambre s'ouvre et Babak passe une tête endormie dans le couloir, vêtu d'un pyjama en soie à carreaux beaucoup trop élégant. La pièce derrière lui est plongée dans l'obscurité.

"Café ?" Sans attendre de réponse, Babak part à la cuisine d'un pas traînant.

Britta est tellement sidérée qu'elle en reste plantée là, les poings serrés, pendant qu'à la cuisine deux tasses de café sont sorties d'on ne sait où et rincées à la va-vite, sur quoi le bruit de la machine à expresso se fait entendre. Babak revient et lui tend son café, avec beaucoup de lait et de sucre, comme elle l'aime. Il a jeté sur ses épaules un peignoir à carreaux, d'une autre couleur que son pyjama mais non moins improbable. Il s'appuie dans l'encadrement de la fenêtre ouverte, sa tasse entre les mains. Comme il n'y a pas de chaise dans la pièce et que Britta n'a pas envie de s'asseoir sur un carton de déménagement, elle reste là où elle est.

— Tu es fâchée ?

Vu la situation, la question est une plaisanterie. Même si le lieu d'habitation des candidats pendant la durée du programme n'est pas fixé par des règles précises, il va de soi qu'être hébergé chez Babak ou Britta est totalement contraire au principe même du processus. Il faut garder ses distances, ne pas s'identifier ni se lier d'amitié avec les candidats. Surtout, Britta n'en revient pas que Babak ne lui ait rien dit de sa nouvelle colocation. Mais après tout, elle non plus ne lui a pas parlé de Guido Hatz, en tout cas pas jusqu'à maintenant, car si elle est venue, c'est justement pour en discuter avec lui. Ils sont tellement raccord sur tout que même leurs cachotteries se font en simultané.

— Au Deutsches Haus, elle se fait harceler, dit Babak.

— Par les autres candidats ?

— Par les autres clients.

— Est-ce qu'elle suit les instructions ? Elle prend son petit-déjeuner dans sa chambre ?

— Bien sûr. Elle ne va ni au restaurant de l'hôtel, ni au bar, et reste au maximum dans sa chambre. Et malgré ça, on n'arrête pas de l'aborder, dans l'ascenseur, dans les escaliers, à la réception. Une fois, il y en a un qui a toqué à sa porte pour lui proposer de venir prendre un verre avec lui.

— Merde.

Britta s'assied par terre pour commencer à boire son café à petites gorgées. Il est bon, bien meilleur qu'au cabinet.

— On n'avait pas pensé à ça, dit-elle.

Une femme seule à l'hôtel pendant plusieurs semaines, ça ne passe pas inaperçu, surtout une femme comme Julietta. S'ils l'ont envoyée au Deutsches Haus, c'est parce que tous les candidats y sont logés, “participant au coaching du Pont « Découverte de soi-même et nouveau départ »”, facturation aux tarifs entreprise, le personnel de l'hôtel est aimable et discret, personne ne s'est jamais plaint. Mais Julietta est la première femme du programme. Ce cas de figure est nouveau pour eux.

— Un soir, je l'ai trouvée devant ma porte. Je vois bien les arguments contre. Mais dans un autre hôtel, il y aurait eu les mêmes problèmes.

— Et tu comptais m'en parler quand ?

— Jamais, dit Babak avec un grand sourire. Si tu n'avais pas débarqué ici, tu n'aurais jamais su.

Et après un silence, il ajoute :

— Au fait, pourquoi tu es venue ?

Britta se racle la gorge. Elle finit son café. Elle sent son estomac se contracter. C'est son tour de passer aux aveux.

— On va petit-déjeuner ?

Quelques minutes plus tard, ils sont installés sur la terrasse de l'épicerie fine au coin de la rue, emmitouflés dans des couvertures en polaire, car il ne fait pas chaud ce matin, et ils commandent des croissants, des fraises, un expresso pour Babak et un autre café au lait pour Britta. Elle attend qu'il se soit fourré un demi-croissant dans la bouche pour commencer à raconter. Le trajet pour aller à Wiebüttel et la jeep qui leur colle au train. La même voiture qui passe devant chez elle peu de temps après. La proposition d'investissement tombée du ciel chez Swappie, la moustache de l'investisseur et son apparition au cabinet la veille. Le burn-out, les anges gardiens, et l'idée de faire une pause.

Babak mâche, avale, prend une lampée de café et garde un moment le silence après que Britta s'est tue. Son expression hésite entre stupéfaction, amusement et effroi. Incapable de trancher, il lève la tête et la regarde droit dans les yeux.

— Et tu me reproches de ne t'avoir rien dit pour Julietta ?

— Je me demandais si je me faisais des idées.

— Et depuis quand on ne se parle plus des idées qu'on se fait ?

— Tu as raison. Je suis désolée.

Ils se toisent, d'un air d'abord accusateur, puis plein de tendresse et, à ce moment-là, c'est comme s'ils renouvelaient un serment. Celui de tout se raconter, de toujours écouter l'avis de l'autre. Britta pose sa main sur celle de Babak, il sourit et supporte le contact quelques secondes avant de retirer la sienne pour la cacher sous la table.

— Réfléchissons, dit-il. Au fond, il n'y a qu'une explication possible.

— Et ce serait ?

— Ça me fait mal de le dire, mais peut-être que tu avais vu juste dès le départ.

Pour la première fois de sa vie, avoir raison ne fait pas plaisir à Britta. Au contraire. Babak ignore sa mine assombrie et poursuit, imperturbable :

— Guido Hatz a misé gros.

— Ça, on le sait déjà.

— Il n'a pas seulement investi dans Swappie. Il a placé de l'argent chez un concurrent du Pont. Et maintenant, ils font tout pour nous évincer.

— Et du coup, il débarque chez moi, me parle de burn-out et me conseille de fermer boutique ?

Du bout du doigt, Babak attrape des miettes de croissant dans son assiette pour se les fourrer dans la bouche.

— Ce serait une stratégie envisageable. Avec l'argent de Swappie, il élimine Le Pont – et la place est libre.

À son tour, Britta commence à triturer son croissant dont elle n'a pas avalé une seule bouchée. Ce que Babak dit a beau sembler logique, ça ne lui plaît pas. Elle s'était déjà faite à l'idée que Hatz soit fou. Ce qui lui permettrait de continuer sa vie comme avant.

— La prochaine fois, il va te menacer de planter la boîte de Richard si tu t'obstines à garder les rênes du Pont. Et pour peu que Swappie décolle, il ne perdra même pas d'argent. D'une pierre deux coups.

— Mais comment il sait ce qu'on fait ?

Britta est bien placée pour savoir que cette question n'a pas de sens. N'importe quel curieux peut découvrir ce que fait Le Pont. Ils n'ont jamais cherché à se cacher. D'un point de vue juridique, Le Pont évolue en zone grise. L'assistance au suicide n'est pas passible de sanctions. Le Pont n'est pas un groupement terroriste. Ce sont les organisations exécutantes qui ont la charge de planifier et de réaliser les opérations. Britta et Babak se tiennent aux règles de bon sens, ils font profil bas, veillent à leur hygiène numérique, réduisent au strict minimum les échanges avec les commanditaires, prennent garde à ne pas s'enfermer dans des schémas susceptibles d'alerter un profileur. La discrétion plutôt que l'expansion. De fait, leurs contacts avec les autorités se limitent aux contraventions pour les feux rouges que Britta grille de temps à autre à vélo, ainsi qu'à la déclaration d'impôts annuelle, sachant qu'ils déclarent une partie de leurs revenus comme bénéfices tandis que le reste est réinvesti avant que l'administration fiscale ait eu le temps de dire "comptabilisation des excédents de recettes".

— La question, c'est : et maintenant, qu'est-ce qu'on fait ?

Après avoir passé des semaines à protester contre la moindre décision de Britta, Babak a l'air de se plaire dans le rôle du stratège. Elle soupire. À la table d'à côté, une jeune femme fixe l'objectif à selfie de son smartphone, toutes dents dehors, en se nettoyant les interstices avec ses ongles longs. En face, la caissière d'un magasin bio sort sur le pas de la porte pour s'allumer une cigarette. Un groupe de punks, la cinquantaine bien tassée, avec des crêtes iroquoises et un vieux cabot, défile sous leurs yeux avant d'aller s'asseoir au pied d'un centre commercial. Un peu plus loin, les T-shirts jaunes des militants Amnesty qui ont monté leur stand et attendent d'aborder les passants attirent le regard. Britta a l'impression d'être dans un musée à ciel ouvert. Il reste des gens pour faire semblant de garder la tête haute face à ce monde sens dessus dessous. Comme si le punk, les cigarettes et Amnesty signifiaient encore quoi que ce soit.

Babak a continué à parler :

— … frapper un grand coup, est-il en train de dire. Histoire d'établir notre position sur le marché une bonne fois pour toutes.

— Tu ne viens pas de proposer ce pour quoi je prêche depuis des jours ? demande Britta.

— Avec Hatz, la situation a changé du tout au tout.

Babak porte la tasse vide à sa bouche pour tenter d'en aspirer les dernières gouttes.

— Au moins, en cas d'opération-choc, on sait à qui faire appel, dit Britta.

— Je suis bien d'accord, répond Babak.

— Dans ce cas, il ne faudrait pas tarder à discuter des commanditaires potentiels.

— Ce qui serait bien, ce serait d'associer Julietta à nos réflexions le plus tôt possible.

— Julietta ? (Britta repose son verre sur la table, aussi précautionneusement que si le moindre contact risquait de le briser.) Je pensais à Marquardt.

— Sérieusement ?

— Julietta n'en est qu'au niveau 3.

— C'est la meilleure candidate qu'on ait jamais eue.

— Il est trop tôt pour le dire. Marquardt a pratiquement fini l'évaluation. Il est fiable, consciencieux, dénué d'empathie. C'est notre homme.

— Mais qu'est-ce qui t'arrive ? demande Babak.

En la voyant baisser la tête, il l'attrape par le bras :

— Si tu as pris Julietta dans le programme, c'est justement pour un moment comme celui-ci. Pourquoi faire marche arrière maintenant ?

Britta secoue la tête, muette. Elle pourrait bredouiller une série d'excuses. Qu'elle ne le sent pas. Qu'elle est mal à l'aise en présence de Julietta. Que la jeune fille pue les ennuis. Babak balaierait ces explications d'un simple geste de la main. Et il aurait raison.

La vérité, c'est que Julietta lui fait peur. Mais elle ne l'avouera jamais. Pas plus à Babak qu'à elle-même.

— C'est une femme, finit par dire Britta. Ce cas de figure est tout nouveau pour nous. Les femmes rendent les gens nerveux.

— C'est toi qu'elle rend nerveuse.

— Elle se fait remarquer partout où elle va.

— Justement ! s'écrie Babak. Ça sera dans tous les journaux. Sa photo se répandra sur internet comme une épidémie. Si on s'y prend bien, elle a l'étoffe d'une pop star. Et ça mettra les choses au clair : sachant que Le Pont a ce genre d'atouts dans sa manche, Hatz et ses petits copains n'auront qu'à remballer leur start-up d'amateurs.

L'enthousiasme de Babak est contagieux. Ça fait plaisir de le voir s'emballer enfin pour la bonne cause, ça fait plaisir d'être à nouveau sur la même longueur d'onde. Et puis, Britta sait qu'il a raison. Penché en avant, il lui serre le bras.

— Marquardt, c'est une valeur sûre, dit-il. Mais Julietta, c'est une bombe.

16

Une heure plus tard, seule dans l'appartement de Babak, Britta erre à travers les pièces à l'abandon. Quand elle a proposé d'attendre Julietta pendant que Babak allait à Bochum, elle n'a pas pensé à la saleté. Elle ne peut pas s'asseoir, ne tient pas immobile plus de quelques secondes. À croire que le désordre risque de la contaminer si elle arrête de bouger. Aux yeux de Britta, la crasse est un problème existentiel. Sans ordre, il n'y a pas de sens. Mais malgré tous nos efforts, le désordre et la saleté finissent toujours par l'emporter. Britta regarde les draps pêle-mêle de Julietta et les fringues roulées en boule à côté. Manifestement, la jeune fille se sent bien ici. Elle se fond dans le chaos de Babak comme si elle avait toujours vécu chez lui. Comment se fait-il que, pour ces deux-là, l'ordre soit facultatif ?

Britta entreprend de ramasser les vêtements éparpillés un peu partout pour les fourrer dans le lave-linge. Puis elle change les draps du lit de Babak et range les magazines dans des caisses pliantes à l'aide desquelles elle construit une petite étagère. Dans la salle à manger, elle trouve un tas de cartons de déménagement inutilisés qu'elle déplie et empile pour en faire une autre étagère. Elle y trie tout ce qui traîne autour d'elle, un carton pour les affaires de Julietta, un autre pour l'électronique, un autre pour les chaussures, un autre pour le reste. Elle ouvre les fenêtres, met la vaisselle dans la machine et passe l'aspirateur dans toutes les pièces.

Alors qu'elle est en train de remplir un seau d'eau chaude et, faute de produit pour nettoyer le sol, d'y diluer du liquide vaisselle, une clef tourne dans la serrure de la porte de l'appartement. Pieds nus et avec ses gants en caoutchouc, Britta va voir dans l'entrée où Julietta s'est immobilisée, aux abois, les yeux rivés au sol, le visage caché derrière ses longs cheveux noirs. Quel cynisme de la part de mère Nature : mettre une âme noire dans un corps d'ange ! Pas de doute, Babak a raison de se battre pour elle. Une fois lavée, peignée, habillée, Julietta passera partout. Dans les coulisses d'un plateau de télévision, en première classe dans un avion, dans les bureaux du Reichstag. La parfaite poupée terroriste.

— Tout va bien ? demande Britta.

Julietta ne répond pas, regard baissé et lèvres pincées.

— Babak et moi, on s'est expliqués, dit Britta en lui mettant le seau dans la main. Tu peux rester.

La mine impassible de Julietta ne réussit pas tout à fait à cacher son soulagement.

— Ma première mission ? demande-t-elle en désignant le seau, ce qui les fait sourire toutes les deux.

Elles passent les deux heures suivantes à récurer de fond en comble l'appartement de Babak. Britta oublie qu'au départ, elle voulait juste s'occuper en attendant Julietta. Le ménage devient une bataille qu'elles mènent côte à côte, soldate et commandante. Une fois les sols briqués, elles s'attaquent à la cuisine. Le four est recouvert d'une couche de miettes de pizza de plusieurs centimètres d'épaisseur. Dans le frigo, c'est à quel aliment sous film sera périmé depuis le plus longtemps. Un verre de lait a dû déborder dans le micro-ondes il y a un petit moment déjà. Julietta finit par se mettre à parler. De son chat, qui s'appelle Jessie, d'après un personnage de roman, et qui vient lui déposer des souris mortes au pied de son lit pendant la nuit. De ses parents, adhérents d'une association dont l'objectif est de préserver la pureté de la culture allemande. De la spacieuse villa, avec un sauna que personne n'utilise, une salle de sport où personne ne met le pied et une chaîne hi-fi que personne n'écoute. Britta et Julietta travaillent en équipe, et toujours à la même chose – elles se penchent côte à côte au-dessus du bord de la baignoire, grimpent à deux sur un escabeau pour dépoussiérer les placards de la cuisine, astiquent la même vitre. Julietta s'active d'un air concentré, mélangeant eau et produit nettoyant avec la précision d'une fabricante d'explosif, sans montrer de signes de fatigue ni de lassitude. Quel bonheur ce doit être de servir une volonté étrangère ! Julietta suit les mouvements de Britta, anticipe ses idées, devance ses ordres, l'air parfaitement sereine et maîtresse d'elle-même. Presque heureuse.

Pour finir, elles lessivent le carrelage aux murs et suspendent le linge essoré sur un étendoir.

Britta retire ses gants en caoutchouc avant de se tamponner le visage avec un bout de papier absorbant. L'appartement sent le vinaigre et le citron. Britta se demande si Babak va se mettre en colère en voyant le résultat, et cette idée la fait sourire.

Julietta la suit dans l'entrée. Il s'est passé quelque chose d'impossible à verbaliser. Elles se regardent tranquillement.

"À demain", dit Britta.

Vers dix-neuf heures, le téléphone sonne. Richard, qui vient d'entrer dans la salle à manger avec un plat de purée de pommes de terre, jette un coup d'œil sur l'écran et lance : "C'est Babak !"

Britta prend l'appareil, inquiète. Ils avaient convenu de discuter des résultats de son déplacement le lendemain, au cabinet. Une minute plus tard, elle se précipite vers la porte, sa veste sur les épaules.

"Il faut que j'y aille ! Urgence au cabinet !"

Au volant de sa voiture, elle traverse le quartier résidentiel calme en cette fin de journée, emprunte la Saarbrückener Straße, dépasse le terrain de jeu et continue vers le nord jusqu'au parking de l'hôtel Waldhaus Ölper où Babak l'attend déjà. Avec ses chaussures Goretex et sa veste technique, on dirait qu'il part en randonnée. Après de rapides embrassades, ils parcourent les derniers mètres de bitume jusqu'au bout de la rue. Une veste en jean perdue et ramassée par des promeneurs attentionnés est suspendue à la barrière. Un sentier battu contourne l'obstacle pour aller zigzaguer dans le sous-bois entre les arbres hauts.

Le bois d'Ölper n'est pas grand, mais la végétation y est foisonnante – une réserve improvisée entre ville et autoroute, idéale pour promener son chien, vendre de la drogue et échanger ses premiers baisers. À l'heure du dîner, il n'y a personne. Ça sent à la fois le champignon et le frais, une odeur de début et de fin. Le grondement de l'autoroute fait une musique de fond apaisante. Quelques oiseaux fatigués pépient dans les buissons. Le sol souple est agréable sous les pieds et, l'espace d'un instant, Britta oublie son aversion pour le caractère chaotique de la nature.

Ils avancent côte à côte, Babak n'a pas attendu pour commencer son récit. Il a garé sa voiture de location à Bochum, dans un lotissement de pavillons mitoyens, au milieu de logements ouvriers datant de l'époque du lignite et des hauts-fourneaux, où la classe moyenne est venue planter ses clôtures à croisillons et ses étendoirs parapluies. Le domicile des Blattner ne se distinguait en rien des habitations voisines. Rideaux aux fenêtres, nichoirs à oiseaux dans les arbres. Voyant que le carré de pelouse devant la maison venait d'être tondu, Babak s'est demandé s'il ne s'était pas trompé d'adresse. Jusqu'à ce que Mme Blattner ouvre – à ce moment-là, il a su qu'il avait sonné à la bonne porte. Le visage de la mère avait tout du vieux parchemin, tellement jauni qu'il était impossible à déchiffrer. Elle lui a expliqué que son mari était parti au travail, il était employé au ramassage des ordures, mais dans les bureaux, pas dans les camions-poubelles, le travail était sa manière de faire face. Elle a conduit Babak dans une pièce douillette, avec des napperons en dentelle sur la table basse et, au-dessus du canapé, un tableau représentant des femmes en train de récolter de la paille de blé. Babak a refusé le café qu'elle lui proposait pour s'asseoir tout au bord du fauteuil. Les mains coincées entre les genoux, Mme Blattner lui a prudemment demandé où il avait connu Markus. Sans lui laisser le temps de répondre, elle a explosé : elle espérait qu'il n'était pas "l'un d'eux". Babak a compris – toute sa vie durant, il avait été "l'un d'eux", la seule question étant de savoir s'il s'agissait cette fois d'homosexualité ou de la religion musulmane. Il lui a assuré qu'il venait d'une famille de chrétiens d'Irak et n'était jamais entré dans une mosquée de sa vie. Mme Blattner s'est un peu détendue. Babak a continué à mentir : Markus et lui s'étaient connus en jouant sur internet, il ne l'avait rencontré en chair et en os qu'une ou deux fois.

À la manière dont Mme Blattner l'écoutait, en apparence impassible, mais avec une impatience difficilement réprimée, Babak s'est rendu compte qu'elle n'était pas seulement affectée par la perte de son fils : elle était dévorée d'angoisse à l'idée que Markus ait eu une double vie. Une vie "avec eux", une vie dont elle ignorait tout. Babak a décidé de la soulager, d'autant que c'était compatible avec ce qu'il comptait lui dire.

— Madame Blattner, je peux vous certifier que Markus n'était pas islamiste.

L'information a mis un moment à parvenir à son interlocutrice. À croire que les médias avaient déjà créé dans sa tête une réalité immuable – le message de revendication de Daech, les gros titres sur les convertis de Leipzig, le ramdam fait par Wagenknecht, la ministre de l'Intérieur.

Puis ses traits se sont animés, trahissant d'abord une certaine confusion, puis de discrets signes d'espoir bientôt assombris par la méfiance.

— Qu'est-ce que vous en savez ?

Babak lui a raconté qu'il avait de longues conversations sur Teamspeak avec Markus, parfois seul à seul, parfois avec d'autres joueurs. Faute d'y trouver leur place, ils refaisaient le monde, et il leur arrivait d'échanger aussi sur le plan personnel. Pour que son histoire soit encore plus crédible, Babak y glissait de petits détails fournis par Lassie : le fait que Markus aimait lire des romans à l'eau de rose, qu'il passait ses journées libres devant l'ordinateur à se nourrir de pistaches, qu'il adorait les films d'arts martiaux du siècle dernier, avait peur des serpents et était allergique aux fraises. Mme Blattner buvait ses paroles, sous le charme, en souriant chaque fois qu'elle reconnaissait une petite spécificité de son garçon.

— On a continué à jouer et à échanger pratiquement jusqu'à la fin, a dit Babak. Si Markus avait décidé de se convertir à l'islam, je serais au courant.

Mme Blattner s'est mise à pleurer. Après s'être enfoui le visage dans les mains comme une enfant en sanglotant : "Je le savais, je le savais", elle a voulu s'agenouiller sur le tapis devant Babak, ce que ce dernier l'a tant bien que mal empêchée de faire.

Puis Babak en est venu à l'objet de sa visite. Il a déclaré qu'il n'était pas tranquille depuis la mort de Markus, qu'il ne croyait pas à la théorie du suicide, qu'il tenait à ce que les circonstances soient éclaircies. Il a supplié Mme Blattner de demander une autopsie.

— Si on vous a dit que la facture serait très élevée, je vous propose de la régler moi-même. Markus était mon ami.

— Trop tard, a répliqué Mme Blattner d'un ton dur. Il a été incinéré ce matin.

Ils sont arrivés au bout du bois d'Ölper. Le grillage de la clôture qui sépare l'orée du bois de l'autoroute a été piétiné à différents endroits, et les cerfs et sangliers d'humeur kamikaze peuvent accéder sans problème à la chaussée. Les camions et voitures défilent sous leurs yeux dans un grondement de tonnerre. Babak et Britta bifurquent à gauche, où le sentier forestier continue sur quelques mètres en parallèle de l'autoroute, avant de retourner dans les bois et de serpenter vers les champs. Pour les dernières heures de la journée, le ciel s'est débarrassé de ses nuages, il brille d'un bleu soutenu. Entre les arbres, les rayons du soleil réchauffent l'atmosphère et font danser les moucherons.

— La crémation a déjà eu lieu ? demande Britta.

— On a appelé les parents pour les convaincre que c'était la meilleure chose à faire. L'État prendrait tous les frais en charge, la cause du décès était déjà claire. C'est le père qui a décroché, et il a tout de suite accepté. Brûlez-moi cette ordure.

— Et évidemment, ils ne savent pas qui a appelé.

— Selon Mme Blattner, c'était quelqu'un de la direction de la prison. Ils n'ont pas compris le nom. Le jour même, vers midi, est arrivé un mail des pompes funèbres annonçant le transfert de l'urne à Bochum. Je lui ai demandé de me montrer le message. Seul figure le nom des Blattner, et il y a un petit mot disant : *"Facture réglée"*.

— Il y a clairement anguille sous roche, dit Britta.

— Et ce n'est pas tout.

Pour finir, Babak a demandé une photo de Markus, en souvenir de son ami. Mme Blattner l'a entraîné dans la cage d'escalier pour monter au grenier qui faisait office de débarras. Ça sentait la lessive bon marché utilisée par la mère de Babak, une odeur sucrée qui lui a fait flageoler les jambes. Le sol était recouvert de grands rectangles de moquette miteuse, la lumière entrait par une petite lucarne rendue aveugle par la poussière et les toiles d'araignées. Pliés en deux, ils sont passés sous le linge suspendu et devant des valises qui attendaient des voyages prévus depuis toujours, des paniers pleins de jouets espérant en vain l'arrivée d'un petit-enfant. Dans le coin le plus éloigné, quelque chose brillait, et Babak a aperçu deux fausses bougies. Sur une caisse renversée, Mme Blattner avait érigé un autel secret en mémoire de son fils – un cadre photo, un ordinateur portable, ouvert mais éteint, une coupelle de pistaches, un ours en peluche élimé. À cette vue, Babak n'a pu empêcher les larmes de lui monter aux yeux.

— Si mon mari tombe là-dessus, il fera une scène, a dit Mme Blattner. Pour lui, Markus est un ennemi public.

Babak pleurait. À cause de Markus, à cause de sa mère. Il pleurait parce qu'il était en train de mentir à Mme Blattner. Et parce que ces larmes étaient pour elle la preuve qu'il était sincèrement ému. Comme pour le consoler, elle a passé un bras autour de ses épaules et, de sa main libre, elle a attrapé le cadre.

— C'est une photo toute récente, moins de quatre semaines.

Soudain, des tirs de canon résonnent au loin, le sifflement et le crépitement de mitrailleuses, puis quelques coups sourds qui font frémir le feuillage du bois d'Ölper. Au parc municipal, le CCC lance son festival. La forêt se tait, les oiseaux et les insectes semblent retenir leur souffle. Britta n'aime pas les feux d'artifice. Quand elle entend une détonation, son réflexe est de se jeter au sol.

— Tu as la photo sur toi ?

Babak lui tend son portable. Malgré l'éclairage de mauvaise qualité, il a réussi à prendre un cliché correct. C'est le portrait d'un homme au milieu de la vingtaine, avec le crâne tondu et un regard fuyant.

— C'est quoi, dans son cou ? demande Britta.

L'encolure du T-shirt de Markus laisse entrevoir un tatouage, quelques lettres, TYHEA, le reste est caché sous le tissu noir. Un nouveau tir de canon fait sursauter Britta.

— J'ai demandé à la mère, dit Babak. Le tatouage est récent.

— Qu'est-ce qu'il y a d'écrit ?

— *Empty Hearts*.

— Un fan de Molly Richter ?

— Avec la chanson, Lassie aura du mal à trouver une piste exploitable.

Ils se sont arrêtés pour scruter le portable de Babak, comme deux randonneurs penchés sur une carte.

— Et sinon, tu ne remarques rien ? insiste Babak.

Britta regarde de plus près. Des yeux fuyants, un front haut, un nez un peu trop petit, une mâchoire large, un visage à la mine hostile, hésitant entre la fragilité et l'arrogance. Britta se concentre à en avoir mal. Elle n'entend presque plus le bruit du feu d'artifice.

— Il n'a pas des lunettes, d'habitude ? demande-t-elle lentement.

— Avant, oui, répond Babak. Puis il est passé aux lentilles de contact.

Dans sa tête, Britta met des lunettes au tatoué. Et là, ça fait tilt. Elle fixe Babak, éberluée. Les détonations s'intensifient, accompagnées de violentes pétarades, jusqu'à la déflagration finale dont l'écho se répercute avant de se résorber par vagues, comme si on avait fait sauter un immeuble quelque part.

— Il a suivi le programme avec nous, dit-elle.

— Il y a plus de cinq ans, confirme Babak. Il a été exclu pour mauvaise conduite.

17

Le lendemain soir, une dispute éclate avec Richard. Britta est passée rapidement à la maison, pour aider Vera à faire ses devoirs et prévenir Richard qu'elle devait repartir à un rendez-vous de travail.

— Tu veux dire qu'encore une fois tu n'es pas là pour le dîner ?

— C'est seulement aujourd'hui.

— Hier aussi.

— C'était une urgence.

— Qu'est-ce que tu dirais de cuisiner un peu ? Comme la dernière fois ? C'était sympa.

Ces temps-ci, il glisse des allusions dans leurs conversations. Il lui demande si elle pourrait amener Vera à l'école le lendemain. Si ça ne serait pas possible qu'elle fasse un peu de jardinage de temps en temps. Ou comment elle va. Si son estomac lui fait toujours des misères. Il lui dit qu'elle a l'air fatiguée.

Son attitude agace Britta. Depuis des années, c'est elle qui nourrit la famille, et sous prétexte que ce Hatz débarque sans crier gare, voilà qu'elle doit prendre sa retraite d'un coup de baguette magique. Comme si son travail n'avait jamais été qu'une solution temporaire, un arrangement provisoire en attendant que Richard gagne enfin de l'argent ! Comme si Le Pont était une lampe qu'on pouvait allumer et éteindre à sa guise !

Elle a envie de lui répondre que son Swappie, qu'il rapporte un jour de l'argent ou non, n'est qu'un jouet de plus pour ces enfoirés de financiers. Un outil pour rendre le monde encore pire. Alors que son travail à elle le rend meilleur. Aujourd'hui, quand on a besoin d'un terroriste, on n'est plus obligé de faire appel à des djihadistes aveuglés souffrant de troubles narcissiques, à des gamins fétichistes des armes ni à des psychopathes qui détestent les étrangers et les femmes. À la place, on a un martyr formé par des professionnels et soumis à une batterie de tests, décidé à mourir pour une cause supérieure. Le Pont a mis fin à l'anarchisme terroriste. Il y a des accords fermes et un nombre de victimes défini d'avance. Au fur et à mesure, la branche s'est laissé convaincre par ce business model. Les médias sont rodés, ils couvrent des attentats réussis, montrent des images des forces de l'ordre en uniforme et interrogent les politiciens qui répètent que, malgré la persistance des menaces, il n'y a pas de raison de paniquer, tandis que leurs gestionnaires lancent le nouveau pack de sécurité. L'hystérie ambiante est considérablement retombée. Ce n'est pas facile à verbaliser et, pourtant, c'est une évidence : depuis que Le Pont existe, les attentats-suicides n'ont plus la cote. Le nombre d'électrons libres qui s'improvisent terroristes est désormais proche de zéro. En revanche, les crashs automobiles ont augmenté en flèche, les accidents de la route font bien plus de victimes que les attentats. Britta et Babak en parlent souvent : on dirait que toute société industrialisée a besoin de son lot de kamikazes, leur moyen d'expression n'étant qu'une question de mode. Des jeunes de seize ans qui débarquent dans leur lycée avec des fusils à pompe. Des jeunes de vingt ans qui se font sauter avec des ceintures d'explosifs. Des jeunes de dix-huit ans qui enfoncent l'accélérateur sur l'autoroute avec les yeux bandés. C'est une charge contre les murs d'un ordre monolithique. Le point aveugle du système. Une démangeaison dont toute société a besoin, histoire de se gratter un bon coup de temps en temps. Le Pont participe d'un cycle naturel où se succèdent la guerre, la paix et de nouveau la guerre. Il n'en faut pas plus à Britta pour être convaincue que son travail a un sens. L'essentiel, c'est d'équilibrer les forces, de trouver un juste milieu entre ordre et chaos, crasse et propreté. Elle est du bon côté, et elle n'en demande pas plus.

Évidemment, elle ne peut pas expliquer tout ça à Richard. Mais il devrait savoir que son travail est important.

Elle le plante là, claque la porte de la maison et monte sur son vélo pour aller en ville. Elle ne battra pas en retraite comme ça. Elle ne laissera pas un sourcier plein aux as et sa bande de bras cassés piétiner ses plates-bandes. Hatz peut bien menacer, raconter des histoires de burn-out, acheter Richard et lui mettre la pression autant qu'il veut.

Vous êtes en train de jouer avec une bombe à retardement, pense Britta tout en attachant son vélo devant le Gute Zeiten. Peut-être même au sens propre. *Empty Hearts* – qu'est-ce que c'est que ce nom d'ados prépubères ?

Avant d'entrer dans le restaurant, elle inspire plusieurs fois profondément et se concentre sur le temps qu'il fait. Aujourd'hui, il n'a pas plu, l'air est tiède, ça sent les lilas et le bitume. Elle reprend lentement ses esprits.

Babak et Julietta sont déjà là. Assis près d'une fenêtre, ils sont en plein conciliabule – Britta entend le rire de Julietta. On dirait un couple d'amoureux. Ou de meilleurs amis. En approchant de la table, Britta regarde Babak et secoue discrètement la tête. C'est un rendez-vous d'affaires, pas une soirée bière entre potes. Les deux autres n'ont pas l'air d'être de cet avis. Babak est de bonne humeur, et Julietta a même fait un petit effort de présentation. Elle a une multitude de petites tresses nouées en un chignon lâche – elle ressemble à une princesse de la jungle. Elle se tient plus droite que d'habitude, le teint frais, les joues et les yeux brillants. D'un regard à la fenêtre, Britta vérifie que ce n'est pas un effet de l'éclairage.

— Tout va bien ? demande Babak.

Lui aussi a l'air en forme, au grand étonnement de Britta. Ils ont passé la journée à analyser les nouvelles informations dont ils disposent, et les rapports hebdomadaires sont une fois de plus passés à la trappe. Ils ont remué ciel et terre pour dénicher une photo parlante du second terroriste, Andreas Muradow, mort à l'aéroport de Leipzig. Babak a fini par en trouver une qu'il était possible d'agrandir suffisamment, et ils se sont rendu compte que, non content d'avoir lui aussi un tatouage *Empty Hearts*, Andreas était comme Markus une vieille connaissance du Pont. Britta croit se souvenir qu'Andreas n'avait pas tenu plus de deux semaines dans le programme, mais elle n'en mettrait pas sa main à couper. Comme l'ensemble des données relatives aux candidats remerciés sont détruites, impossible de s'en assurer.

Manifestement, d'anciens clients se sont ligués pour leur faire concurrence, ce qui est loin d'être une bonne nouvelle. Ils ont beau n'avoir fait qu'un passage éclair dans le programme, ils connaissent les rouages du Pont. Britta regarde les visages enjoués de Babak et Britta. On dirait bien qu'elle est la seule à se faire du souci pour l'avenir du cabinet.

Les plats arrivent, ils se penchent sur leurs assiettes, Babak chante les louanges de ses lasagnes et les fait goûter à Britta. Devant Julietta est posé un steak, tout sanguinolent, accompagné de beurre aux herbes et de pommes de terre.

— Mais tu ne manges pas de viande, dit Britta en plongeant sa cuillère dans sa soupe d'épinards.

— Je me suis dit que le steak était bon pour moi.

D'un coup, Britta comprend sa nouvelle coiffure : ce n'est pas une princesse de la jungle, c'est une guerrière. Comme convenu, Babak a prévenu Julietta qu'elle allait potentiellement être mobilisée pour une mission spéciale, et ce dans les plus brefs délais. Julietta n'a pas attendu pour se mettre en condition. Alors qu'elle ne sait même pas ce dont il s'agit. Britta trouve ça tellement touchant qu'elle en oublie sa mauvaise humeur.

— Elle a arrêté de fumer, dit Babak. Plus de cachets, plus de joints.

— Demain, j'attaque l'entraînement sportif.

Julietta commence à manger – elle ne fronce que très légèrement le nez.

— N'aie pas peur, dit Britta. On va suivre la procédure habituelle.

— Je n'ai pas peur, réplique Julietta.

Couteau, fourchette et mandibules travaillent avec application. À la tête qu'elle fait, on voit qu'elle ne sait pas si elle aime. Elle mange parce qu'elle a décidé de manger.

Britta rentre dans le vif du sujet :

— En temps normal, on ne discute des différentes options possibles qu'à la fin du programme. Mais étant donné les circonstances particulières, un petit écart s'impose.

Julietta opine du chef en mastiquant. Babak lui a déjà dit ça.

— Nous ne pouvons pas nous permettre de proposer un candidat qui changerait d'avis au dernier moment.

— Je ne changerai pas d'avis.

Britta fait un geste de la main pour signifier que tout le monde dit ça.

— Dans ton cas, nous allons accélérer le processus. La priorité est de déterminer rapidement quel type d'opération tu peux mener.

— Je peux tout faire. Vous me formez, et je ferai ce que vous attendez de moi.

Son zèle fait sourire Babak et Britta.

— Il ne s'agit pas de te former. Il s'agit de te préparer mentalement.

— J'aimerais bien apprendre à tirer.

— Julietta, regarde-moi.

Elle arrête de mastiquer pour lever docilement les yeux.

— Ce n'est pas un jeu vidéo. C'est la réalité.

— Tu me prends pour une idiote ?

— Il y aura des morts.

— Dont moi.

Elle éclate de rire en enfournant un nouveau bout de viande. Pensive, Britta la regarde manger quelques instants. Julietta est presque trop parfaite pour être vraie. Reste à espérer qu'elle est plus qu'une gamine qui se prend pour méga-Mclanic. Britta n'a jamais eu autant de mal à garder ses distances. Parfois, elle se retient de mettre une claque à Julietta, parfois, elle a envie de serrer la jeune fille dans ses bras. Reprends-toi, s'ordonne-t-elle à elle-même.

— Le nombre de victimes, c'est important pour toi ? demande Babak.

— Tu plaisantes ? (Julietta a l'air sincèrement étonné.) Regarde autour de toi. Si ça ne tenait qu'à moi, on irait verser une bonne dose de ricine dans les eaux de Berlin.

— OK, acquiesce Babak. Message reçu.

— *On* ne va rien faire du tout, répond sèchement Britta. Le Pont est un cabinet de psychothérapie. Et le nombre maximal de victimes est fixé par des règles strictes.

Julietta et Babak se taisent.

— Aujourd'hui, nous allons réfléchir aux commanditaires possibles, ajoute Britta d'une voix plus posée.

En principe, Le Pont ne fait pas de différence entre les commanditaires. D'autant qu'à bien y regarder, aucun n'est très engageant. Daech a trouvé son filon : pétrole et géostratégie, en bon produit dérivé de la politique étrangère américaine qui n'est ni plus ni moins révoltant que cette dernière. Les écolos sont arrivés à un stade d'aveuglement qu'on pourrait presque leur envier, et les séparatistes sont tellement convaincus d'être dans leur bon droit qu'ils en deviennent irritants. Du côté des nationalistes, on ne sait pas qui sont les pires : les crétins ou les malins, et les pro-Frexit, -Spexit ou -Schwexit sont aussi insupportables que des enfants qui détruisent un château de sable sous prétexte qu'ils ont envie de tout casser.

Par chance, ce n'est pas à Britta de juger du bien-fondé des motivations de chacun. Habituellement, les détails d'une opération lui importent peu tant que tout se déroule dans les règles. Mais sachant que Le Pont s'apprête, pour la première fois de son histoire, à agir dans son propre intérêt, il faut obtenir une réponse optimale de la part des médias. Depuis des jours, Britta se retourne le cerveau pour savoir quoi faire et avec qui. La nuit dernière, alors qu'elle était une fois de plus en pleine insomnie à côté de Richard, elle a eu un éclair de génie : ils vont faire sauter un pont – le pont Moltke, à Berlin, juste derrière la chancellerie. Le Pont envoie un message fort à la branche, l'endroit est symbolique. Il ne lui reste plus qu'à trouver le bon commanditaire. Peut-être Rest-Occupy. Ou les séparatistes bavarois.

En temps normal, les candidats sont associés à la prise de décision, Britta tient à ce qu'ils soient à l'aise avec leur mission. Avoir un minimum de conscience politique, être anti-Bruxelles, pro-défense de l'environnement ou Dieu sait quoi est toujours bon à prendre. Mais dans la plupart des cas, les candidats ne s'intéressent pas à la politique, ils n'en ont que pour leurs propres malheurs, et c'est à Britta de leur transmettre des valeurs. "Si tu es aussi douée pour vendre des convictions, c'est parce que tu n'en as pas", lui a dit un jour Babak pour plaisanter. Ce qui est certain, c'est que plus les candidats sont heureux de faire le grand saut, plus ils ont le sentiment de mourir pour la bonne cause et pas pour rien.

Julietta est en train de découper la seconde moitié de son steak en petits morceaux, qu'elle garnit d'un peu de beurre aux herbes et d'une tranche de pomme de terre sautée avant de n'en faire qu'une bouchée.

— Qu'est-ce que tu penses du quartier du gouvernement ? demande Britta.

— Que du bien. Un repaire d'enfoirés du CCC.

— Formidable.

À l'aide d'un bout de pain, Britta sauce son assiette de soupe et accepte avec gratitude le reste de lasagnes que Babak lui propose.

— Dans ce cas, j'ai un joli scénario pour toi.

Julietta hoche la tête.

— Tout me va tant que c'est pour les animaux.

— Je pensais au pont Moltke à Berlin.

— Quel est le rapport avec la cause animale ?

— Aucun.

— Alors, c'est hors de question.

Soudain, Britta n'a plus envie de lasagnes, elle repousse son assiette. Elle comptait sur le fait que Julietta aurait oublié son histoire d'animaux. La jeune fille est la seule à manger encore. Elle lève fugitivement les yeux de son assiette.

— Si je fais ça, c'est pour les animaux. Je l'ai dit dès le départ.

— Et je t'ai répondu que ce n'était pas à toi de choisir.

— Ce n'est pas tout à fait exact, objecte Babak, mais Britta lui coupe aussitôt la parole.

— Ne te mêle pas de ça.

Elle pointe un doigt vers Julietta. Soldate et commandante :

— Je t'ordonne d'obéir.

— Dans ce cas, qu'est-ce qu'on fait ici ?

Julietta s'essuie la bouche avec sa serviette en lançant un regard de défi à Britta.

— Il y a peut-être un compromis à trouver, reprend Babak. Ce qu'on veut, c'est marquer le coup, et je suis sûr que ça va dans le sens de Julietta. Il y a sans doute moyen de combiner le pont Moltke et un commanditaire comme Green Power.

La colère de Britta se retourne contre lui.

— Depuis quand tu décides des scénarios ? siffle-t-elle. Et maintenant, c'est aussi toi qui vas négocier avec les commanditaires ? Qui vas t'occuper des contacts clients ? Qui vas faire toute la paperasse ? Peut-être que toi aussi, tu penses que je dois prendre une retraite anticipée ?

— Oh là, fait Babak en levant les mains, comme si Britta était un cheval lancé au grand galop.

— Et toi, poursuit Britta en désignant Julietta du doigt, si tu tiens autant à la cause animale, c'est juste parce que ton meilleur ami est un chat. Une vraie gamine ! Le Pont n'est pas un parc animalier pour petites filles qui s'ennuient.

À son tour, Julietta repousse son assiette. Il reste deux monticules viande-pomme de terre-beurre aux herbes dedans.

— Contrairement à toi, j'ai des principes, dit-elle.

Le rire de Britta sonne faux.

— Seulement quand il s'agit de peluches mignonnes ! Pense un peu aux êtres humains, pour changer. Va au quartier du gouvernement et lance un appel pour la démocratie.

— La démocratie ? Tu parles bien du régime qui a mis ces enfoirés du CCC au pouvoir ?

— Ce n'est pas parce que le résultat ne te plaît pas que le système ne fonctionne pas.

— Ah oui ? Regarde-les, ces fameux électeurs ! Une bande d'imbéciles et d'ignorants ! Le moindre singe aurait plus de dignité et d'empathie. Et d'intelligence, dans la plupart des cas.

— Les gens ont juste oublié ce qui compte.

— C'est un cours de sciences sociales ? demande Julietta, imperturbable. Je te croyais complètement apolitique. Neutre. Professionnelle.

— Et c'est ce qu'elle est, intervient aussitôt Babak en attrapant Britta par le bras pour l'empêcher de bondir. Revenons à nos moutons. Selon les statuts du Pont, le choix du commanditaire revient en dernière instance au candidat. Britta et moi n'avons qu'un rôle de conseil.

Il s'est tourné vers Julietta, mais c'est à Britta qu'il s'adresse. Le voir prendre ouvertement position contre elle, et à raison en plus, décuple sa colère. Elle sent l'étreinte de Babak se resserrer tandis que son bras commence à trembler.

— Va-t'en, lâche Britta entre ses dents serrées.

— Vous êtes encore en train de me renvoyer pour voir si je reviens ?

— Va-t'en immédiatement, les adultes ont besoin de discuter.

— OK, OK. (Julietta termine son coca avant de se lever.) Je voulais justement aller courir un peu.

Une fois la jeune fille partie, Britta se laisse retomber sur sa chaise avec un long soupir. Babak la scrute.
— Tu y vas peut-être un peu fort.
— Prenons Marquardt, comme j'ai dit.
— La petite montre les dents. Tant mieux pour nous.
— Elle est incontrôlable. Une menace pour nos plans.
— N'importe quoi. C'est juste que tu n'as pas l'habitude qu'on te contredise.

Babak repose la main sur son bras, cette fois tout doucement.
— Personne n'est contre toi. Mais Julietta a un objectif en tête. Et ça t'énerve.
— Et pourquoi ça m'énerverait ?
— Parce que ça te dit quelque chose de toi.

Britta retire son bras sèchement.
— Épargne-moi ton blabla de psy.
— Nous sommes un cabinet de psychothérapie. Tu as oublié ?

Elle sourit malgré elle. En voyant sa réaction, Babak soupire.
— Le pont Moltke est une idée de génie, poursuit-il. On peut très bien le faire avec Green Power. En signe de protestation contre la suppression de la protection animale dans la Loi fondamentale.
— Et s'ils n'ont pas envie ?
— On peut toujours essayer.

Britta hoche lentement la tête. Au moins, ce serait l'occasion de passer par G. Flossen, avec lequel elle a l'habitude de travailler.
— Tu as la grille d'évaluation ? demande Babak. Jetons un coup d'œil dessus.

Britta sort une feuille sur laquelle elle a pris des notes. Babak se penche dessus pendant qu'elle montre les différents points à l'aide de son stylo.

— Tout ça, c'est soit déjà fait, soit facultatif. Ce qui veut dire… (Elle encercle les points restants.)… que le niveau 6 est la prochaine étape, après quoi elle entrera directement dans la phase finale.

Babak fixe la feuille en silence pendant quelques instants.

— On ne pourrait pas sauter le niveau 6 ? finit-il par demander.

— Tu plaisantes ? C'est l'une des étapes les plus importantes de tout le programme.

— Mais Julietta est une femme.

— La candidate idéale. Tu l'as dit toi-même.

— Je sais. (Babak se frotte le visage.) Mais l'idée ne me plaît pas.

— Tu l'aimes bien.

Il enlève ses mains de ses yeux.

— Comme une petite sœur. Peut-être qu'elle me fait penser à moi. Pendant ma mauvaise passe.

— Tu étais loin d'être aussi dur à cuire.

Il éclate de rire.

— C'est pas faux.

Babak. (Britta attend qu'il retrouve son sérieux.) Il faut qu'on sache si elle veut vraiment mourir. Pour son bien et pour le nôtre.

— Tu as raison.

— Tu ne peux pas être son ami. Les kamikazes n'ont pas d'amis.

— Depuis qu'elle vit chez moi, elle est tellement… joyeuse.

— Ça n'a rien à voir avec toi.

Babak sait aussi bien qu'elle que les phases d'euphorie sont fréquentes pendant le programme, surtout vers la fin, quand le scénario prend forme. Les candidats découvrent leur mission et commencent à se sentir heureux. Mais il ne faut pas confondre joie de vivre et joie de mourir.

— Tu la veux à tout prix pour notre opération-choc, reprend Britta.

— Parce que c'est la bonne.

— Ce n'est pas à nous d'en décider.

— C'est au niveau 6. Entre autres. Je sais.

Ils échangent un sourire, poussent un profond soupir.

— Maintenant, file te trouver un mec pour la nuit. Oublie Julietta pendant quelques heures. Reprends le cours de ta vie. C'est un ordre.

18

Soudain, il y a de l'agitation. À l'instant encore, la place était immobile sous la lumière des lampadaires, un éclat argenté d'humidité sur les pavés, les traverses en acier d'une clôture de sécurité en arrière-plan. Puis un homme apparaît dans le champ. Il traverse tranquillement la place pavée, mince, élancé, vêtu de noir, le visage non masqué, mais difficilement reconnaissable dans la pénombre. Sa démarche élastique trahit l'exercice physique, son buste est large, et même trop large, à cause de la ceinture d'explosifs cachée sous sa veste. L'homme longe la clôture sur quelques mètres jusqu'au portail. L'accès destiné aux véhicules est fermé, à côté se trouve un étroit tourniquet permettant aux personnes de circuler. Sur le montant du portail flotte un drapeau, dessous brille une plaque en laiton. Croissant de lune et étoiles.

Ça n'a pas été une mince affaire de trouver la bonne option pour Marquardt. À sa manière tatillonne, il trouvait à redire à toutes les configurations et retombait systématiquement dans les mêmes monologues qui rendent Britta littéralement folle. Jusqu'à ce qu'elle ait une illumination et pense au PKK. Marquardt se fiche des revendications kurdes comme de sa première chemise, mais le travail bâclé de l'AKP le chiffonne. Britta était ravie, car ce n'est pas souvent qu'elle a quelque chose à proposer au PKK. Le retentissement qu'aura une opération anti-AKP exécutée par un non-Kurde est un argument fort pour négocier le prix. À cette heure matinale, la place devant le consulat est déserte, mais la zone est sous vidéosurveillance, et avant d'appuyer sur le détonateur, Marquardt prononcera quelques phrases toutes prêtes devant les caméras.

Marquardt s'éloigne du portail en suivant une ligne imaginaire – ils ont étudié le site et l'ont divisé en quadrilatères. Il s'arrête au point d'intersection de plusieurs axes de caméras. Un agent de sécurité fatigué est sans doute en train de lever la tête devant son écran. Réciter le message prendra trente-deux secondes, après quoi Marquardt retournera au portail pour causer le plus de dégâts possible.

Il vient de se planter face à l'une des caméras quand la fourgonnette fait irruption, modèle Mercedes Vito, couleur argent, pas de plaques d'immatriculation. Elle freine juste à côté de Marquardt, la portière s'ouvre. En une fraction de seconde, deux hommes masqués en treillis noir ont embarqué Marquardt à l'intérieur du véhicule. La Vito remet les gaz et décrit un virage serré pour sortir du champ dans un crissement de pneus.

— Maman !

— Attends un peu, réplique Britta.

Avant de lancer la vidéo suivante sur sa tablette, elle met les écouteurs dans ses oreilles et baisse le son, les minutes qui viennent risquent d'être un peu bruyantes.

La perspective a changé, l'image est fixe et montre l'intérieur de la fourgonnette. Le visage de Marquardt remplit le champ, bien éclairé, Bernd lui braque une lampe torche dans les yeux. Sa bouche est tordue, Udo doit être en train de lui tirer la tête en arrière par les cheveux.

— On t'a eu, espèce de salopard ! beugle Bernd dans le micro – Britta règle le volume au minimum. La guerre sainte est finie pour toi !

— Je ne suis pas djihadiste, halète Marquardt.

Un coup se fait entendre, et son visage disparaît de l'écran. Quand Marquardt resurgit, il tousse et crache, on dirait qu'il est à moitié en train de vomir.

— Tu parles seulement quand on te pose une question ! crie Bernd.

— Qui t'a envoyé ? demande Udo d'une voix posée et encourageante.

Les deux hommes sont une équipe bien rodée, ils font ça depuis des années, et ils ne sont pas mauvais.

— Ça ne vous regarde pas, rétorque Marquardt une fois la bouche libre.

Au coup suivant, il leur faut un peu plus de temps pour arriver à le redresser.

— Si on te laisse ta langue, c'est seulement pour que tu parles ! braille Bernd.

— Rends-nous service à tous et fais-la courte, lui demande Udo.

Ça va encore continuer un moment sur ce ton-là, Britta fait "avance rapide".

— Maman ! Maaamaaan !

— Attends un peu, je te dis.

— On a une questiooon !

— Posez-la-moi, dit Janina, qui est au volant du van. Ta maman a encore un peu de travail.

— Mais il faut que vous écoutiez toutes les deux.

— J'en ai plus pour longtemps.

La tablette tournée de manière que personne d'autre qu'elle ne voie l'écran, Britta cherche le moment où l'arme entre en scène.

Marquardt est à genoux par terre, il est déjà au bout du rouleau, même s'il n'y a aucune trace de coups sur son visage. Udo et Bernd sont des pros. À part au niveau 12, Britta n'a jamais affaire à eux, elle ne connaît même pas leurs vrais noms. Elle suppose que ce sont d'anciens policiers, qui travaillent pour un service de renseignement et viennent de temps en temps arrondir leurs fins de mois au Pont. Fiables, propres, discrets. Britta sait qu'elle peut leur faire confiance les yeux fermés. Bernd vient de braquer un Glock sur la tempe de Marquardt.

— Ton gilet bang-bang, tu ne l'as pas trouvé tout seul, et tout ce merdier non plus, dit Udo en hors-champ. Qui t'a aidé ? On veut des noms.

— Va te faire foutre, halète Marquardt, qui a visiblement perdu son goût des bonnes manières.

Bernd lui colle la gueule du Glock contre le crâne, les mâchoires serrées, tremblant sous l'effort.

— Dans ce cas, c'est toi qui vas payer, lâche-t-il.

— Mon collègue a raison, dit la voix d'Udo. J'en suis navré. Si tu n'as rien à proposer, tu ne nous sers à rien.

— Espèce d'ordure compostable, ajoute Bernd – une expression dont il doit être sacrément fier, car il la sort chaque fois.

— Je vais compter de cinq à zéro, déclare Udo. À zéro, mon collègue tire. Si tu changes d'avis, lève la main.

Avant même qu'Udo ait lancé le compte à rebours, Marquardt commence à réciter le message de revendication du PKK. Faucons de la liberté du Kurdistan, représailles suite aux massacres de l'AKP fasciste. Britta est touchée. Marquardt en profite pour accomplir au moins une partie de sa mission. Il s'exprime sans hésitation, en détachant les mots, avec la même précision que lorsqu'il rédige ses rapports. Pendant des semaines, il lui a tapé sur le système, et voilà que Britta se laisse gagner par l'admiration.

Tandis que Marquardt parle, Udo compte lentement de cinq à zéro – Marquardt ferme les yeux, Bernd appuie sur la détente. Rien ne se passe. Un petit temps de réaction, et Marquardt se met à hurler. Il continue à hurler pendant que Bernd et Udo tentent de le calmer. Ils vont lui expliquer que l'évaluation comprend en réalité non pas douze, mais treize étapes, et qu'il vient de passer la dernière. Que tout ça n'était qu'une mise en scène. Qu'ils vont le ramener à l'hôtel et qu'il verra le reste avec Britta.

Britta éteint la tablette. Elle n'a pas besoin d'attendre l'appréciation d'Udo pour savoir que Marquardt a réussi le test haut la main. Elle a vu des types plus endurcis s'effondrer en larmes et supplier qu'on leur laisse la vie sauve. Dans ces cas-là, les candidats quittent le programme *in extremis* pour reprendre leur vie. En général, quand les choses se terminent comme ça, Le Pont en profite aussi. Les candidats tardivement repentis sont pleins de gratitude d'avoir été guéris, et ils l'expriment par des donations particulièrement généreuses.

— Tu vas écouter, oui ou non ? crie Vera depuis la banquette arrière.

— Oui, ma chérie, j'ai fini. (Britta range la tablette dans le sac à dos posé entre ses pieds et se retourne sur le siège passager.) Alors, qu'est-ce qu'il y a ?

— C'est quoi, un tailtoff ? demande Cora à brûle-pourpoint tandis que Vera grogne dans son coin – visiblement, c'était à qui poserait la question en premier.

— Pas tailtoff ! Cokmolo !

Les filles bouillonnent à l'idée d'aborder un sujet qu'elles pensent être une affaire d'adultes.

— Cocktail Molotov ? suggère Britta.

— Voilà ! s'exclame Vera. Qu'est-ce que c'est ?

— Un truc d'une autre époque.

— Mais où tu as appris un mot pareil ? demande Janina.

— C'est M. Meyer. (Le professeur de maths de Vera.) Il a dit qu'il faudrait aller à Berlin jeter un cocktail Molotov dans le tas.

— Vos professeurs disent des choses comme ça ?

— Seulement les vieux.
— Je peux comprendre, rit Janina.
— Ne dis pas de bêtises, rétorque sèchement Britta.

Janina lâche la chaussée des yeux pour lui lancer un regard étonné.

— Tu n'as pas entendu ce que le CCC compte faire ? Sixième pack d'efficience : introduction d'examens intermédiaires à l'école primaire. Histoire d'éliminer les élèves en échec scolaire le plus tôt possible. C'est absurde.

— Heiiin ? s'écrient Vera et Cora, trop contentes de faire du bruit.

— Il y a quelques années, on a lancé un sondage, dit Britta. On a demandé aux gens ce qu'ils feraient s'ils devaient choisir entre leur droit de vote et leur lave-linge.

— Et qu'est-ce que ça a donné ?

— Soixante-sept pour cent ont choisi le lave-linge. Quinze pour cent n'ont pas tranché.

— Seulement dix-huit pour cent voulaient voter.

— Dix sur dix en calcul mental. (Britta se rend bien compte qu'elle est imbuvable.) Le CCC n'est pas tombé du ciel. Quitte à jeter des cocktails Molotov, autant le faire sur la population.

— Qu'est-ce qui te prend ? (Janina tourne de nouveau la tête pour examiner Britta du regard.) Depuis quand tu t'énerves pour des histoires de politique ?

— Prends cette sortie.

Elle montre l'entrée d'une station-service. À la caisse, elle demande un téléphone à carte. Comme il n'y en a évidemment pas, le pompiste lui propose son portable – ça fonctionne à tous les coups.

Elle compose un numéro qu'elle connaît par cœur et laisse un bref message sur le répondeur : le candidat est prêt et sera disponible à partir de la semaine prochaine. Elle donne un euro au pompiste en échange du coup de fil, achète quatre sucettes aux parfums différents et retourne à la voiture pour déloger Janina de la place du conducteur.

Une fois au volant, Britta suce sa sucette en silence pendant que Janina continue à parler du sixième pack d'efficience. Rationalisation du système scolaire, la fameuse réforme de la justice, élargissement des compétences du gouvernement. Alors que Britta mettrait sa main à couper que Janina aurait choisi le lave-linge. Dans la bouche de son amie, on dirait que les projets du CCC sont les ramifications d'une catastrophe naturelle rampante qu'on observe avec une fascination mêlée de dégoût sans pouvoir l'arrêter. Britta se retient de lui dire de la boucler. Les bavardages de Janina lui font penser à Julietta. "Ces enfoirés du CCC" et : "Contrairement à toi, j'ai des principes."

Dès le lendemain de la conversation au Gute Zeiten, Britta est retournée à Leipzig. Elle a passé des heures à arpenter la ville, a fini par louer un vélo pour faire toutes les poubelles de tous les parcs, a passé au peigne fin les centres commerciaux, les stations de S-Bahn et les environs de l'université. Aucune trace de G. Flossen. Ce n'était pas la première fois qu'elle faisait chou blanc, mais ce jour-là, l'échec de ses recherches la mettait dans de sales draps. Elle ne peut pas se permettre de temporiser. Et si Flossen reste introuvable, sous prétexte qu'il est parti faire le tour du monde, qu'il est au fond d'un lit d'hôpital ou qu'il a rendu son tablier chez Green Power, Britta sera revenue à la case départ avec Julietta.

Arrivée à Wiebüttel, elle a fini sa sucette et s'est reprise en main. Janina est fatiguée de parler, les filles s'ennuient, avachies sur leurs sièges.

En entrant dans le village, Britta jette un énième coup d'œil dans son rétroviseur. Pas de Hilux blanche en vue.

Pour un ange gardien, Hatz n'est pas très présent ces derniers temps.

D'un mouvement élégant, elle gare le van devant le vieux corps de ferme qui somnole paisiblement, comme un chat chauffé par les rayons du soleil matinal. Les filles dégringolent de voiture pour disparaître dans le jardin, sans laisser à Britta et Janina le temps de faire leurs recommandations habituelles. Elles sont parties de bonne heure, c'est une matinée splendide. Les rayons du soleil transpercent le feuillage des arbres d'une lumière aveuglante, l'air sent le frais, comme si le monde venait d'être créé. Janina trouve la clef sous un pot de fleurs à côté du perron. Elles sont venues sans l'agent immobilier, c'est une dernière visite privée avant de donner un accord définitif. Histoire de "checker les vibes", comme dit Janina.

La porte s'ouvre à la volée, Britta sursaute, un feulement, quelque chose leur passe sous le nez – une martre, un putois ou une belette, pense Britta en voyant une forme grise disparaître dans les fourrés. Puis vient un gros chat tacheté de noir et de blanc, qui sort sans se presser. Il regarde Britta droit dans les yeux, l'air de dire : Je ne sais pas ce que vous venez faire ici, mais on était là en premier.

À l'intérieur, Britta a l'impression que la couche de poussière est encore plus épaisse et le nombre de mouches mortes encore plus élevé que la dernière fois. Sans hommes ni agent immobilier, la maison est plongée dans le silence. Des gazouillis d'oiseau s'égrènent à travers les pièces, il doit y avoir une fenêtre ouverte quelque part. Malgré la crasse, une certaine dignité se dégage de la maison. Britta se fait la réflexion que la bâtisse a quatre fois son âge. Elle a vu deux guerres mondiales, des naissances, des morts, la destinée humaine sous toutes ses facettes. Dans le salon avec son parquet couleur miel, un vieux cheval à bascule les regarde de ses yeux ambrés. Britta ne l'avait pas remarqué la dernière fois.

Elles ne parlent pas. Elles font le tour des différentes pièces avant de monter l'escalier aux marches raides. En haut se trouvent une autre salle de bains et plusieurs chambres à coucher, avec un lit abandonné dans l'une d'elles. Elles s'asseyent sur le bord pour regarder par la fenêtre le feuillage des vieux arbres où des familles entières de moineaux se chamaillent. Janina et Knut ne sont peut-être pas doués pour réussir, mais ils le sont pour être heureux. Britta les voit déjà vivre leur vie ici, sans trop travailler et sans trop d'argent, avec des poules, les légumes du jardin et un autre enfant qui se promène à quatre pattes sur le plancher. En élèves modèles du revenu de base universel. Accaparés par les soucis du quotidien, mais débordants d'amour pour le toit au-dessus de leurs têtes. Soudain, Britta a le sentiment de venir d'une autre époque. Si rêver de se mettre au vert est un anachronisme, travailler du matin au soir sans jamais lever la tête du guidon ne l'est pas moins. Britta a toujours regardé de haut la douce Janina et ce ramollo de Knut, avec leur vision datée et perpétuellement outrée de la société et de la politique. Mais avec sa fierté nihiliste, c'est peut-être Britta le dinosaure qui se croit plus malin que les autres alors qu'il est en voie d'extinction.

Janina se laisse tomber sur le lit, aussitôt imitée par Britta. Une odeur de grand-mère monte du matelas. Allongées côte à côte, elles regardent le plafond où une vieille lampe est encore suspendue, une sorte de bocal retourné, en verre opaque et avec des petits chats dessinés dessus. Cette pièce était-elle autrefois une chambre d'enfant ? Et ce lourd lit en bois celui d'un petit garçon qui, la nuit, quand il n'arrivait pas à dormir, regardait les chats sur l'abat-jour, en train les uns de se lécher les pattes, les autres de ronronner, roulés en boule ?

Britta commence à avoir des fourmis partout, et pour la première fois depuis des jours, elle sent la détente se répandre dans ses membres. Elle est à deux doigts de s'endormir. En fin de compte, peut-être que faire une pause serait une bonne idée. Après tout, pas besoin que ce soit une année entière, ni même une demie – trois mois ou quelques semaines suffiront, des vacances prolongées pendant lesquelles elle aidera Janina à aménager sa maison, elles cueilleront des cerises ensemble, prépareront des gâteaux à quatre mains et, les soirs où il fera doux, dresseront la table sous les arbres pour leurs familles. Britta n'a pas pris de vacances depuis des années, elle n'arrive pas à imaginer une vie sans Le Pont.

On pourrait remercier Marquardt et Djawad, et frapper un grand coup avec Julietta, se dit-elle, et après ça, je pars en congé sabbatique. Quelle marque de souveraineté ! Babak gardera la boutique, et les petits rigolos d'Empty Hearts comprendront qu'on ne pisse pas impunément sur la patte d'un dinosaure.

Son diaphragme se met à palpiter, et Britta se rend compte que ça n'arrivera pas. L'idée de faire des gâteaux l'angoisse, la décontraction laisse place à la nervosité.

— Imagine que tu as un boîtier avec un bouton rouge, dit-elle. Si tu appuies dessus, tous les cinglés en chef du monde mourront d'un coup – Freyer, Trump et tous les autres. Qu'est-ce que tu fais ?

Janina tourne la tête pour lui lancer un regard en coin.

— Les cocktails Molotov te travaillent ou quoi ?

— Tu dois résoudre le dilemme. Qu'est-ce que tu fais du boîtier ?

— Je le balance par la fenêtre.

— Quoi ? (Britta se redresse.) Tu étais pour les cocktails Molotov.

— Je ne parlais pas sérieusement. (Janina se redresse sur un coude.) Toi et moi, on est entièrement d'accord, Britta. La violence, c'est mal. Quel qu'en soit le but.

La réponse résonne dans la tête de Britta, et l'espace d'un instant, elle ne voit plus rien – elle a fermé les yeux. Le suc gastrique gicle dans sa gorge. La voix de Janina vient de très loin.

— Tu crois qu'on devrait garder ce lit ?

Mais Britta s'est déjà levée d'un bond pour courir vomir à la salle de bains.

19

— Tu es bien installée ? demande Britta.

Julietta sourit, l'air plus excitée qu'inquiète. Britta sait ce qu'il se passe dans sa tête. Julietta se dit que retenir sa respiration doit quand même être à sa portée. Elle croit pouvoir compter sur son sang-froid. Et puis, ce n'est pas "pour de vrai". Si jamais ça tourne mal, Britta arrêtera. D'ici quelques minutes, tout sera terminé, on lui donnera une serviette pour se sécher les cheveux, et elles iront boire un café pour discuter de la suite. On ne l'emmènera pas dans une cellule pour continuer à la torturer par le feu, par le froid ou par le bruit. Julietta a presque hâte d'y être, comme si elle allait découvrir un sport extrême, la plongée en apnée ou le saut en parachute.

Britta le sait bien. Elle aussi est passée par là. Elle ne s'est épargné aucune des épreuves subies par les candidats – séjour en clinique, faux enlèvement et exécution fictive compris. Le simulacre de noyade était le pire, et de loin.

Pendant des jours, Babak et elle s'étaient renseignés sur internet, ils avaient lu des manuels de la CIA et des témoignages jusqu'à ne plus avoir aucune raison de remettre la chose à plus tard. En achetant un arrosoir en plastique vert à la section jardinage du magasin de bricolage, ils avaient été pris d'un fou rire. Ils étaient entourés de tuyaux d'arrosage, de bêches, de bidons d'engrais et de gants en caoutchouc et, soudain, les objets les plus banals avaient des airs d'instruments de torture.

Comme ils vivaient encore à Leipzig, seul l'appartement d'étudiante de Britta se prêtait à l'opération. Ils avaient posé une large planche au-dessus de la baignoire pour éviter de mettre de l'eau partout. À pile ou face, Britta avait été désignée pour passer en premier. Babak l'avait ligotée sur la planche avec deux étoles en coton et avait bidouillé le tout à n'en plus finir jusqu'à ce que Britta s'énerve et lui dise d'y aller. La joyeuse fébrilité a laissé place à une vraie tension. Babak a lancé le chronomètre de son portable. Ils s'étaient mis d'accord sur un maximum d'une minute. Libre à l'exécutant d'interrompre l'expérience avant.

Il lui a posé un torchon sur le visage. Britta pensait inspirer un grand coup et fermer la bouche pour que l'eau ne rentre pas. Retenir son souffle pendant une minute était plus difficile qu'on ne le croyait, mais c'était jouable. Britta s'était entraînée.

Babak a versé l'eau sur son visage.

Les premières secondes, elle a tenu bon. Le torchon s'imbibait, l'eau froide lui dégoulinait sur le visage et le cou pour aller clapoter sur la céramique de la baignoire. Mais Britta s'est vite rendu compte que retenir son souffle n'était pas une option, car l'eau lui rentrait par le nez. Elle s'est dit qu'expirer l'air tout doucement lui ferait gagner trente secondes, et qu'ensuite, le temps serait presque écoulé.

Mais ce n'était pas suffisant pour contrer la pression. Comme l'eau entrait à flots dans ses sinus, elle a soufflé un grand coup pour les libérer. Et ses poumons se sont retrouvés vides.

Britta essayait de résister, elle secouait la tête dans tous les sens pour respirer par la bouche, sauf que le torchon humide y prenait déjà toute la place. L'eau pénétrait jusque dans sa gorge, ses sinus, sa trachée et son œsophage, Britta aurait voulu la recracher, mais ses poumons étaient recroquevillés sur eux-mêmes. Elle avait beau savoir que perdre son sang-froid était la dernière chose à faire, elle a cédé à la panique. Son corps se cabrait contre les liens, elle prenait de grandes inspirations par le nez, absorbait toujours plus d'eau, il y en avait partout, dans ses yeux, ses oreilles, son cerveau. Britta ne contrôlait plus ses membres. Elle le savait : elle allait mourir.

Lorsque la planche a basculé et que Babak a lâché l'arrosoir pour empêcher Britta de tomber, moins de quarante secondes s'étaient écoulées. Elle a mis dix minutes à reprendre ses esprits. Elle a rampé sous le lavabo en tremblant et tapé Babak qui essayait de l'attraper. Elle était persuadée qu'il avait voulu la tuer.

Babak n'y est pas passé ce jour-là. Ni le suivant. Britta n'avait pas la force de lui infliger le simulacre de noyade. Elle voulait à tout prix comprendre ce qu'il lui était arrivé. Passé un certain stade, bon sens et maîtrise de soi ne signifiaient plus rien. Quand l'eau était entrée dans ses poumons, elle avait perdu tout contrôle d'elle-même. L'enfer l'avait engloutie. Elle n'avait jamais connu de panique qui soit seulement comparable. À l'idée de devoir y retourner, elle ne répondait plus de rien. Si elle avait eu le choix entre se démolir les doigts avec une masse ou revivre ce cauchemar, elle aurait sans hésiter opté pour la masse. Elle aurait vendu toute sa famille. Elle aurait renoncé à tout, tout dit, tout fait.

La semaine suivante, Babak avait insisté pour qu'elle lui fasse subir le même traitement. Ils devaient être sur un pied d'égalité. Britta savait qu'il avait raison. S'il n'en passait pas aussi par là, elle ne pourrait plus travailler avec lui. Ils avaient amélioré la structure, fixé la planche.

Babak avait réagi comme elle. Britta avait pleuré tout du long. Quand elle avait lâché l'arrosoir, le chronomètre indiquait quarante-cinq secondes.

— Il est plein ?

Julietta désigne l'arrosoir vert. Elles se trouvent au sous-sol du cabinet. La jeune fille est allongée sur la table d'examen que Britta a achetée en soldes dans un magasin de matériel médical à l'ouverture du cabinet. Babak a vissé les pieds au sol pour éviter les accidents. La salle polyvalente est carrelée et dispose d'une évacuation qui permet de laisser l'eau couler.

— À ras bord, répond Britta en soulevant l'arrosoir pour montrer qu'il pèse son poids – c'est le même qu'à l'époque.

— Alors, je n'aurai pas soif ce soir.

Le coup de la blague, tout le monde le fait. Les yeux de Julietta sont un peu plus sombres que d'habitude. Britta l'attache sur la table à l'aide de sangles et lui fait donner son consentement devant la caméra de sa tablette, juste au cas où – jusque-là, il n'y a jamais eu de plaintes a posteriori.

— Je vais te poser un torchon sur le visage, et c'est parti, dit-elle.

Avant, à ce moment-là, elle faisait une petite introduction, pour expliquer au candidat qu'il s'agissait d'une épreuve purement psychologique et que ni sa vie ni son intégrité corporelle n'étaient menacées. Que les sangles avaient pour seule fonction d'assurer sa sécurité et que l'opération durerait moins d'une minute. Puis elle a compris que ces paroles ne servaient qu'à la rassurer elle, et elle a arrêté.

Par réflexe, Britta écarte une mèche sur le front de la jeune fille. Julietta ne montre rien, mais Britta le sent : elle lui fait confiance. Sans attendre, elle lui couvre le visage avec le torchon à carreaux. Ensuite, tout est plus facile. Britta se transforme en machine qui enchaîne des gestes mécaniques. Soulever l'arrosoir, l'incliner légèrement, laisser couler l'eau. D'abord tout doucement, pour ne pas faire tomber le torchon, puis plus franchement, une fois le tissu mouillé bien collé au visage. Les traits de Julietta s'impriment à travers le torchon, on dirait un masque mortuaire.

Je ne fais rien de plus que quand j'arrose des fleurs, se dit Britta dans sa tête. Le même ustensile, le même contenu, les mêmes mouvements.

Julietta est d'un sang-froid olympien. Au bout de vingt secondes, elle est toujours parfaitement immobile. Britta commence à s'énerver – arrête tes simagrées, espèce de petite fayote, tu es un être humain et tu fonctionnes comme tout le monde, il n'y a pas de médaille à gagner. Mais quinze autres secondes plus tard, le stoïcisme de Julietta est de l'histoire ancienne. Elle tousse, boit la tasse, secoue la tête dans tous les sens, se cabre contre les sangles. Britta augmente la pression du jet d'eau, l'arrosoir est de plus en plus léger. Voir Julietta se débattre la rend encore plus agressive – ce n'est que de l'eau, pense-t-elle, prends sur toi, tu es censée être une dure à cuire, je croyais que tu aimais te faire du mal, où sont passées tes pulsions d'autodestruction, toi la reine des suicidaires ?

La colère lui fait du bien, c'est le seul moyen de tenir bon. Enfin, l'arrosoir est vide, Britta le jette à l'autre bout de la pièce, il rebondit bruyamment sur le carrelage. Le chronomètre indique cinquante-cinq secondes. Britta enlève le torchon du visage de Julietta avant de détacher les sangles. Elle retient la jeune fille à deux mains pour qu'elle ne s'effondre pas, ne dérape pas sur le sol mouillé, qu'elle arrive jusqu'au fauteuil bas qui l'attend dans un coin. Julietta a une mine à faire peur, ses cheveux humides lui tombent dans les yeux, elle est pliée en deux, se tient le ventre, tousse et crache comme une noyée. Cette épave humaine inspire un tel mépris à Britta qu'elle doit lui tourner le dos. Enfin calmée, Julietta se laisse choir sur le fauteuil comme un cadavre, et Britta va s'asseoir sur un coin sec de la table, les pieds remontés et les bras noués autour des genoux. La poitrine de la jeune fille monte et descend au rythme régulier de sa respiration, presque comme si elle dormait. Britta va lui demander si elle veut continuer le programme. Elle s'attend à ce que Julietta l'insulte avant d'éclater en sanglots comme une petite fille qui vient de vivre un cauchemar. Elle n'aura plus qu'une envie : aller se réfugier dans les jupes de sa maman. Britta la consolera et débitera quelques formalités – la candidate n'a rien à payer, tous les documents seront détruits, la discrétion va de soi d'un côté comme de l'autre. C'est une nouvelle page de son existence qui s'ouvre, et un jour, Julietta comprendra la chance qu'elle a eue de croiser la route du Pont.

Babak sera triste que Julietta quitte le programme. Peut-être qu'ils resteront en contact et se retrouveront une fois par semaine pour jouer aux fléchettes. La mignonne nous a bien eus, que de la gueule, et rien d'autre – au fond, c'était juste une méga-petite fille qui avait sonné à la mauvaise porte. Britta ne peut pas le nier, elle est un peu soulagée. Marquardt sera ravi d'apprendre qu'elle a une mission spéciale pour lui.

Britta se laisse glisser de la table et va chercher une serviette en se demandant si Richard sera disponible ce soir pour une sortie en amoureux ou s'ils resteront tranquillement à la maison à regarder un film – et là, Julietta dit quelque chose que Britta n'avait encore jamais entendu. Jamais à ce moment-là, jamais à cet endroit-là, jamais après ce qu'il s'est passé au cours des minutes précédentes.

Julietta dit : "Encore !"

20

Comme les locaux de Smart Swap sont situés dans un immeuble ancien du centre-ville, charmant mais pas très grand, Richard a réservé un coin de l'I-Vent, dont le dix-septième étage offre une vue imprenable sur la ville. Britta déteste les soirées, et elle trouve absurde de participer à une cérémonie en l'honneur de Guido Hatz. Si elle est venue, c'est seulement parce que Richard a insisté. Accueil en grande pompe du nouvel investisseur, un moment fort pour Swappie. Sans ça, Emil et Jonas se seraient étonnés de son absence.

Depuis une demi-heure, elle est avec Lena et Charlotte, les femmes d'Emil et Jonas, postée à la baie vitrée, un cocktail à la main, à écouter le compte rendu des exploits de leurs filles respectives en peinture, piano, codage et voltige. Voilà que le sujet du sixième pack d'efficience arrive sur la table : Lena et Charlotte n'ont rien contre, surtout qu'une taxe spéciale est prévue pour les étrangers qui travaillent en Allemagne, parmi d'autres mesures de protection de l'économie nationale. Quand la phrase : "C'est sûr que le CCC n'est pas très démocratique, mais il y a vraiment de bonnes idées" est prononcée pour la troisième fois, Britta part aux toilettes avec son verre, pour se laver les mains et observer longuement son visage dans le miroir. Depuis la réponse de Janina au dilemme du bouton rouge, la nausée est devenue sa compagne de tous les instants. Britta ne comprend pas ce qui lui arrive – ces derniers temps, elle n'est vraiment pas dans son assiette.

Histoire de se calmer, elle se dit qu'au fond, tout va pour le mieux. Julietta a réussi le niveau 6 et est toujours dans le programme. Depuis le simulacre de noyade, elle porte de nouveau ses cheveux lâchés, a recommencé à fumer et se promène dans ses habituelles fringues informes de couleur noire. Elle a effectué une nouvelle mue, la mascarade guerrière n'est plus d'actualité, elle dégage une impression de sérénité. Sous l'effet de la fatigue, son nez paraît un peu trop gros, elle doit mal dormir depuis qu'elle a vu la mort en face, mais le manque de sommeil est une bonne chose, il libère les énergies. Babak ne la lâche pas d'une semelle, il l'accompagne courir au parc municipal, ils se sont même procuré des T-shirts "Le Sport pour tous" pour moins se faire remarquer. Il surveille l'alimentation de Julietta, fait du yoga et de la méditation avec elle. Britta a décidé de ne pas s'en mêler : Babak est assez grand pour savoir ce qu'il fait, et il est du métier depuis assez longtemps pour être au courant qu'à la fin, il en bavera comme pas permis. Julietta ne renoncera pas à se suicider pour ses beaux yeux, Britta en est convaincue. Au moins depuis le niveau 6.

Bientôt, elle retournera à Leipzig chercher Flossen, et si elle ne le trouve pas, elle prendra contact avec une autre association environnementale, à contrecœur, mais il faut ce qu'il faut. Ça fait plusieurs jours qu'elle n'a pas eu de nouvelles de Guido Hatz. Même ce soir, il ne quitte pas Emil et Jonas, et depuis qu'ils se sont serré la main, il ne prête aucune attention à Britta. Elle se demande s'il a déjà oublié son histoire d'ange gardien – peut-être qu'en fin de compte il n'a rien à voir avec les Empty Hearts. De toute façon, avec un peu de chance, toute cette affaire sera réglée d'ici deux semaines et, ensuite, il sera temps de souffler un peu. Britta n'a aucune raison de s'énerver, même si son estomac n'a pas l'air d'être du même avis.

Deux femmes entrent dans les toilettes en riant et en bavardant, et Britta se détache du miroir pour retourner à la soirée. Au premier coup d'œil, elle voit que Guido Hatz était en train de l'attendre. Sa silhouette imposante est bien reconnaissable parmi les autres invités. En l'apercevant, il lève le bras et lui fait signe de le rejoindre dans l'embrasure d'une fenêtre.

Britta va chercher un autre cocktail au bar avant de revenir à pas lents vers Hatz, qui se caresse la moustache en regardant la ville d'un air songeur. Au moins, ici, il n'a pas de balustrade sur laquelle faire l'équilibriste les yeux fermés.

Hatz montre les barres d'immeubles Kurt-Schumacher, derrière la gare centrale.

— Regardez, par là.

Par là, il y a les locaux du Pont, mais ce n'est pas ce que Hatz veut dire.

— En haut, sur les immeubles. C'est là que se retrouvent les esprits de l'air. Vous voyez ?

— Je ne vois rien du tout.

— Cette ville est meurtrie. Si la guérison ne se fait pas, il va se passer quelque chose de terrible. Mais vous êtes bien placée pour le savoir. (Il lui sourit, un sourire dénué d'ironie.) Je suis ravi de vous voir ici. C'est un bon entraînement pour votre nouveau rôle d'épouse.

Elle fait mine de s'en aller, mais il pose une main sur son bras.

— Un instant.

Tandis qu'ils se toisent, Britta a le sentiment que le regard de Hatz est plus pénétrant que le sien. Son malaise grandit. Cet homme n'est pas un cinglé, il a un plan en tête. Peut-être que la raison d'être de cette soirée était de la faire venir ici. Pour lui prouver qu'il peut la forcer à se présenter devant lui.

— Vous ne devriez pas avoir peur de moi, dit Hatz. Ça oriente vos énergies dans la mauvaise direction.

Britta veut répondre qu'elle n'a pas peur, mais elle sait que son ton ne serait pas convaincant.

— Je suis votre ange gardien. Je ne vous veux que du bien. Je veille sur vous depuis toutes ces années, et maintenant, j'essaie de sauver ce qui peut l'être.

— Comment ça, sauver ?

Il se penche vers elle pour lui parler à l'oreille.

— Dites au revoir à Julietta, Marquardt et les autres. Fermez le cabinet, rentrez chez vous et restez-y. C'est maintenant ou jamais. Après, il sera trop tard.

Il connaît les noms, forcément, ça ne devrait pas être une surprise pour Britta. Pourtant, elle est saisie d'un vertige qui la fait vaciller. Hatz lui prend son verre des mains pour le poser sur une table. Il la retient discrètement par le coude le temps que sa tension se stabilise. Quand Emil fait tinter son verre pour annoncer son discours, Britta est déjà en route vers les ascenseurs. D'une voix qui part dans les aigus comme s'il était encore en pleine mue, Emil cherche ses mots, remercie l'investisseur, félicite l'investisseur, promet un futur radieux à toutes les personnes présentes. Planté dans l'embrasure où Britta l'a laissé, Guido Hatz opine du chef en souriant, comme un époux comblé à ses noces d'argent.

Dehors, il fait nuit. Britta enfourche son vélo et pédale de toutes ses forces. Elle est énervée d'être montée dans les tours à cause de Hatz et de son délire à la X-Files. Histoire de passer ses nerfs, elle roule le plus vite possible. Le vent étire ses cheveux, l'air est étonnamment frais pour une soirée d'été, presque automnal. Cette année, le temps est complètement perdu entre les saisons.

Elle passe sous les voies ferrées de la gare centrale, et en voyant les barres d'immeubles Kurt-Schumacher se dresser devant elle, elle décide d'aller chercher une pile de rapports hebdomadaires au cabinet. Vu l'état dans lequel elle est, elle n'arrivera de toute façon pas à dormir, donc autant profiter de cette soirée de perdue pour travailler.

Debout sur les pédales, elle emprunte la rampe qui monte de la voie rapide au passage Kurt-Schumacher. De loin, elle sent tout de suite que quelque chose ne va pas. À première vue, tout est comme d'habitude. Il n'y a pas un chat, toutes les boutiques sont fermées. La lumière des lampadaires se reflète sur la vitrine du cabinet, la seule propre de tout le passage. Mais il y a un détail qui cloche. La porte n'a pas l'air complètement fermée. À gauche de la poignée, il y a une rainure d'ombre, un trait noir vertical qui n'a rien à faire là. Le cerveau de Britta fait ce que font tous les cerveaux du monde : il cherche une explication. Illusion d'optique ? Verrou mal fermé ? Ou peut-être que Babak est à l'intérieur et qu'il a laissé la porte entrouverte.

Elle freine d'un coup sec devant l'entrée et se penche par-dessus le guidon, le vélo en équilibre entre les jambes. On voit clairement des traces d'outil. Pied-de-biche ou burin. Le profilé d'aluminium a été déformé jusqu'à ce que le pêne et le verrou glissent de la gâche. La porte abîmée a été remise dans l'encadrement. Britta tire un peu dessus, et le battant s'ouvre à la volée.

En théorie, l'intrus pourrait encore être à l'intérieur, mais Britta ne s'attarde pas sur cette pensée. Elle traverse la salle principale où tout a l'air intact, prend l'escalier en colimaçon et descend au sous-sol. Là, elle allume la lumière et examine le local technique vide avant de se rappeler que Lassie a été évacuée par Babak – il a été bien inspiré. Sinon, rien ne semble avoir bougé, jusqu'à l'arrosoir vide qui est toujours couché sur le carrelage, à l'endroit où Britta l'a laissé. Elle se demande ce que les cambrioleurs sont venus chercher. Pour des junkies qui forcent une porte au petit bonheur la chance, les pièces sont trop propres. À part Lassie, Le Pont ne possède aucun objet de valeur, l'équipement est rudimentaire, les meubles ne valent rien, la machine à café a déjà une bonne dizaine d'années. Britta remonte lentement l'escalier. Comme elle ne veut pas attirer l'attention pour rien, elle laisse le plafonnier éteint, la lumière venant du passage est suffisante. Au rez-de-chaussée aussi, tout semble comme d'habitude, les fauteuils, le guichet, la table basse avec les magazines que personne ne lit. Alors qu'elle scrute les objets qui constituent la toile de fond de son existence depuis des années, Britta se sent gagnée par le malaise, une douleur lancinante entre le chagrin et l'angoisse, et c'est peut-être à cause de ça qu'elle met autant de temps à voir ce qui saute aux yeux.

Le grand bureau au milieu de la pièce est vide. Les pointillés de Babak ne sont plus là.

À la place est posée une photo recouverte d'une pellicule brillante, à l'ancienne, avec une bordure blanche qu'on peut rajouter à la demande sur les sites d'impression. Britta s'empare prudemment du tirage. Elle doit le bouger un peu dans tous les sens et chercher la bonne distance avec ses yeux pour y voir quelque chose. Le cliché est sombre et flou, pris en pleine nuit et sans flash, sous la lumière orange des lampadaires de Leipzig. Un corps gît au sol, à moitié enfoui sous un vélo renversé dont les sacoches ont répandu leur contenu par terre. La silhouette sans vie est cernée de bouteilles en plastique, en quantité industrielle, qui brillent de mille feux à la lueur des lampadaires. Une drôle de composition, comme si un objet était tombé du ciel pour gicler en étoile sur l'herbe et le chemin de graviers. Même sans distinguer de visage, Britta sait qu'il s'agit de G. Flossen et qu'il n'est plus de ce monde.

L'espace d'un instant, elle est comme paralysée – puis elle part au quart de tour. Elle glisse la photo dans son sac et redescend l'escalier en courant pour aller chercher un escabeau dans le local technique. Elle remonte tant bien que mal les marches tortueuses avec ce gros machin dans les bras, le pose devant la porte d'entrée et grimpe tout en haut pour retirer la carte-mémoire de la petite caméra de surveillance. Puis elle sort du cabinet et enfonce un grand coup la porte abîmée dans son cadre, histoire de ne pas la laisser ouverte.

Britta traverse le centre-ville à vélo, avec un mantra en boucle dans la tête : Par pitié, faites que Babak et Julietta soient à la maison. Faites qu'il ne leur soit rien arrivé.

Il n'y a pas longtemps, à la sortie de l'école, Vera lui a demandé si le Bon Dieu était un personnage de *Star Wars*, et Britta s'est sentie fière de l'athéisme de sa fille. Mais là, elle se lance dans une prière. S'il y a vraiment quelqu'un là-haut, il doit être en train de s'en payer une bonne tranche. À la regarder pédaler comme une forcenée, le souffle court et le front trempé de sueur. Implorer un Dieu auquel elle ne croit pas une seconde. D'un coup, elle se rend compte qu'elle aimait bien G. Flossen, et elle se met à pleurer.

C'est dans cet état qu'elle arrive sur Höhe, hors d'haleine, bouffie par les larmes. La porte de l'immeuble est ouverte. Britta grimpe l'escalier quatre à quatre et enfonce la sonnette en cognant du plat de la main contre le battant – jusqu'à ce que Babak ouvre, bien vivant, sain et sauf. Elle en tombe à genoux de soulagement. Babak la prend par les épaules et l'entraîne dans le salon où

Julietta est allongée sur son matelas et enlève ses écouteurs, l'air étonné.

Britta n'arrive pas à parler. Elle sort la photo et, faute de table, la jette par terre, forçant Babak à s'agenouiller pour la regarder. Il met quelques secondes à s'y retrouver, puis il souffle : "Merde." En voyant Britta extraire la petite carte-mémoire de son sac, il part aussitôt chercher le lecteur et la tablette, puis lance la vidéo.

Ils s'accroupissent à trois autour de l'écran, tête contre tête. La salle principale du Pont apparaît sous leurs yeux, plongée dans la pénombre, les chiffres en bas de l'image indiquent 22 h 15, dehors il fait presque nuit, un peu de lumière filtre par la vitrine. Deux hommes surgissent dans le champ de la caméra, l'un trapu, l'autre grand et mince, comme perdu dans son pantalon surdimensionné. Ils n'ont pas de lampe de poche et ne sont pas masqués. Et ils ne font aucun effort pour cacher leurs visages à la caméra : on les voit en contre-plongée, tantôt de profil, tantôt de dos ou de face. Manifestement, le cabinet ne les intéresse pas plus que ça, ils ne regardent pas autour d'eux, ne fouillent pas, ne vont même pas voir l'escalier. Ils ne font que passer pour prendre quelque chose.

Au moment où les intrus se penchent au-dessus du bureau et commencent à enrouler la feuille avec les pointillés sur elle-même, Babak s'écrie pour la deuxième fois : "Merde !" Le mince jette la photo de Flossen mort sur la table. Le trapu se gratte la tête, et la manche de sa chemise remonte, révélant un tatouage qui, même à moitié visible, reste bien reconnaissable.

Ils se repassent la courte séquence cinq fois avant que Babak éteigne la tablette.

— Empty Hearts, dit Babak. Donc ils sont plusieurs.

— Bien vu, siffle Britta. Ils sont plusieurs, et ils ont tué Flossen. Mais qu'est-ce qu'ils foutent à voler ton dessin ?

— On devrait peut-être commencer par se calmer, intervient Julietta – ce qui produit pile le résultat inverse.

— Ne te mêle pas de ça, la rembarre Britta.

— C'est un code, lâche aussitôt Babak.

— Un quoi ?

— Tu es sourde ? Un code, bordel !

— Mais pour quoi ?

Ils se crient dessus, ce n'est pas bon signe. Quand deux piliers porteurs vacillent, le risque est grand que le bâtiment s'effondre. Britta essaie de reprendre son sang-froid, mais elle voit bien qu'elle n'est plus maîtresse d'elle-même. Elle n'a jamais eu aussi peur de sa vie.

— OK, dit Babak, et il répète : OK.

Il sait que Britta n'est pas en colère, qu'elle panique juste, et il essaie d'afficher un air serein.

— J'aurais sans doute dû te le dire. Mais j'ai pensé qu'il valait mieux que tu ne sois pas au courant. Je voulais un système de sécurité non électronique. Quelque chose qui fonctionne indépendamment de Lassie.

Britta le dévisage. Elle commence tout doucement à comprendre de quoi il parle, mais elle n'y est pas encore tout à fait.

— Tu veux dire… que tu as retranscrit des informations dans tes dessins ?

— Ce sont des banques de données, explique Babak. On y trouve tous les noms fournis par Lassie, avec le score attribué à chacun. J'ai aussi précisé si l'intéressé a été pris dans le programme et jusqu'où il est allé.

— Excellent, dit Julietta en éclatant de rire. C'est génial, Babs !

Le surnom ridicule n'échappe pas à Britta, mais elle n'est pas en état de s'énerver à cause de ça – elle est trop occupée à intégrer ce que Babak vient de lui révéler.

— Tu as développé un langage crypté ?

L'espace d'un instant, la fierté de Babak éclipse la gravité de la situation. Il attrape un stylo qui traîne par terre, et tire à lui un magazine de death metal qui doit appartenir à Julietta. Au dos, il commence à aligner des pointillés.

— Pour chaque lettre de l'alphabet et chaque chiffre, il y a une séquence précise, sachant que les différentes couleurs augmentent le nombre de combinaisons possibles.

Le stylo cogne contre le papier à un rythme familier et, soudain, Britta est prise de nostalgie en repensant au bon vieux temps. Babak fait glisser le magazine vers elle. Quelques pointillés, pas plus gros qu'une pièce de centime, occupent le coin de la feuille.

— C'est ton identité et ta date de naissance, dit-il.

— Il y avait combien de noms dans ton dessin ?

— Mille quarante-trois, dont environ cent vingt de très prometteurs.

— Ça correspond au résultat de nos dernières recherches.

Babak hoche la tête.

— Ce sont les candidats repérés par Lassie après l'attentat de Leipzig.

Britta le regarde avec de grands yeux.

— Cent vingt – c'est une armée.

Pour rire, ils se sont parfois demandé ce qui arriverait si, au lieu de proposer les candidats un par un, ils faisaient des tirs groupés. Un homme décidé à mourir a le potentiel d'une bombe à fragmentation. Bien géré, il peut commettre des dégâts énormes. Combien de terroristes faudrait-il pour mettre le pays en état d'urgence ?

Babak s'est levé et regarde par la fenêtre où les lampadaires de la zone piétonne empêchent la nuit de faire régner l'obscurité.

— Empty Hearts, dit-il au reflet de la vitre.

Et Julietta se met à chanter tout doucement :

— *When the future has passed, the past will return. One day you'll be asked what you did, baby. Full hands, empty hearts, it's a suicide world.*

— Est-ce que c'est facile à décoder ? demande Britta.

— Montre-moi ça. (Julietta lui prend le magazine des mains pour examiner les pointillés, sourcils froncés.) Pas bien compliqué, je dirais. (Elle passe le doigt sur les lignes comme si c'était du braille.) C'est à la portée de n'importe qui. À chaque lettre de l'alphabet correspond une séquence fixe.

— Mon but n'était pas de révolutionner le codage informatique, dit Babak, toujours à la fenêtre.

— Si j'étais eux, je scannerais les pointillés, et j'écrirais un petit algorithme pour chercher les récurrences, poursuit Julietta. En deux jours, ce serait plié.

Britta lui lance un coup d'œil étonné. Elle oublie toujours que Julietta sait faire plus que se traiter comme si elle ne valait rien.

— Leipzig, c'était une répétition, dit lentement Babak.

— Et maintenant, ils ont de quoi passer aux choses sérieuses.

— Peut-être que l'attentat de l'aéroport ne visait qu'à faire tourner Lassie. Une provocation pour nous pousser à leur fournir les données dont ils avaient besoin.

Britta ne répond pas. Ils le savent tous les deux : c'est elle qui, après Leipzig, a tenu à lancer les recherches, tandis que Babak insistait pour qu'ils restent tranquilles. Britta s'est fait avoir comme une débutante, et c'est tellement douloureux qu'elle en oublie quelques instants sa peur.

— Le type sur la photo, c'est qui ? demande Julietta.

— Le client avec lequel on voulait te mettre en relation, répond Babak.

— Tu veux dire qu'ils l'ont tué parce qu'il allait faire appel à moi ?

— Comment veux-tu qu'on le sache ? aboie Britta.

— Britta ! la sermonne Babak. Elle n'y est pour rien.

— Lâche l'affaire, Babs.

Julietta hausse les épaules, enfonce ses écouteurs dans ses oreilles et se laisse tomber sur son matelas. Babak quitte la fenêtre pour revenir au centre de la pièce. Ils se regardent un petit moment.

— La photo est un message, dit Britta, et Babak hoche la tête.

— Alors, on est d'accord ? demande Britta – et Babak hoche de nouveau la tête.

21

Le cube de béton repose sur son lit de graviers, plongé dans l'obscurité, et on ne dirait pas qu'il s'ouvre avec une clef. Comme Vera dort chez Cora ce soir et que Richard continuera à fêter Hatz jusqu'à au moins une heure, Britta s'est risquée à faire un saut à la maison. Babak et Julietta sont partis en ville chercher des vélos, peut-être du côté de la gare, en tout cas en dehors du périmètre des caméras de surveillance. Ils n'ont pas de coupe-boulons, mais Babak possède une petite collection de pinces, ils devraient s'en sortir. Rendez-vous dans une heure et demie au parc municipal. Pas de portable, pas de tablette, pas d'appareil connecté.

À l'intérieur, elle est accueillie par une forme particulière de silence. Les meubles se taisent comme les invités d'une soirée surpris en train de parler du nouvel arrivant. Britta n'ose rien toucher. Il en faut peu pour devenir une étrangère dans sa propre maison !

Comme il n'y a pas de grenier, elle va tout droit dans l'extension initialement prévue pour être un garage et qui fait office de débarras. Dans un coin, elle retrouve immédiatement son vieux sac à dos d'étudiante. Il est un peu délavé, mais propre – Henry a pour consigne de nettoyer régulièrement leur bric-à-brac. À la vue du sac à dos vide, elle sent la mélancolie l'envahir. Il avait été de tous ses voyages, la Grèce, la Bulgarie, la Hongrie, et plus tard Taiwan pour six mois. Quand elle rentrait de Leipzig un week-end sur deux pour aller chez ses parents, le sac à dos transportait son linge sale qu'elle lavait dans la machine de sa mère. En glissant la main dans la poche latérale, elle sent sous ses doigts le même mélange que vingt ans plus tôt de stylos, d'élastiques à cheveux, de tampons, de pièces de monnaie perdues et de tubes de crème.

Elle emporte le sac à dos dans sa chambre pour fourrer quelques vêtements dedans. À la cuisine, elle attrape des conserves sur l'étagère – raviolis, petits pois, tomates pelées, deux paquets de pâtes et quelques-unes des briquettes de jus multivitaminé que Vera boit. Puis elle cherche le réchaud qu'elle croit avoir en sa possession sans réussir à mettre la main dessus. À la place, elle trouve deux couvertures en polaire qu'on peut rouler sur elles-mêmes. De retour au garage, elle continue à faire son marché sur les étagères et dans les cartons. Lampe de poche, couteau suisse, spray antimoustique. Plus le sac à dos se remplit, plus elle se sent en confiance. À présent, il tient debout seul en équilibre, avec tout le nécessaire pour survivre. Cordelette, essuie-tout, scotch. Parce qu'il reste de la place, une paire de gants de travail. Une fois le sac plein, elle le charge sur son dos, savourant le poids familier des larges bretelles sur ses épaules. Elle est sur le point de partir quand elle se rend compte qu'il lui faut de l'argent et une brosse à dents. Arrivée à la salle de bains, elle pense à prendre du dentifrice, un flacon de gel douche et une serviette de bain. Et soudain, elle se dit qu'elle doit laisser un mot. L'angoisse monte, comme si Britta comprenait seulement maintenant que faire ses bagages n'était pas un jeu. Elle sort un bloc-notes du tiroir de la cuisine, cherche un stylo. Et sèche sans savoir quoi écrire. Cher Richard, chère Vera. On dirait une carte postale de vacances. Mais elle n'a pas le temps de tergiverser. Elle se penche sur le papier et écrit :

Mes chéris, une urgence professionnelle me force à partir en voyage d'affaires pour quelques jours. Si vous n'avez pas de nouvelles de moi pendant un petit moment, ne vous inquiétez pas. Je vous expliquerai tout dès mon retour.

Elle lève son stylo, puis ajoute : *"Je vous aime, maman."* Aucun de ces mots n'a l'air d'avoir été écrit par elle.

Le parc est désert et chuchote doucement pour lui-même, nul groupe de yoga attardé, nul joggeur insomniaque n'en trouble la paix. Assise sur un banc, Britta a passé un bras autour de son sac à dos, perché à ses côtés comme un ami. Ensemble, ils tendent l'oreille dans les ténèbres, écoutant le bruissement de petites bestioles sans nom, le silence des arbres et les cris perçants des prédateurs nocturnes. Tout le monde est perpétuellement en fuite, pense Britta, hommes et animaux. La fuite est notre état normal, si ce n'est que nous avons tendance à l'oublier. Cette pensée a quelque chose de réconfortant.

Le crissement des roues s'entend de loin. Babak et Julietta se détachent de la noirceur feuillue d'un buisson, ombres muettes, lui sur un vélo pour femmes massif, elle sur un VTT bas qui doit appartenir à un enfant. Ils s'arrêtent devant le banc de Britta et la regardent avec impatience. On dirait des étudiants qui rentrent d'une fête, sans veste ni sac à main, le porte-monnaie glissé dans la poche arrière de leur jean.

— On va où ?

À entendre sa voix, Julietta a l'air contente de partir en vadrouille.

— Tu verras, dit Britta. Préparez-vous à faire un bout de chemin.

Ils n'ont pas discuté de la suite des opérations, ils savent déjà ce que les circonstances exigent. La première demi-heure se passe bien. Ils traversent le centre vers le nord, en roulant à vive allure dans les rues éclairées. Les écrans aux carrefours parlent des cours de la Bourse, du temps qu'il fait et du sixième pack d'efficience, les horloges indiquent 1 h 30, ils ne croisent que quelques voitures. L'exercice fait du bien à Britta, ses muscles s'échauffent et travaillent en rythme, l'air s'engouffre dans ses poumons, sa tête embrouillée n'a plus d'importance, ses jambes ont pris le commandement. Ils passent en dessous de l'A392, puis de l'A391. Dans son dos, Britta entend Julietta fredonner tout doucement, pensivement : *"One day you'll be asked what you did* – une gamine qui profite d'une balade en famille –, *you say you do nothing cause nothing is left, but one day you'll be asked what you thought, baby."*

Ils laissent d'abord les immeubles derrière eux, puis les lampadaires. Britta a sous-estimé la difficulté du trajet de nuit sur une route de campagne plongée dans l'obscurité. Le phare de son vélo est cassé depuis des mois, elle voulait le donner à réparer et ne l'a pas fait. Au VTT de Julietta est accrochée une dynamo chuintante qui fait trembloter la lumière avant, et le vélo de Babak n'a pas d'éclairage du tout. Certains camions changent de voie au dernier moment et les dépassent en faisant bramer leurs klaxons. Les feux de route des voitures à contresens les éblouissent à ne plus rien y voir, la pente douce le long des prairies de Brunswick sape leurs forces. Les villages éclairés apportent un peu de répit, mais après Hülperode, ils sont de moins en moins nombreux.

Ils font une pause sur une aire de repos sans éclairage. Les cheveux de Julietta sont trempés de sueur aux tempes, Babak se cramponne à son guidon pour ne pas vaciller de fatigue. Alors que Britta porte un sac à dos lourd, elle est en meilleure forme que les autres – faire du vélo régulièrement paye. À vue de nez, ils ne sont même pas à la moitié du trajet. Quand ils se rendent compte que Britta n'a pas emporté d'eau potable, l'ambiance se dégrade.

— Comment c'est possible ? demande Julietta. L'eau est la première chose à laquelle on pense.

Même si la question ne se veut pas provocatrice, Britta la rembarre sèchement. Avec ce qui les attend, le respect de la hiérarchie sera essentiel.

Au cours des heures suivantes, ils avancent au ralenti. Britta fait beaucoup de pauses, planifie des étapes courtes, les force régulièrement à s'étirer et à se masser les muscles des jambes. La soif devient une gêne, puis une douleur, et pour finir un cri qui couvre tout ce qu'il y a dans leur tête. Ils passent devant une station-service ouverte, et Britta leur interdit d'aller acheter à boire, même si la seule pensée d'une grande bouteille de jus d'oranges lui donne le tournis. Personne ne remet sa décision en cause, personne ne se révolte. Babak et Julietta la suivent comme une petite armée.

En arrivant à la maison de Wiebüttel, Britta ne sent plus ses bras. Les bretelles de son sac à dos lui compriment les veines et les nerfs, elle a des fourmis dans les paumes comme si elles étaient engourdies. À la tête de Babak, on voit qu'il tient à peine sur ses jambes. Julietta, elle, a l'air d'être à nouveau bien depuis que l'effort a viré au masochisme.

Alors que la maison n'a de voisins que d'un côté et que le terrain d'en face n'est pas construit, Britta leur ordonne de rester à l'abri de la haie jusqu'à ce qu'elle ait mis la main sur la clef. Elle soulève trois pots de fleurs avant de trouver ce qu'elle cherche sous le quatrième. Elle a du mal à croire qu'il y a encore quelques jours elle était ici à regarder les filles gambader dans le jardin avec des cris de joie. Elle a l'impression que leur petite virée à quatre a eu lieu dans un autre monde. Sur le coup, elle ne se rendait pas compte qu'elle avait tout pour être heureuse. Au lieu de se rouler dans l'herbe avec Vera, elle s'était énervée pour une histoire de prof de maths et de cocktails Molotov. Au lieu de se laisser dorer par le soleil en partageant la joie de Janina à l'idée d'habiter la maison de ses rêves, elle avait inventé un dilemme à base de bouton permettant d'expédier les gens dans l'au-delà. Elle ne s'était pas intéressée à Vera, n'avait pas écouté Janina, tout ça parce qu'elle croyait pouvoir le faire n'importe quand. Depuis combien de temps passe-t-elle à côté de ce qui est beau sous prétexte que ça lui semble aller de soi ?

Quand la porte s'ouvre enfin, Britta manque de tomber dans l'entrée, lâche le sac à dos par terre et parvient, dans un dernier effort, à transporter son vélo en haut du perron. Elle fait signe à Babak et Julietta de la suivre à l'intérieur. Ils montent leurs vélos à deux pour les poser contre le mur, Britta ferme la porte, et ils se retrouvent là, dans le noir d'encre d'une entrée sans fenêtres.

— On est où ?

La voix de Julietta sort de nulle part.

— L'endroit s'appelle Wiebüttel.

— On a fait combien de kilomètres ? Cent ?

— Un peu plus de quarante.

— Énorme, dit Julietta, même si, à sa légère hésitation, on sent bien que quarante n'est pas tant que ça.

— Non ! s'écrie Britta en entendant Babak chercher un interrupteur sur le mur. La lumière se voit de l'extérieur.

— OK. (La voix de Babak est faible.) Et l'eau ? Je meurs de soif.

— La cuisine est à droite, si je me souviens bien. Ne bouge pas.

Elle avance à tâtons, se cogne le tibia contre un des vélos et réprime un cri, malgré les étincelles qui jaillissent sous ses yeux. Elle trouve et ouvre la porte, dissipant légèrement l'obscurité. Un peu de lumière filtre par la fenêtre de la cuisine – soit la lune, soit les premières lueurs du jour, soit ces restes indéfinissables de pollution lumineuse qu'on voit jusque dans les zones rurales. Dans un coin se dresse une cuisinière à charbon en émail blanc avec une grosse plaque de cuisson, des pieds courbes et de coquettes petites poignées, qui rappelle l'époque des guerres mondiales et de la variole. Le sol bleu et blanc de la cuisine dit : "Épluche des pommes de terre en regardant par la fenêtre. Tout ira bien." Mais il n'y a ni évier ni robinets.

Britta retourne dans l'entrée à tâtons, rentre dans Julietta qui pouffe de rire, trouve la salle de bains où le vieux carrelage a été cassé sans être remplacé. Une baignoire flambant neuve, encore scellée dans du plastique, non raccordée, est posée contre le mur, un lavabo avec un mitigeur est fixé à côté. Quand Britta actionne le levier d'eau froide, un gémissement se fait entendre dans les canalisations, qui se répercute jusque dans les entrailles de la maison. Pas une goutte.

— L'eau est coupée, lance-t-elle dans l'entrée. On s'en occupera demain.

— Babs est au bout du rouleau, répond Julietta sur le même ton.

Cette fois encore, Britta prend sur elle-même pour ne pas relever le stupide "Babs", ni la manie qu'a Julietta de parler pour lui plutôt que pour elle.

— Pas de panique, dit-elle. Suivez-moi.

L'eau s'écoule à toute allure dans le ruisseau, bien fraîche, ils doivent se pencher pour l'attraper au creux de leurs mains. Britta s'interdit de penser que cette eau est vivante, que de minuscules organismes frétillent dedans, vermisseaux, petits poissons, larves et sangsues, sans parler de toutes les bactéries et microbes qui pénètrent dans son corps pendant qu'elle se désaltère. Ils boivent autant qu'ils peuvent, car ils n'ont ni bouteille, ni arrosoir, ni même un seau pour emporter des réserves à l'intérieur.

Demain, ils s'organiseront. Les maisons, même abandonnées, ne sont jamais complètement vides. Il y a des caves, des remises, des greniers pleins de bric-à-brac – des pots de fleurs, des outils, des restes de bois de chauffage ou de charbon, des caisses qui peuvent faire office de table et de chaise, des bocaux pour boire dedans, une brouette usée, peut-être même des couvertures ou des oreillers, et un robinet d'arrivée d'eau. La bande claire à l'est désormais bien visible, ils retraversent le jardin en courant, et à la porte de la maison, trois chats leur font une peur bleue en se faufilant entre leurs jambes. Babak et Britta se retiennent l'un à l'autre en pouffant – maintenant qu'ils n'ont plus soif, ils ont envie de rire de tout et de n'importe quoi. Julietta s'agenouille, main tendue. Et les chats approchent, d'abord le gris, puis le noir et blanc, et enfin le tigré, ils avancent un museau méfiant pour renifler les doigts de Julietta avant de dresser la queue et de venir se frotter contre ses genoux.

Dans l'entrée, on commence à distinguer les contours des objets, les vélos, le sac à dos et, au fond, un escalier qui mène à l'étage. Britta ordonne aux autres de monter se coucher dans l'unique lit dont le matelas est assez grand pour deux. D'un geste de la main, elle balaie les protestations de Babak sans savoir elle-même pourquoi elle fait ça, pourquoi elle ne monte pas s'allonger sur le matelas qui sent la grand-mère, sous la lampe aux chats, à l'endroit de sa petite sieste avec Janina – elle était heureuse, sauf qu'elle ne le savait pas. Babak s'étendrait à côté d'elle, et Julietta irait dans une autre pièce se mettre en boule dans un coin, soldate et commandante, mais à la place, Britta insiste pour jouer les héros, dormir seule, sans lit, comme si se punir elle-même servait à quoi que ce soit.

Dans l'entrée, elle enlace son sac à dos pour le soulever, il fait presque le poids d'une petite fille de sept ans. Elle l'emporte à la cuisine, le vide entièrement, dispose ses affaires sur la plaque en fonte de la cuisinière. Elle plie les couvertures en polaire dans le sens de la longueur et les superpose l'une sur l'autre, avant de rouler la serviette pour en faire un appuie-tête. Le sol est dur et froid sous la mince épaisseur des couvertures. Britta fixe le rectangle de plus en plus clair de la fenêtre, et elle pense tellement fort à Vera que son cœur cogne comme un poing contre son sternum. Elle est certaine qu'elle n'arrivera plus jamais à fermer l'œil de sa vie – et elle s'endort.

À son réveil, pendant quelques secondes, elle ne sait pas où elle se trouve. Le soleil l'éblouit, elle n'y voit rien, l'air est plein de particules scintillantes, de la poussière qu'elle respire, qui recouvre tout, se dépose sur ses cheveux et pénètre par tous ses pores. Britta se redresse en sursaut et s'étrangle, elle est allongée sur le carrelage bleu et blanc, et tout ce qui l'entoure est d'une saleté repoussante. Son premier réflexe est de monter sur son vélo pour rentrer chez elle, ouvrir la porte à la volée et crier de toutes ses forces : "Me revoilà !" Elle voit Vera courir droit sur elle, elle sent l'impact du petit corps de la fillette qui se jette dans ses bras. Mais elle voit aussi le bureau vide du cabinet et la photo de G. Flossen mort. Elle se relève péniblement. Tous ses os lui font mal d'avoir couché sur le sol dur. Elle donnerait cher pour un coup d'œil sur une montre. À la position du soleil, elle dirait qu'elle a dormi trois heures maximum.

Hébétée, elle aperçoit ses trésors sur la cuisinière. C'est incroyable qu'il y ait si peu de choses vu le poids du sac à dos. Manifestement, elle n'a emporté que des objets parfaitement inutiles. Une pile de conserves – une blague quand on n'a pas d'ouvre-boîte. Et même chose pour les pâtes sans casserole ni cuisinière fonctionnelle. Quant à ce qu'elle est censée faire avec des gants de travail et du scotch, c'est un mystère. Elle se jette sur l'une des briquettes et la vide d'un trait avant d'en ouvrir une autre, parce que le jus multivitaminé lui fait de petites explosions de plaisir sur le palais. Après un instant de réflexion, elle cache les deux briquettes restantes dans son sac à dos vide qu'elle roule en boule pour le glisser entre les pieds de la cuisinière. Elle secoue les couvertures en polaire, ce qui soulève encore plus de poussière, jette la serviette sur son épaule et sort de la maison avec sa brosse à dents, son dentifrice et son gel douche. Quand un chat roux fait mine de s'approcher, elle le chasse en tapant des mains et sifflant bruyamment.

Elle prend sur elle, se mouille le visage et les bras, se brosse les dents, se lave même les cheveux avec l'eau infestée du ruisseau, et après ça, elle a l'impression d'être une autre. Elle se dit qu'elle a un cerveau en état de fonctionnement, qu'à chaque problème, il y a une solution. Les rayons du soleil brillent entre les feuilles d'arbres, les oiseaux gazouillent merveilleusement et, soudain, Britta comprend pourquoi les gens vont s'allonger dans les herbes hautes pour regarder le ciel pendant des heures. La brise emporte avec elle les affres de la nuit passée, elle caresse les bras humides de Britta, rafraîchit son visage, sèche ses cheveux. C'est la nature, pense Britta, elle vit sa vie sans s'inquiéter du reste. Si Britta tombait soudain raide morte, les moineaux ne lui accorderaient au plus qu'un petit instant de surprise avant de retourner à leurs occupations de moineaux. Tant que le soleil prodiguera son énergie, on volettera, gambadera et rampera, on s'accouplera et couvera, on chassera et combattra. À quoi bon rester là à se désespérer alors qu'à part elle, rien ni personne ne s'en soucie ?

22

La chambre est baignée de soleil. Babak et Julietta sont allongés sur le grand lit, dos à dos, sans se toucher. Le chat gris dort à leurs pieds. On dirait qu'ils couchent ici chaque nuit, tous les trois, depuis toujours. Britta reste un petit moment sur le pas de la porte, à contempler cette nature morte en écoutant leur souffle régulier. Elle ressent quelque chose, quelque chose de fort, mais elle ne saurait dire si c'est beau ou triste.

Elle était montée les réveiller, mais finalement, elle n'en a pas le courage. Elle a beau avoir hâte de discuter de la situation avec Babak, au fond, ce n'est pas pressé. Rien nc presse plus. Le fameux jeu de société appelé stress, qui consiste à remplir ses journées aussi efficacement qu'une valise, histoire de faire rentrer le plus de choses dedans, est terminé pour elle. Britta n'a rien à manger, presque rien à se mettre, pas de musique, pas d'internet – bêtement, elle n'a même pas apporté de quoi lire. Du jour au lendemain, elle a du temps à ne plus savoir qu'en faire. L'espace d'un instant, cette idée lui donne le tournis.

À moins que ce ne soit l'hypoglycémie. Il faut absolument qu'elle trouve un outil pour ouvrir les conserves.

Comme elle est déjà venue, elle sait que la cave est à peu près sèche, mais elle ne se souvient plus de ce qu'il y a dedans. La tête rentrée dans les épaules, elle se faufile dans les pièces au plafond bas et voûté, passant de l'une à l'autre en s'interdisant de penser aux araignées et d'être déçue – elle tombe sur quelques étagères branlantes garnies de poussière et de vieilles conserves, sur des caisses en bois défoncées dont il n'y a vraiment rien à tirer, et sur une pelle au manche scié. Les conserves sont tellement sales que d'abord, elle n'ose même pas y toucher – mais elle finit par se résigner et remonte les bocaux dans la cuisine avant de poursuivre ses recherches au grenier. Ce qu'elle découvre là-haut n'est pas mieux : une grande pièce poussiéreuse, des tuiles disjointes qui laissent passer la lumière, un tas de vieux chiffons qui sentent le moisi et sur lesquels il n'est pas question de dormir.

Le jardin confirme ses souvenirs : dans la maison de ses rêves, Janina n'a ni garage, ni cabane à outils, ni poulailler. Mais Britta refuse de se laisser décourager. Elle fait le tour de la bâtisse jusqu'à la haie mal taillée qui masque le terrain voisin. Des deux mains, elle écarte les longs branchages, ignore les chatouilles et les égratignures sur sa peau, et finit par trouver un passage où se faufiler à travers les broussailles. Elle s'immobilise dans la haie, tête baissée. Sur le terrain voisin se dresse une sorte de cabanon aux volets verts, avec une remise dont la porte est condamnée par une planche en diagonale. L'herbe est à moitié tondue, à l'un des arbres est suspendue une balançoire pour enfants. Mais les volets du cabanon sont soigneusement fermés, et le jardin respire l'atmosphère paisible des lieux abandonnés à eux-mêmes. Un coin de verdure pour le week-end. Britta laisse passer de longues minutes durant lesquelles il ne se produit absolument rien. Aucun éclat de voix ne résonne, rien ne bouge à part les oiseaux dans les branches. Finalement, elle s'extirpe de la haie, court à la remise et saute intérieurement de joie en voyant que la planche s'enlève en deux temps trois mouvements. La porte est bien enfoncée dans la terre, Britta doit la soulever et tirer dessus de toutes ses forces pour la faire glisser sur les mottes de gazon jusqu'à pouvoir se glisser par l'entrebâillement. Une fois habituée à la pénombre, elle sent des larmes de joie lui monter aux yeux.

Environ une heure plus tard, elle se laisse tomber sur le banc en cageots qu'elle vient de fabriquer dans la cuisine. Son corps est tout collant de sueur et de crasse, ses doigts sont noirs, ses cheveux en bataille et hérissés de petites branches et de feuilles. Mais elle s'en moque, elle est épuisée et fière du travail accompli. Elle a retraversé la haie au moins dix fois, en faisant attention à prendre chaque fois un chemin différent pour ne pas trop piétiner l'herbe. À côté des toilettes de la salle de bains, il y a désormais un seau plein d'eau qu'elle est allée chercher au ruisseau, et des feuilles d'essuie-tout disposées au fond d'une cagette. Dans la cuisine se trouvent quelques bouteilles de vin qu'elle a rincées dans le ruisseau et remplies d'eau, avec des bocaux propres pour boire. Au milieu du salon, elle a installé deux tréteaux sur lesquels poser une porte dégondée en guise de table, mais elle a besoin de l'aide de Babak pour le faire.

Britta est particulièrement fière de sa petite trousse à outils composée d'un marteau, d'une pince, de vis, de clous, ainsi que d'un tournevis avec lequel elle compte faire la peau aux boîtes de conserve. Elle a également déniché un balai un peu déplumé accompagné d'une pelle, et une batterie de casseroles et de poêles qui, faute de cuisinière, ne lui servent qu'à conserver ses modestes effets. Pour faire joli, elle est même allée battre un vieux tapis dans le jardin avant de le dérouler dans la cuisine.

Au banc en cageots est venue s'ajouter une commode en cageots qui contient ses rares vêtements et sur laquelle trône une bassine d'eau fraîche. Brosse à dents et dentifrice sont rangés dans un bocal, la serviette soigneusement pliée à côté. À l'aide de quelques coussins qui servent normalement à garnir des sièges de jardin, elle s'est fabriqué un lit plus ou moins confortable.

Elle est en train de somnoler sur son banc sous la fenêtre, les jambes étendues devant elle, quand un coup sourd se fait entendre à l'étage, suivi de joyeux éclats de rire. Soit l'un des deux est tombé du lit, soit ils jouent à se bagarrer. Aussitôt, des pas dévalent bruyamment l'escalier. Julietta crie : "Hého !" et Babak : "Britta ?", et les voilà qui débarquent dans la cuisine, comme si de rien n'était, et peut-être que c'est le cas.

— Waouh, fait Babak en regardant autour de lui. Tu es déjà installée.

— Ça rend super bien, renchérit Julietta, et Britta se laisse contaminer par l'entrain de ses colocataires, même si elle se demande bien d'où ils le sortent.

Britta leur fait une petite visite guidée de la maison pour leur montrer tout ce qu'elle a rapporté et construit. Tandis que Babak hoche la tête, à moitié intéressé, en bâillant discrètement, Julietta ne boude pas son enthousiasme et admire l'équipement, les sièges et même le seau d'eau à côté des toilettes.

L'un encore endormi, l'autre d'humeur aventureuse. À la pensée que Babak et Julietta n'ont pas de souci à se faire pour des parents, amis, compagnons ou enfants, Britta ressent un pincement de jalousie. L'endroit où ils se trouvent ne les inquiète pas plus que ça. Passer quelques jours en exil sans contact avec le reste du monde, ne pas savoir s'ils ont quelqu'un à leurs trousses, être forcés de continuer à fuir, au besoin à l'étranger – tout ça leur cause peut-être quelques désagréments, mais sûrement pas de problème existentiel. Vivre ce genre de vie, ce doit être comme jouer à un jeu vidéo.

Avec l'aide de Babak, ils dégondent la porte du salon pour la poser sur les tréteaux. Puis ils prennent place sur les cageots autour de la nouvelle table, avec leurs têtes qui dépassent tout juste, et même si ça les fait rire, la scène a un côté solennel. La table fait d'eux un groupe, peut-être même une famille – des gens qui mangent, se disputent et discutent de choses et d'autres.

— Et maintenant, un bon petit-déjeuner, dit Babak.

— Le café est prêt ? demande Julietta.

— Si seulement, répond Britta.

— Je vais voir ce qu'on a.

Julietta se lève pour aller à la cuisine, mais Britta l'arrête.

— La cuisine, c'est mon territoire. Personne d'autre que moi n'entre dans la pièce.

Julietta lève les mains dans un geste d'apaisement.

— Pas de problème. Dans ce cas, je vais aller faire un tour à vélo pour trouver un boulanger dans le coin. Ou une station-service.

— Personne ne quitte la maison. Si vous avez besoin de faire de l'exercice, vous n'avez qu'à monter et descendre l'escalier.

— Britta, dit Babak. Elle ne pense pas à mal.

Britta disparaît dans la cuisine pour revenir avec une bouteille d'eau, trois bocaux et une petite coupelle de pâtes crues. Sur leur table de fortune, on dirait une caricature de repas.

— C'est une blague ? demande Julietta.

— On dirait que tu n'as pas bien compris la situation.

— Alors, parlons-en, intervient Babak. À quel point la menace est-elle sérieuse ?

Britta sort la photo du sac qui ne la quitte plus depuis la veille au soir pour la jeter sur la table. Les coins sont déjà cornés, la surface autrefois brillante est terne et abîmée. Ils la contemplent tous les trois en silence.

— Si les Empty Hearts ont l'intention de nous éliminer, pourquoi ne l'ont-ils pas fait avant ?

— Parce qu'ils avaient besoin de nous. Pour faire tourner Lassie et traiter la masse de données jusqu'à ce qu'il ne reste plus qu'un petit nombre de noms exploitables. C'est ce qu'on a fait. Dès que le code de Babak sera déchiffré, on deviendra gênants, voire dangereux.

— Comment ils savaient, pour les pointillés ? demande Julietta.

Babak et Britta échangent un regard en haussant les épaules.

— Peut-être qu'ils se sont doutés de quelque chose. Après tout, certains d'entre eux ont suivi le programme.

— Celui avec le pantalon trop grand, c'était Philipp, dit Babak.

— Tu l'as reconnu sur la vidéo ?

— Pas toi ? (Il se fourre une pâte crue dans la bouche, le craquement entre ses dents fait un boucan de tous les diables.) C'était il y a cinq ou six ans. Un type adorable. Qui voulait absolument mourir pour la cause féministe.

Dans la tête de Britta apparaît la silhouette floue d'un jeune homme qui opine du chef quand il parle, comme pour se confirmer à lui-même que ce qu'il raconte a un sens.

— Celui avec le trouble anxieux, dit-elle lentement.

— L'un des rares à être partis au niveau 5, complète Babak.

— On lui a donné du Témesta, et d'un coup, il s'est mis à aller mieux.

— Il nous a remerciés avec des larmes dans les yeux.

— Et maintenant, ils se liguent contre nous, ces salopards ?

La paume de Britta s'abat sur la table, un verre se renverse. Julietta se précipite à la salle de bains pour revenir avec l'essuie-tout.

— Non mais ça va pas ? (Britta lui arrache la cagette des mains.) Ce truc est précieux. Ou tu comptes te torcher les fesses avec les doigts ?

— Ils ne se liguent pas vraiment contre nous, précise Babak. Ils ont un plan en tête. Qui n'a pas forcément de rapport avec nous. À part qu'ils utilisent nos ressources.

— Mais quel plan ? demande Britta.

— Un braquage, suggère Julietta.

— Pas bête.

Britta la regarde d'un air pensif. Le chat gris est entré sans bruit dans la pièce et se dirige tout droit vers Julietta. Il baisse le derrière, prend son élan et saute sur les genoux de la jeune fille. Comme par réflexe, ses mains commencent à flatter l'animal, qui se prélasse et s'étire sous ses caresses.

— Un méga-truc, poursuit Julietta avec enthousiasme. Des méga-guerriers, une méga préparation, un méga-tas de fric.

— Tu peux arrêter de dire "méga" ?

— Les réserves d'or de la Banque centrale européenne, propose Babak.

— Ou des agences bancaires, ajoute Julietta. Elles ont un paquet de thunes.

— Tout est possible, répond Britta. Disons qu'ils préparent un gros coup, qui leur rapportera énormément. Et comme ils ont besoin d'hommes, ils se servent dans notre programme.

— Pas dans le programme, corrige Babak. Dans la présélection. Ils ont les noms de mille quarante-trois candidats, dont la plupart ont une note moyenne de 6, ce qui, en temps normal, n'est même pas suffisant pour recevoir une invitation du Pont. Cent vingt ont obtenu un score supérieur à 9, dont environ quarante auraient été pris dans le programme – et même là, on ne sait pas jusqu'où ils seraient allés.

— Les Empty Hearts n'en ont rien à foutre de savoir si les gens sont suicidaires ou non. Ils cherchent juste des hommes prêts à les suivre. Une bonne dose de testostérone, une chanson anglaise, des tatouages, et deux ou trois rituels sortis de nulle part. Leur but, ce n'est pas de faire les choses bien, c'est de trouver de la chair à canon.

— Peut-être qu'on ferait mieux de parler de la suite, dit Julietta.

Le silence s'installe, troublé par le ronronnement du chat, semblable au moteur d'une infatigable machine à bonheur. D'une main, Julietta caresse l'animal, de l'autre, elle s'allume une cigarette. Britta constate avec étonnement que ce geste complète parfaitement la jeune femme – la cigarette et le chat font d'elle une personne à part entière. Comme si fumer était pour elle l'équivalent d'un lit, d'un repas correct et d'une bonne douche pour d'autres.

— Pourquoi vous n'allez pas voir la police ?

Babak éclate de rire, et Julietta se tourne vers lui.

— Vous avez le cambriolage, la vidéo de surveillance, la photo du type mort. Les flics n'ont pas besoin de plus pour coincer les gars des Empty Hearts.

Babak continue à ricaner tout seul, Britta le fait taire d'un mouvement de main.

— On ne peut pas aller voir la police, explique-t-elle. On n'est pas du bon côté.

— Dans ce cas, on contre-attaque. (Julietta commence à s'échauffer.) Avec votre algorithme, on identifie le cerveau du groupe.

— Lassie n'est pas le Bon Dieu, rétorque Babak. Et puis, elle n'est pas là.

— Arrête de faire ta poule mouillée, Babs ! S'ils recrutent vraiment cent vingt personnes, ça va faire un bruit de dingue. Ça ne doit pas être si compliqué de retrouver leur trace.

— Et ensuite ? demande Babak.

— Comment ça, ensuite ? (Julietta secoue sa crinière mal peignée.) Ensuite, on se bricole une ceinture d'explosifs ou un truc du genre, je fonce dans le tas et – BANG ! BANG ! – problème réglé. Britta ne peut s'empêcher de penser à Vera, au point que ses yeux en deviennent humides. Elle s'essuie le visage de son poing serré.

— Le Pont ne commet pas d'attentat en nom propre, dit Babak. Nous ne sommes que des intermédiaires. Des prestataires de services, pas des terroristes.

Babak a beau avoir raison, l'idée est tentante. Ce serait de la légitime défense, dit une petite voix dans la tête de Britta.

— Tu le ferais ? demande-t-elle.

— Quoi ?

— Partir en guerre pour nous. Plutôt que pour les animaux.

Julietta reste muette. Elle s'est laissé emporter par l'enthousiasme. Britta voit le doute gagner la jeune fille, qui sombre dans ses réflexions. Au même moment, quelque chose bouge à l'intérieur de Britta. Au fond d'elle s'ouvre une trappe qui cache une grande pièce sombre où elle n'est pas descendue depuis longtemps. À côté de la trappe, il y a un panneau : "Réserve de principes – accès limité aux personnes autorisées." Britta a toujours été convaincue que cette pièce était parfaitement vide et qu'il n'y avait aucune raison d'aller regarder les stocks. Pendant que Julietta se débat avec son dilemme, un dilemme bien réel, qui n'a rien d'imaginaire, de ceux qu'on ne rencontre qu'à condition d'avoir une idée claire de la vie, Britta est tentée d'aller jeter un coup d'œil dans sa réserve intérieure. Soudain, elle a l'impression que la cause de ses nausées se trouve dans cette pièce. Mais Julietta relève la tête, et la trappe se referme.

— Désolée, dit la jeune fille d'un ton de regret. Ça ne va pas être possible.

23

Après la réunion, Britta décrète qu'ils passeront le reste de la journée à s'acclimater et à aménager leur nouveau camp de base. À vue de nez, il est treize heures trente. Julietta et Babak obtiennent l'autorisation d'aller faire leur toilette au ruisseau. Britta range la salle de réunion et entreprend de nettoyer la cuisine à fond, autant qu'il est possible de le faire sans produit d'entretien. Vers quatorze heures trente, elle donne l'ordre d'ouvrir une conserve de raviolis. Aussitôt, tout le monde se rassemble autour de la table.

C'est moins facile que prévu. Le tournevis glisse, la faim rend l'impatience insupportable. Babak sort le marteau, Britta et Julietta rivalisent de bons conseils, chacune voudrait lui arracher l'outil des mains pour essayer elle-même. Un premier trou se forme dans un claquement, le jus rouge jaillit jusqu'au plafond.

— Attention à ne pas vous couper, s'écrie Babak. Au fait, on a des pansements ?

En voyant Britta faire non, il lève les yeux au ciel, mais au moment où elle va lui envoyer un commentaire bien senti, Julietta parvient à soulever le couvercle. Faute de cuillères et de fourchettes, ils font glisser les raviolis froids et visqueux par la fente directement dans leurs mains. La sauce rouge dégouline sur la table et le sol et, bientôt, on dirait qu'ils ont tué quelqu'un. Comme Britta insiste pour que même Julietta mange sa part, il ne leur reste à chacun qu'une décevante petite quantité qui excite la faim plus qu'elle ne la calme.

Puis ils nettoient et lessivent ensemble le rez-de-chaussée, enlèvent la poussière, les toiles d'araignées et les mouches mortes, jusqu'à ce que Britta puisse circuler dans les pièces sans se sentir oppressée.

Vers seize heures, alors qu'ils veulent se lancer dans une nouvelle expédition à la remise des voisins, ils entendent des voix derrière la haie et retournent dans la maison avec le cœur battant, verrouillent la porte de l'intérieur et se couchent sur le sol de l'entrée au cas où quelqu'un essaierait de regarder par la fenêtre. Ils restent là une éternité sans qu'il se passe quoi que ce soit. Au bout d'un moment, Britta sonne la fin de l'alerte et les autorise à se relever.

Soudain, elle se rend compte qu'à partir de maintenant ils n'ont strictement plus rien à faire. Les seaux d'eau près des toilettes sont pleins, tout comme le stock de bouteilles. Le sol est balayé, les lits faits. Acclimatation et aménagement de la base terminés. À vue de nez, il est seize heures trente. Ils n'ont pas de smartphone, pas de tablette, pas de liseuse électronique, pas de télévision, pas de lecteur multimédia, pas de montre connectée ni de lunettes intelligentes – même Julietta n'a pas son vieil iPod avec elle. Pas de journaux, pas de livres, pas de stylo, aucun bout de papier. Seize heures trente un jour d'été dont la météo laisse à désirer. Devant eux, c'est le néant.

Britta retourne à la cuisine en fermant la porte derrière elle, comme s'il s'agissait de son bureau et qu'elle souhaitait y être seule pour faire quelque chose d'important. Elle s'assied sur le banc en cageots, dos au mur, et teste le silence. Elle attend de voir ce qu'il va se passer si elle reste assise là sans rien faire. Aussitôt, les pensées se bousculent dans sa tête. Britta voit Vera, Richard et sa maison en béton étincelante de propreté. Puis les locaux du Pont avec la porte défoncée, G. Flossen mort et le visage moustachu de Hatz. Le silence bourdonne, Britta entend des voix, elle se lève et ouvre la fenêtre, mais il n'y a rien. Son oreille gauche commence à siffler – à l'école, on disait : "Quelqu'un pense à toi", sauf que cette fois, ça ne veut pas s'arrêter, l'oreille droite s'y met aussi, le sifflement s'amplifie, et le cœur de Britta cogne à tout rompre contre ses côtes. C'est un acouphène, tu ne t'en débarrasseras jamais, il te fera perdre la tête, tu deviens folle, elle saute sur ses pieds et fouille la pièce pour trouver d'où vient le sifflement, mais il n'y a pas d'électroménager, pas même un grille-pain, et elle a coupé le courant à la cave.

Toutes les trente secondes, Britta regarde par la fenêtre pour voir si la nuit tombe, mais le soleil est haut dans le ciel, à croire que le temps ne passe pas, peut-être que Britta s'est complètement plantée dans ses estimations d'heure et qu'on n'est qu'en début d'après-midi, en plein milieu de la journée ou même le matin, peut-être qu'en réalité l'aménagement de la maison, la réunion, les raviolis et le ménage n'ont pas pris plus d'une heure et demie, Britta donnerait n'importe quoi pour un coup d'œil à une montre, elle est égarée sans boussole dans un désert de temps.

Elle a tellement mal à l'estomac qu'elle ne peut pas s'empêcher de sortir le sac à dos roulé en boule pour vider d'un trait les deux dernières briquettes de jus multivitaminé. Après ça, les douleurs empirent, Britta se plie en deux, les bras noués autour de son ventre. Étendue sur les coussins qui n'arrêtent pas de glisser, elle ferme les yeux et essaie de penser à autre chose. D'abord, elle voit une assiette de pâtes au gorgonzola, la spécialité de

Richard : des linguine fumantes recouvertes d'une sauce épaisse. Des tomates pelées, deux pavés de gorgonzola, de la ciboulette fraîche, un pot de crème.

Ensuite, elle voit Julietta, vêtue de noir, qui remonte une rue au lever du jour, les gestes comme au ralenti, le buste élargi par une ceinture d'explosifs qu'elle porte sous sa veste sombre. Elle agite sa chevelure dans tous les sens comme dans une pub pour shampoing, elle flotte plus qu'elle ne marche, en balançant élégamment les bras, un bonheur pour les yeux. Julietta entre dans une pièce où plusieurs hommes se lèvent de leurs chaises – un grand mince, un petit trapu et trois autres – pour la dévisager, tous ont les manches retroussées et le col de chemise ouvert, laissant voir leur tatouage, *Empty Hearts* – Julietta se retourne et sourit à Britta avant d'appuyer sur le détonateur. Tout explose au ralenti, Britta voit l'effroi sur les visages aussitôt déchiquetés, des membres volent de tous les côtés, de la chair liquéfiée, pulvérisée, réduite à l'état de matière organique. Une vague de félicité submerge Britta, une vague de soulagement, d'euphorie, d'amour pour son prochain.

Quelque chose lui touche le visage. Elle sursaute, pousse un cri, elle est couchée au sol, elle a glissé des coussins, elle s'était vraiment endormie, elle fait des moulinets de bras, arrive enfin à se redresser et aperçoit le chat, tapi dans un coin à côté de la porte, qui montre les dents d'un air menaçant. Cette sale bête devait être cachée quelque part. Quand Britta ouvre la porte, le chat part comme une flèche. Son cœur bat la chamade, comme si quelqu'un avait essayé de la tuer. Je ne vais pas y arriver, pense-t-elle. Je ne vais pas tenir le coup. C'est au-dessus de mes forces. Je veux rentrer chez moi. Elle traverse l'entrée d'un pas chancelant pour rejoindre la salle de bains, va aux toilettes et renverse sans le faire exprès la cagette d'essuie-tout par terre. Sous les feuilles de papier, elle découvre une boîte de médicaments écrasée, Témesta, deux grandes tablettes, il ne manque que trois comprimés, Julietta a dû empocher un petit stock avant de prendre la fuite. Ce sont ses affaires, tout ce qu'elle possède. Britta fait main basse sur les médicaments en jubilant intérieurement – grâce à ça, elle pourra faire pression sur la jeune fille. Si Julietta est aussi accro que Britta le pense, au bout de deux jours de sevrage elle s'empressera de renoncer à la cause animale.

Elle cache les comprimés dans la gueule de l'antique cuisinière avant de se coucher sur les coussins en soupirant. La fatigue bourdonne dans son crâne, ses bras et ses jambes sont tellement faibles qu'ils en sont douloureux. Elle n'arrive pas à dormir. Ça la démange de partout. À tous les coups, il y a des nuisibles dans la maison, des acariens, des tiques, des puces, des bestioles qui la dévoreront vivante si elle arrête de bouger. Elle se lève d'un bond pour tourner dans la cuisine comme un lion en cage. Il ne fait pas encore complètement noir – la nuit ne tombera jamais, à moins que le soleil ne soit en train de se coucher ? Peut-être que la pièce est un peu plus sombre ou au moins un peu moins claire ? Il n'y a rien à faire. Strictement rien. Britta s'agenouille devant la cuisinière. Elle attrape la petite boîte en carton, en sort un comprimé, le gobe en un clin d'œil.

Cette fois, c'est une main qui la réveille, en la secouant par l'épaule. Avec une voix :

— Viens. Il faut que tu voies ça.

Ce sont la main et la voix de Babak. Britta essaie de se ressaisir, tout ensommeillée.

— Il est quelle heure ?

Babak rit. Il la précède dans l'entrée. Il fait nuit, nuit noire. Ils montent l'escalier l'un derrière l'autre, il y a de la lumière à l'étage. C'est ma lampe de poche, se dit Britta, ils ont dû venir me la prendre dans ma chambre, mais à ce moment-là, elle voit une flamme vaciller, puis la lampe elle-même : un bec de gaz, suspendu à un crochet au mur.

— Où est-ce que vous avez… commence-t-elle – mais arrivée sur le pas de la porte, elle aperçoit le lit.

Assise sur le bord, Julietta rayonne comme une artiste à son vernissage. Sur le lit sont artistiquement disposés trois paquets de chips, un paquet de biscuits Prince, trois bouteilles de coca, plusieurs sachets d'oursons gélifiés ainsi qu'un grand sac en papier qui doit contenir des petits pains et des croissants. Pendant que Britta regarde, les deux autres restent muets.

L'un des deux a quitté la maison – à en juger par leurs mines, c'est Julietta. Elle a désobéi aux ordres de Britta et pris son vélo pour aller faire des courses. Britta devrait lui crier dessus, lui faire la leçon, voire la virer du programme. Mais elle a tellement l'eau à la bouche qu'elle n'arrive pas à parler. Sans lui laisser le temps de dire ouf, Julietta lui met un biscuit dans la main, et Britta croque dedans. Elle sait qu'elle devrait manger lentement, un petit pain plutôt que des biscuits, mâcher soigneusement et avaler tout doucement, mais elle se fourre trois autres biscuits dans la bouche avant d'en prendre un cinquième. Babak a les deux mains plongées dans le paquet de chips – assise à côté, Julietta sourit fièrement sans toucher à rien. Elle s'allume une cigarette et commence à raconter pendant que Babak et Britta mastiquent frénétiquement. Elle a roulé vraiment loin, jusqu'à la station-service de Celle, il n'y avait aucun client à part elle, le jeune caissier de nuit a scanné ses articles avec une superbe indifférence – clairement, le contenu de son panier sentait la fin de soirée entre amis, quand plus personne n'a envie d'alcool. À ce propos, il était un peu plus de deux heures du matin quand elle a fait ses achats, il doit donc être autour de quatre heures en ce moment, il faut profiter de savoir l'heure qu'il est, et de fait, Britta se délecte de cette information presque autant que du chocolat dans sa bouche.

Julietta continue à parler, elle a fait de son mieux pour cacher son visage aux caméras de surveillance de la station-service, mais sans leur tourner ouvertement le dos – après tout, personne ne la cherche, personne ne voit qui elle est, et même si Britta sait que ce n'est pas tout à fait vrai, parce qu'il suffit de connaître Le Pont et de l'avoir gardé à l'œil un petit moment pour être au courant que Julietta fait partie des candidats, elle concède dans sa tête qu'il y a peu de chances que les Empty Hearts tombent par hasard sur une jeune fille qui se balade à vélo la nuit dans la zone industrielle de Celle. Britta laisse Julietta savourer sa réussite, son enthousiasme a quelque chose de touchant et culmine dans la phrase : "Vous êtes la Fraction armée rouge, et je suis là pour vous servir", qui les fait tous rire.

Au bout du huitième biscuit, la faim de Britta est suffisamment calmée pour qu'elle redevienne maîtresse d'elle-même. Elle se lève, légèrement chancelante à cause de la dose de sucre ingurgité, et les salue pour aller se rallonger un peu.

Julietta la suit sur le palier.

— Ça va mieux, avec les comprimés ? demande-t-elle, et son ton est tellement innocent, tellement dénué de reproche, de sarcasme ou d'ironie, que Britta n'a d'autre choix que de hocher la tête en silence.

— Faisons bon usage des réserves, dit Julietta en effleurant l'épaule de Britta avant de tourner les talons pour rentrer dans sa chambre.

24

Britta a donné de nouveaux ordres dès le lendemain matin. Dorénavant, Babak ira à Brunswick à vélo toutes les nuits. Il se rendra à la planque de Lassie, connectera le serveur au réseau et entreprendra de pister les mouvements de recrutement des Empty Hearts. Il devra être de retour avant le lever du jour, ce qui signifie qu'il a chaque fois quarante kilomètres à parcourir en moins de deux heures. Il ne doit sous aucun prétexte s'arrêter en cours de route, parler avec qui que ce soit, ni entrer dans une station-service. C'est Julietta qui est chargée de les approvisionner en nourriture. Sur son VTT bien trop petit, elle est censée trouver des magasins dans un rayon de vingt à trente kilomètres sans se faire voir deux fois au même endroit. Ils quittent la maison à la tombée de la nuit, tous les deux ravis d'avoir une mission.

Ils ont longuement réfléchi pour savoir combien de temps ils avaient avant que les recherches en ligne de Lassie ne soient remarquées. Selon Babak, tout dépend de l'éventuelle présence d'un expert en informatique dans les rangs des Empty Hearts, et de ses compétences. Même en supposant que Lassie attire l'attention sur elle, en tirer des conclusions sur son emplacement bien sécurisé n'aurait rien d'évident, raison pour laquelle Babak part du principe qu'ils ont encore plusieurs jours, voire jusqu'à deux semaines devant eux.

La charge la plus pénible incombe à Britta. Elle n'a pas le droit de quitter la maison, elle garde leur intérieur en ordre, lave et sèche les chaussettes, veille à ce que les réserves d'eau soient pleines, la table propre et les provisions rangées, ce qui lui prend moins d'une heure par jour. Elle consacre une matinée à shampouiner au gel douche le poil du cheval à bascule du salon, à nettoyer sa selle et son mors, et à faire briller ses yeux d'un jaune ambré. Une fois que le cheval est redevenu blanc au lieu de gris et sent bon la vanille, le temps recommence à s'étirer à l'infini.

Après leurs virées nocturnes, Babak et Julietta passent généralement une bonne partie de la journée à dormir, pendant que Britta rôde dans la maison, en accomplissant consciencieusement ses modestes tâches et faisant de son mieux pour réfréner son agressivité. Elle a attaché les coussins de son lit de fortune avec de la cordelette et du scotch pour qu'ils arrêtent de glisser, et grâce à sa ration quotidienne de Témesta, elle dort quelques heures par nuit. Pourtant, elle n'arrive pas à calmer sa fébrilité, comme si son organisme menait une guerre de position permanente et sans issue contre lui-même.

Elle confie deux petites lettres à Babak. Pas d'enveloppe, pas d'expéditeur, pas de signature. Pourtant, les risques sont excessivement élevés, car il y a de fortes chances que les adresses répertoriées soient sous surveillance. Mais Britta ne peut pas s'en empêcher, et les deux autres s'abstiennent de tout commentaire.

Le premier mot dit : *"Je vais bien. Je vous aime."*

Et le second : *"Pause opérationnelle. Tenez-vous prêts."*

Babak jette la première missive dans la boîte aux lettres du cube de béton après être resté vingt minutes accroupi dans une haie pour s'assurer qu'il n'y avait personne dans les parages. Il remet la seconde au portier de nuit du Deutsches Haus – elle est destinée à Djawad et Marquardt. Puis il passe une heure à sillonner en long, en large et en travers la ville plongée dans la nuit, en vérifiant toutes les deux minutes qu'il n'est pas suivi, avant de rentrer au quartier général.

Le pire, ce sont les après-midi, une masse visqueuse qui refuse de passer. L'été se souvient de ce qu'il sait faire et maltraite la maison mal isolée en dardant impitoyablement les rayons du soleil dessus. La poussière et la chaleur joignent leurs forces pour un résultat difficilement respirable qui mérite à peine le nom d'air. Quand les températures deviennent insupportables, Britta profite d'avoir la voie libre dans le jardin pour aller s'allonger un quart d'heure dans le ruisseau. Les moineaux chahutent dans le cerisier, le courant d'eau fraîche est un pur bonheur, et pour quelques instants, Britta oublie tout. Elle regarde le ciel bleu et promet ce qu'il veut à un Dieu auquel elle ne croit pas, pourvu qu'il la sorte vivante de cet endroit, et vite.

À l'une des stations-services, Julietta a acheté des raquettes de tennis et des balles, et les deux autres passent désormais leurs après-midi à genoux dans le couloir de l'étage à se renvoyer la balle – le bruit qu'ils font met les nerfs de Britta à rude épreuve. Elle tient le plus longtemps possible avant de se précipiter dans l'entrée en hurlant : "Silence, bon sang !" et de battre en retraite pendant que Babak et Julietta râlent à l'étage. En général, peu de temps après, on toque à la porte de la cuisine et l'un des deux demande à manger ou pose une question idiote, qui ne sert qu'à ouvrir les hostilités. Ils se rejettent mutuellement la responsabilité de la situation. Britta traite Babak de raté, et lui la traite de despote control freak, et quand Julietta s'en mêle, ils lui disent tous les deux de la boucler. Britta la menace de réduire sa ration quotidienne de Témesta, et Julietta lui demande si elle compte faire sauter le pont Moltke toute seule. C'est terrible de se disputer et, en même temps, ça fait du bien, comme une piqûre d'insecte qu'on ne peut pas s'empêcher de gratter.

Parfois, la seule réaction de Babak à tous ses reproches et questions est un "Je m'en fous !" qui met Britta tellement hors d'elle qu'elle lui court après dans toute la maison en lui rebattant les oreilles jusqu'à ce qu'il se les bouche comme un petit enfant. Elle veut le faire pleurer, et comme ça ne marche pas, Britta est envahie par le désespoir à en avoir les larmes aux yeux. À bout de forces, ils se fichent mutuellement la paix, chacun retourne dans son coin en attendant la tombée de la nuit – Babak et Julietta pour pouvoir quitter la maison, Britta pour pouvoir prendre son comprimé et aller au lit.

De temps en temps, quand elle est allongée sur ses coussins, Britta pense à un film sur la Fraction armée rouge qu'elle a vu il y a des années. Il montre les combattants passés à la clandestinité devenir fous, lentement mais sûrement. Ils commencent à se méfier les uns des autres, à s'épuiser mutuellement, à se détester. À l'époque, Britta s'était dit que les terroristes de la Fraction armée rouge devaient être des personnes faibles, et qu'à leur place, elle s'en serait mieux sortie.

Britta s'ennuie tellement qu'elle fait ce qu'elle n'a pas fait depuis des années : elle lit les journaux. Elle a demandé à Julietta de lui rapporter les deux derniers périodiques ayant encore un tirage digne de ce nom : le *Darmstädter Allgemeine Zeitung* et le *KULT*. Le *DAZ* a arrêté il y a des années de trouver le CCC problématique pour mettre de l'huile statistique et intellectuelle dans les rouages idéologiques de l'extrême droite. À l'inverse, les chrétiens-démocrates convaincus du *KULT* ne se lassent pas de porter aux nues le passé sous Angela Merkel. Les autres journaux sont un pot-pourri de flashs infos, d'actualités régionales et de résultats de matchs de foot, et sont tellement de piètre qualité qu'ils n'ont même plus besoin de vendre leurs espaces publicitaires. Les rares penseurs restants se sont retirés sur les blogs où, entre autocritique et accusations, ils continuent à débattre de qui est responsable du triomphe du CCC.

Les pages imprimées et l'odeur du papier font voyager Britta dans le temps. Commencer à lire les journaux avait été une telle fierté pour la collégienne qu'elle était ! C'était comme regarder le monde avec des yeux d'adulte. Britta se faisait ses propres opinions et les testait auprès de ses parents, s'entraînant à raisonner en maniant le vocabulaire de l'indignation. Elle était entrée sans hésiter dans cette vaste communauté de citoyens dont la mission était de défendre la démocratie, pas à Katmandou, mais dans les salons, open-space et aux tables de bistrot. Encore étudiante, Britta se sentait déjà membre de la grande famille des démocrates, malgré l'effacement des frontières et l'érosion de la collectivité. À l'époque, loin de faire partie du paysage, Trump était encore un scandale – les concepts tels que le pluralisme, l'égalité, l'intégration avaient encore une signification. Lire les journaux, c'était montrer qu'on en était, le fondement d'un sentiment d'appartenance. Si étonnant que cela paraisse aujourd'hui à Britta, à l'époque elle croyait en quelque chose.

La voilà allongée sur le ventre, contre le carrelage frais de la cuisine, en train d'ignorer les poils de chat que les rayons du soleil débusquent dans les coins. Elle alterne entre le *DAZ* et le *KULT*. Dans le *DAZ*, les articles sont longs et non illustrés – concept de nation et de national, morphologie culturelle, ébauche d'une nouvelle législation sur les armes. Le *KULT* affiche encore et toujours les gros titres habituels – *Pas touche au libre-échange*, *Cinq raisons pour lesquelles Angela Merkel avait raison* –, avec les résultats du foot et des femmes de footballeur à moitié nues. Plus Britta lit, plus son malaise grandit, jusqu'à se transformer en souffrance, d'abord mentale, puis physique, au point qu'elle doit interrompre sa lecture, se retourner sur le dos et inspirer par le ventre, et d'un coup, alors qu'elle est allongée à respirer et regarder par la fenêtre le vert ensoleillé des arbres, elle comprend ce qui lui arrive, ce qui lui fait mal, pourquoi elle avait arrêté de lire les journaux et de réfléchir au monde dans lequel elle vit. Elle souffre de tous ces paradoxes. Les abstentionnistes fatigués de la démocratie gagnent les élections, tandis que les démocrates engagés arrêtent de voter. Les journaux intellectuels œuvrent au dépassement de l'humanisme, pendant que les torchons populistes restent fidèles aux idéaux des Lumières. Dans un monde de contradictions, il n'est pas facile de penser ni de parler, car toute pensée s'annule elle-même et chaque mot signifie son contraire. Au milieu des paradoxes, l'esprit ne trouve pas sa place – Britta n'est plus ni électrice ni citoyenne, ni même cliente ou consommatrice : elle est une simple prestataire, représentante d'un service client qui accompagne ce voyage collectif au fond du gouffre. Dans un monde comme celui-là, on peut être à la fois contre la violence politique et à la tête d'une entreprise comme Le Pont.

Sans jamais la quitter, cette souffrance s'est recroquevillée sur elle-même, nichée dans les soubassements de sa personnalité. Britta voudrait encadrer chaque page de journal d'une bordure noire, car ce sont autant d'annonces de décès, hommages rendus à un ami disparu.

Repose en paix, débat public, ton hospitalité était sans égale. Tu avais toujours de la place à ta table, fidèle compagnon des dîners animés et sorties au bistrot, tu étais un combat et un jeu, notre refuge et notre horizon. Nous restons orphelins, inconsolables, dispersés, ébranlés.

Cette nuit-là, Britta fait un cauchemar. Elle rêve d'émeutes. À travers une vitre de voiture teintée, elle regarde des gens se faire battre à mort par un groupe d'hommes sur la place de la cathédrale de Brunswick. La police n'intervient pas, la foule déchaînée continue sa route, Britta ne comprend pas ce dont il s'agit, elle les entend seulement scander : *"Full hands, empty hearts, full hands, empty hearts."* Elle sait qu'ils sont les prochains sur la liste, elle et sa famille, et elle traverse la ville sur les chapeaux de roues pour sauver Vera et Richard qui dorment dans leurs lits sans se douter de rien, elle veut aller les chercher pour qu'ils prennent la fuite tous les trois avant que la foule arrive chez eux, mais elle ne trouve pas la maison, elle ne trouve même pas la rue ni le quartier, Brunswick tournoie sur lui-même, et Britta roule de plus en plus vite, de plus en plus frénétiquement, le temps presse, elle va échouer, elle va tout perdre, elle se réveille en criant.

Allongée sur ses coussins, le souffle court, elle lutte contre l'envie de prendre un autre Témesta en se disant que la panique va passer toute seule, qu'elle n'est pas néfaste pour son corps, même si son cœur lui fait mal et que l'oxygène lui manque, que ce n'est rien d'autre qu'une réaction physique disproportionnée, comme elle l'a appris pendant sa formation. Elle se lève pour ouvrir la fenêtre. L'air frais de la nuit est une bénédiction, il effleure sa peau comme une caresse. Le silence est tel que Britta entend les chauves-souris chasser dans le jardin. Nul ne serait capable d'inventer le doux bruit de leurs ailes, comme une étoffe agitée par le vent, mais il existe bel et bien, que l'imagination humaine le veuille ou non. Les chauves-souris fendent les ténèbres, et si leur vol apporte un message, c'est : “N'aie pas peur.”

25

Britta passe le reste de la nuit à attendre Babak. Les secondes s'écoulent comme des minutes et les minutes comme des heures. À une station-service, Julietta a acheté trois montres d'enfant en plastique. L'une d'elles, vert fluo, est posée à côté du lit de camp de Britta. Vivre sans horloge était une torture, mais fixer le cadran est en train de virer au calvaire. Malgré le Témesta, elle a dormi deux heures maximum. À l'idée que les médicaments puissent ne plus faire effet, elle a des palpitations et du mal à respirer, ce qu'elle interprète comme un signe que les médicaments ne font plus effet, et ses palpitations s'amplifient jusqu'à ce que sa poitrine soit tellement douloureuse qu'elle doit se relever et ouvrir la fenêtre en grand pour avoir de l'air. Au séjour en clinique du niveau 5, tous les candidats sont mis sous Témesta, on dit que la dépendance s'installe au bout de quatorze jours et que le sevrage est aussi brutal qu'avec l'héroïne. Julietta a besoin de deux comprimés par jour pour rester opérationnelle – être dépendante ne l'inquiète pas, elle ne compte pas voir la fin de son stock de Témesta.

Un peu avant cinq heures, Julietta rentre et lui remet ses courses – provisions, journaux, cigarettes que Britta range dans son système de gestion des ressources et distribuera selon des règles strictes. Julietta est tellement fatiguée qu'elle tient à peine sur ses jambes. Chaque nuit, elle doit rouler un peu plus loin, sans savoir où ni quand elle trouvera la prochaine station-service ouverte 24 h/24. Aujourd'hui, elle est allée jusqu'après Celle et, en rassemblant ses dernières forces, elle a réussi *in extremis* à rentrer à temps. Elle demande à Britta si, à partir d'aujourd'hui, elle ne pourrait pas recommencer à cibler les stations-services déjà visitées, en laissant un intervalle de temps suffisant entre la première et la seconde visite. Britta répond qu'elle mettra ce point à l'ordre du jour du prochain bilan de situation, fixe la réunion à quinze heures et demande où est passé Babak. Julietta hausse les épaules avant d'aller au lit.

Britta reste debout à la porte de la cuisine. Les premières lueurs du jour dissipent l'obscurité. À cette heure, il n'y a pas un chat, car les animaux nocturnes dorment déjà tandis que les animaux diurnes ne sont pas encore réveillés. Babak est censé revenir d'un moment à l'autre, frustré par ses tentatives d'extorquer à Lassie les résultats souhaités, alors que l'algorithme est prévu pour d'autres types de recherches. Britta s'est habituée à ne pas savoir où il passe ses nuits. Même s'il reste devant un écran au fond d'une cave humide, elle l'envie. Tout vaut mieux que cette maison. À chaque minute qui s'écoule, son agacement grandit. Elle a décrété qu'ils devaient être rentrés à cinq heures dernier délai, il est déjà cinq heures quinze, et pas de trace de Babak. Britta ne tient pas en place, impossible de se recoucher. Elle commence à faire les cent pas dans la maison, guette par toutes les fenêtres, observe le rougeoiement au-dessus des arbres côté est du jardin, sursaute en entendant le premier chant d'oiseau. Pourquoi Babak ne peut-il pas simplement faire ce qu'on lui dit ? Même Julietta donne tout pour être rentrée à l'heure. Britta va devoir le rappeler à l'ordre, et il va encore lui sortir qu'elle ne contrôle pas sa paranoïa. Qu'elle prend plaisir à mener les autres à la baguette sous prétexte qu'elle n'a pas d'autre moyen de se sentir aimée.

Il est cinq heures trente. Britta bout de colère. Elle transpire tellement que son T-shirt lui colle au dos. La poussière la rend folle, les chats la rendent folle, il n'y a pas d'échappatoire, la chaleur va augmenter, les chats continueront à se percher sur les sièges de la salle de réunion, sur le rebord de la fenêtre, et jusque sur le cheval à bascule et sur le lit de camp de Britta si elle oublie ne serait-ce qu'une minute de fermer la porte de la cuisine, elle peut bien chasser ces bestioles autant de fois qu'elle veut, elles reviennent toujours, changent de couleur, sont de moins en moins nombreuses, puis de plus en plus, une autre journée absurde commence à tournoyer sur elle-même à une lenteur insoutenable, seulement pour mieux revenir à son point de départ, le soleil se lève encore et toujours, et au milieu de cet univers en pleine implosion qui ne tient plus que par des règles, Babak ne respecte rien, va et vient comme ça lui chante, comme s'ils étaient en vacances en famille, comme si la gravité de la situation lui échappait totalement, comme si Britta était le seul être raisonnable au monde, le retard de Babak la fait se sentir insupportablement seule – s'il a été pris par les Empty Hearts, pense-t-elle, je me suicide.

Il est presque six heures quand la porte de la maison s'ouvre, que Babak débarque avec son vélo dans l'entrée et le laisse tomber par terre. Le fait que Britta et Julietta soient peut-être en train de dormir et que le bruit risque d'être entendu jusque dans la rue n'a pas l'air de l'inquiéter. Britta est figée dans la salle de réunion, où elle a passé les dernières minutes à tourner autour de la table.

— Bonjour, dit Babak.

Il est tout pâle. Il s'appuie contre le mur. Il vacille. C'est une accusation ambulante, le reproche incarné, qu'on voudrait repousser à deux mains pour ne plus l'avoir sous les yeux. Ce spectacle ne fait qu'augmenter la colère de Britta.

— Tu as bu ?

— N'importe quoi. (Babak secoue la tête d'un air las.) Mais toi, tu as une drôle de dégaine, dit-il avec un sourire en coin.

Britta baisse les yeux. Elle est en culotte et T-shirt. Et pourtant, elle transpire. La saleté lui colle à la peau, elle a besoin d'eau, c'est tout, une petite toilette, et elle sera comme neuve.

— Ne change pas de sujet, dit-elle. Tu es en retard.

— Tu sais comment je me suis dépêché pour rentrer à la maison ?

— Visiblement pas assez.

Dans un soupir, Babak se tasse sur lui-même, renonce à essayer de parler avec elle, secoue de nouveau la tête et fait mine de lui passer devant pour monter l'escalier.

— Halte-là, mon coco.

Britta n'avait encore jamais appelé quelqu'un “mon coco”, mais ces temps-ci, elle fait beaucoup de choses pour la première fois. En voyant que Babak continue sa route, elle l'attrape par le bras, agrippe la manche de son T-shirt et l'entend se déchirer – le tissu devait être usé, car elle n'a pas tiré si fort que ça. Un nuage de transpiration forte s'élève. On pue tous, pense Britta, on est pouilleux, on a perdu le combat contre la crasse. Dans la lumière crue du matin, elle voit que Babak est mal rasé, Julietta lui a rapporté des lames et de la mousse à raser de la station-service, mais ils n'ont pas de miroir. On n'est plus des êtres humains, n'importe quel animal est plus propre que nous, on est sales à pleurer.

— Tu as déchiré ma manche.

Babak a l'air de ne pas en revenir.

— Tu es en retard, murmure Britta en observant sous toutes les coutures le bout de tissu entre ses doigts.

— Sérieusement, Britta. (Il tend la main vers elle, mais elle le repousse d'une tape.) Il faut que tu te reprennes. Si tu continues comme ça, tu vas causer notre perte à tous.

— Moi ? Vous ?

Elle éclate de rire – ça fait du bien de rire comme ça, c'est la meilleure blague qu'elle ait entendue depuis longtemps.

— C'est moi qui fixe les règles. Moi qui assume les responsabilités. Moi qui tiens la baraque.

— Britta.

Babak fait une nouvelle tentative pour la toucher. Britta l'esquive et se colle au mur.

— Il y a quelque chose chez toi qui ne tourne pas rond, poursuit Babak. Tu nous échappes. Tu t'échappes à toi-même.

— Dis donc ! (Elle pointe le doigt sur lui.) Tu vas me faire le plaisir de ne pas le prendre sur ce ton ! Tu n'es même pas capable de lire une montre. Non ! C'est mon tour de parler.

Elle a vraiment des choses à dire. Il est temps que les réflexions qu'elle s'est faites au cours de toutes ses nuits blanches sortent. Elle se souvient qu'elle a eu un certain nombre de révélations : encore aujourd'hui, allongée sur ses coussins, sous le regard des objets de la pièce – et non l'inverse –, elle a compris plusieurs choses. Des choses en rapport avec Babak, il faut qu'elle les dise, même si elle a comme des difficultés à se concentrer.

— Tu veux me faire sentir mal. Ça a commencé avant même qu'on arrive ici. Quoi que je fasse ou dise, d'un coup, tu trouves que tout est de la merde…

— Britta…

— Ta gueule !

Tant pis si elle hausse le ton, elle en a le droit, c'est sa maison, il y a une promesse de vente et un rendez-vous chez le notaire, des idées qui lui donnent de nouveau envie de rire – un rendez-vous de notaire, comme si ce genre de choses avait la moindre importance.

— Depuis qu'on est ici, tu montres ton vrai visage. Tu n'as jamais été mon ami. Tu avais juste besoin de quelqu'un. Une sœur, une mère, une baby-sitter. Maintenant, tu as Julietta, et du coup, tu me traites comme une malpropre.

La revoilà : la saleté. Surprise, Britta s'arrête quelques instants. Tout est lié. Adossé contre le mur, juste au pied de l'escalier, Babak rentre le menton dans la poitrine, il sait qu'elle a raison, c'est la posture d'un homme qui entend ses quatre vérités.

— Quand toute cette histoire sera terminée, je te mets à la porte. Tu n'as plus rien à faire au Pont. Je ne veux pas de quelqu'un qui n'arrive pas à être rentré à cinq heures.

Babak lève la tête, il pleure.

— J'ai… commence-t-il, mais Britta ne le laisse pas continuer.

— Si ça se trouve, tu ne vas absolument pas voir Lassie. Tu retrouves tes amants, et vous allez vous la coller ensemble. Pendant que je reste enfermée ici à me faire des nœuds au cerveau, tu te paies ma tête à l'I-Vent.

— Si ça a pris plus de temps aujourd'hui, c'est parce que…

— Ça a toujours été comme ça, j'ai toujours tout fait toute seule, tu n'avais aucune décision à prendre, aucune responsabilité à assumer, et tu comptais sur moi pour… (Elle est à bout de forces, elle n'en peut plus, elle fait un dernier effort, il faut qu'elle dise ce qu'elle a à dire.)… faire le ménage derrière toi.

— La piste mène à Berlin, dit Babak. La Chausseestraße. C'est sans doute Guido Hatz.

26

Elle se réveille en sentant quelque chose lui chatouiller le visage. Elle veut crier : “Richard, arrête !”, tente d’allonger la main, mais elle n’arrive pas à bouger. En dessous d’elle, au lieu d’un matelas ferme, elle sent des coussins qui glissent. Et elle comprend qu’elle ne se réveille pas *d’*un cauchemar, mais *dans* un cauchemar. Elle ouvre les yeux sans rien voir – soit il fait nuit noire, soit elle est aveugle. Comme son corps lui fait mal chaque fois qu’elle essaie de bouger, elle reste immobile à tendre l’oreille. Il y a quelqu’un dans la pièce. Quelque chose de frais se dépose sur son front, un linge humide, ça fait du bien, Britta s’assoupit de nouveau.

Au réveil suivant, elle sait immédiatement où elle est. Elle veut se redresser, mais on la force à se recoucher sur les coussins. Elle se débat, elle se sent faible, elle est prisonnière d’une masse visqueuse, comme un insecte tombé dans une goutte de résine. Capituler est un soulagement. Britta ne sait pas bien qui se trouve dans la pièce, elle entend une voix, féminine, amicale, revoilà le linge froid qui l’apaise, autrefois sa mère lui rafraîchissait le front, assise au bord du lit, quand elle était malade – maman, pense Britta, pourquoi tu m’as abandonnée ? Avec toi, rien de tout ça ne serait arrivé.

Elle rêve que les Empty Hearts l’ont attrapée. Elle est assise sur une chaise, et quelqu’un entreprend de lui coudre les paupières aux sourcils, pour qu'elle suive les tortures à venir avec les yeux ouverts.

Crie crie crie. Quelqu'un la retient, on lui met quelque chose dans la bouche, quelque chose de gros, un caillou ou une noix, avec de l'eau en plus, niveau 6, pense Britta, et aussitôt elle est prise de panique, elle donne des coups de bras et de jambes, l'eau ressort de sa bouche, "Il faut que tu avales", dit quelqu'un, des mains lui serrent les mâchoires, "Il faut que tu avales", elle finit par avaler douloureusement, le caillou se fraye un chemin dans sa gorge, et c'est fini, elle se laisse retomber sur les coussins, elle dort.

Cette fois, elle voit. C'est le jour, le soleil brille en faisant danser des grains de poussière scintillants dans les airs. Un chat gris est assis au milieu d'une tache de lumière, il ouvre les yeux et les referme tranquillement, image de la sérénité, et Britta est tellement heureuse qu'elle n'arrive même pas à détester le chat. Elle veut se redresser, une main la rallonge sur le lit de camp.

— Tu as meilleure mine. Mais reste couchée.

C'est Julietta, assise par terre à côté d'elle, un autre chat sur les genoux. Elle sourit. Quand elle se penche, ses pointes de cheveux chatouillent le visage de Britta. Elle lui tend un comprimé, pas aussi gros qu'une noix, mais pas petit non plus.

— De l'ibuprofène, dit-elle en lui soulevant la tête pour lui donner de l'eau.

Britta avale, et Julietta lui caresse les cheveux pour la féliciter.

— Les premiers comprimés, j'ai dû te les mettre de force dans la bouche. Tu te débattais comme si je voulais te tuer. (Avec un sourire, elle lui donne une pichenette sur le nez.) Plus de quarante de fièvre. On s'est vraiment fait du souci, tu sais ?

Britta veut dire quelque chose, mais rien ne sort. Elle ferme les yeux quelques instants.

— Tu n'arrêtes pas de te torturer, dit Julietta. Tu crois que tu peux gerber le vide à l'intérieur de toi. Mais le vide ne se gerbe pas. Il se remplit.

De l'eau clapote dans un seau, encore le linge frais sur le front de Britta. Sous ses yeux, Julietta commence à se gondoler, sa voix enfle et désenfle, et Britta ne sait plus bien si la jeune fille parle vraiment ou si ses paroles ne résonnent que dans sa tête. Une main lui caresse les cheveux, le poids sur sa poitrine s'envole, une profonde inspiration élargit ses poumons. Soudain, un mouvement, Britta ouvre grands les yeux. Julietta est toujours assise à côté d'elle, le chat gris sur les genoux. Mais à présent, elle a une grosse pierre dans la main droite.

— Regarde, dit-elle.

La main tenant la pierre fend les airs pour s'abattre sur le crâne du chat. L'animal émet un feulement, il s'agite en miaulant désespérément. Julietta plaque le chat contre ses cuisses, elle donne plusieurs coups de suite, et c'est terminé. Silence. Elle soulève le chat pour que Britta le voie bien, il pend entre ses doigts, mou comme une chiffe, Julietta a des éclaboussures de sang sur le visage.

— Tu es folle ou quoi ? articule Britta avant de rouler sur le côté pour vomir – cette fois, il y a quelque chose qui vient, un peu de bile, elle crache par terre et se laisse retomber sur les coussins.

Julietta sourit, ses yeux brillent, ses cheveux sombres détachés tombent en rideau sur ses épaules. Elle brandit le chat mort, comme auréolée de lumière, et Britta n'est pas sûre d'être vraiment en train de voir tout ça.

— C'est complètement tordu, souffle-t-elle.

— Je pensais que tu détestais les chats, répond Julietta.

— Mais ce n'est pas une raison pour…

— Tu as remarqué ou pas ? Tu sais toujours ce qui est bien et ce qui est mal.

Britta tousse, ou peut-être qu'elle pleure, elle veut faire quelque chose, se redresser, regarder si le chat est encore en vie, mais elle est trop faible pour seulement lever la main. Julietta se penche sur elle, le premier réflexe de Britta est de se défendre – tueuse de chats –, mais à ce moment-là elle respire l'odeur de Julietta, un mélange de cheveux mal lavés, de cigarettes et de transpiration, elle s'y plonge de la tête aux pieds, un parfum tellement divin que soudain, elle comprend comment un homme peut aimer une femme, de tous ses sens, jusqu'à l'inconscience, jusqu'à la folie.

— Tu n'es pas vide, ajoute doucement Julietta. Tu portes tout à l'intérieur de toi. Il faut seulement que tu t'autorises à t'écouter.

Le corps de Britta devient lourd, Julietta fredonne une mélodie, *you say you don't think cause thoughts don't make sense but one day they will ask you why you ran, baby*, et Britta aimerait bien dire qu'elle a compris.

Comme si cent pieds piétinaient le sol. Une armée prend position. Britta bondit de son lit de camp et se retrouve sur ses jambes avant d'avoir eu le temps de se demander si elles allaient la porter. Le vertige la projette contre le mur. Tout d'un coup, le monde l'assaille, la chaleur, la poussière, l'odeur de chat et de souris. Par la fenêtre, le soleil brille de tous ses feux, fin de matinée, dirait Britta, et même si elle n'a aucune idée du jour qu'il est, la couleur de la lumière lui fait penser à un dimanche. Paisible. Silencieux. Gazouillis d'oiseaux. Son regard glisse à travers la pièce, fouille le sol à la recherche d'un cadavre de chat, il n'y a rien, pas même une éclaboussure de sang, mais elle n'a pas le temps d'y réfléchir, car l'agitation recommence, des pas, des murmures énervés. Britta se laisse basculer en avant, donne une petite poussée contre le mur, met un pied devant l'autre et se sent submergée de bonheur en voyant que ça fonctionne. Elle garde le dos droit, elle progresse, sa tête est à la bonne hauteur. Elle vit. Sur sa lancée, elle traverse l'entrée pour rejoindre le salon. Les murmures se transforment en chuintements cinglants.

— Couche-toi ! Merde, couche-toi !

Britta met un petit moment à comprendre ce qu'on lui demande. Il y a tant de choses à voir. Ses amis sont tapis sous la fenêtre. Julietta a passé la tête juste au-dessus du rebord pour voir dehors. Babak dévisage Britta avec des yeux agrandis par l'effroi. Le sol à côté d'eux est jonché d'objets : pieds de chaise, corde, plusieurs pierres grosses comme le poing.

Des pensées se promènent de-ci de-là dans la tête de Britta. Beau temps. Il s'est passé quelque chose. Ils sont armés. Elle n'a pas pensé aux armes. En temps normal, elle pense toujours à tout. Elle veut leur dire qu'elle trouve l'initiative super. Babak s'approche d'elle à quatre pattes, attrape son poignet et essaie de la tirer au sol.

— Couche-toi, bon sang !

À ce moment précis, le regard de Britta traverse la fenêtre. Une Hilux blanche est garée au bord de la route. La portière du conducteur s'ouvre, un homme descend, grand, avec une moustache sombre. Il inspecte la façade avec attention, à la recherche de signes de vie. Quand Britta bouge, le regard de l'homme se fait plus net, un sourire soulève sa moustache. Sa main droite s'élève dans les airs, il lui fait signe, et Britta lui répond. Babak et Julietta poussent un soupir.

Guido Hatz, pense Britta.

C'est quand son cerveau prononce le nom qu'elle percute. La piste mène à Berlin, à la Chausseestraße. C'est Hatz. Qui a dit ça, récemment ? Les glandes sudoripares sur son crâne commencent à picoter, son ventre devient chaud, sa nuque froide.

— Merde, souffle-t-elle.

Dehors, Guido Hatz fait quelques pas rapides vers la porte d'entrée. Britta se laisse tomber à genoux à côté de Babak.

— Désolée, chuchote-t-elle.

— Ce n'est peut-être pas plus mal, répond Julietta d'une voix étouffée. Je crois qu'il est seul.

— OK.

Babak retourne en rampant à la petite collection d'objets pour prendre un pied de chaise et la corde.

— Lève-toi, ordonne Julietta à Britta. Va dans l'entrée. Quand il toquera, attends que Babak et moi soyons en position. Crie quelque chose, "Un instant !" ou "J'arrive !". À mon signal, tu ouvriras la porte et tu le feras entrer dans la maison. Il faut que tu le laisses passer avant toi, compris ?

Britta hoche la tête. On toque. Julietta prend autant de pierres qu'elle peut en porter et se faufile dans l'entrée, tête baissée. Avant de la suivre, Babak met une petite bourrade à Britta.

— Un instant ! s'écrie Britta. J'arrive !

27

Quand Britta était enfant, sa mère écoutait souvent une chanson pop qui parlait de Dieu. *No one laughs at God in a hospital, no one laughs at God in a war.* Un jour, elle avait demandé ce que signifiaient ces paroles, et sa mère lui avait expliqué. Au dîner, Britta avait remis le sujet sur la table.

— Pourquoi il y a des gens qui croient en Dieu ? avait-elle demandé.

Les parents s'étaient regardés, amusés et fiers des questions intelligentes posées par leur fille, mais aussi un peu mal à l'aise.

— Pour certains, la vie est plus facile avec un Dieu, avait fini par répondre son père.

— Pourquoi ?

— Parce que comme ça, ils ont quelqu'un à qui adresser leurs prières. Quand ils sont à la guerre ou à l'hôpital.

— Et qu'ils savent quel est le but de leur existence, avait complété sa mère.

— Mais nous, on ne croit pas en Dieu ?

— Moi non, avait dit son père.

— Est-ce qu'on sait quand même quel est le but de notre existence ?

— Mais bien sûr, ma puce.

— Et alors ?

Le malaise des parents allait grandissant – visiblement, ils seraient bien partis se concerter ailleurs avant de poursuivre la conversation.

— Écoute, ma chérie, avait dit sa mère. Au fond, ce que tu es en train de nous demander, c'est quel est le sens de la vie.

— Une question délicate, avait ajouté son père.

— C'est quoi, le sens de la vie ? avait insisté Britta.

— C'est à chacun d'en décider soi-même, avait répondu sa mère. Tu veux encore de la soupe ?

— Et vous, qu'est-ce que vous avez décidé ?

— Ou un peu de pain ?

— C'est quoi, votre sens de la vie ?

Ses parents avaient échangé un regard en pouffant de rire, son père avait haussé les épaules avant d'écarter les bras pour s'étirer le dos. Sa mère avait vidé son verre de vin.

— D'être tous ensemble autour de cette table et que les choses aillent bien pour nous, avait dit son père. Pour moi, le sens, c'est ça.

— Mais c'est déjà comme ça, avait rétorqué Britta.

— Justement. (Sa mère s'était penchée en avant pour lui caresser la tête.) Nous pouvons en être reconnaissants.

— Et si les choses arrêtaient d'aller bien pour nous, la vie n'aurait plus de sens ? avait demandé Britta.

— Non, bien sûr que non, avait répondu son père. Ce serait juste moins bien.

Une minute était passée sans que personne sache quoi dire.

— Quand tu seras grande, avait fini par déclarer sa mère, tu découvriras par toi-même ce pour quoi tu veux vivre.

— C'est ce qu'on appelle la liberté, avait conclu son père.

— Mon Dieu, que je suis content de vous retrouver, dit Guido Hatz une fois le scotch retiré de sa bouche.

À le voir, il n'a pas franchement de quoi se réjouir. À son entrée dans la maison, Babak et Julietta ont bondi de leurs cachettes de part et d'autre de la porte. Babak a ligoté les jambes de Hatz avec la corde, Julietta lui a mis un coup de pierre sur la tête, pas assez fort pour lui faire perdre connaissance, mais suffisamment pour une bosse sur le front qui grossit à vue d'œil. Ils lui ont attaché les mains et les pieds avec du scotch. Julietta a fouillé ses poches pour en sortir un cryptophone et un stylo-bille. Pas d'armes, pas de papiers.

Ça n'a pas été facile de transporter Guido Hatz en bas des escaliers de la cave. Comme il n'était pas question de le laisser y aller tout seul, ils l'ont traîné par terre sans être particulièrement tendres avec lui – ils ont simplement fait attention à ce que sa tête ne cogne pas trop violemment contre les marches en pierre.

À la lueur des lampes de poche, la pièce basse de plafond paraît sinistre. Ça sent la cuve à mazout qui s'y trouvait autrefois. Il n'y a pas de fenêtres, on oublie instantanément que dehors, il fait jour. Britta et Julietta tiennent tout juste debout, Babak, qui est un peu plus grand, est tout tordu et rentre la tête. Assis sur un cageot, Guido Hatz est pâle comme un spectre dans le faisceau de la lampe de poche braquée droit dans ses yeux.

— Où sont les autres ?

— Quels autres ?

— Tu n'es quand même pas venu tout seul.

— Un peu, que je suis venu tout seul.

Julietta brandit le pied de chaise, et Hatz se tasse instinctivement sur lui-même. Sur le coup, le fait qu'il ait vraiment peur d'eux surprend Britta, elle a comme l'impression que chacun ne fait que jouer un rôle – lui, la victime apeurée, eux, les féroces bourreaux. Mais en voyant le regard de Hatz s'affoler à travers la pièce, elle comprend que sa peur est bien réelle. Soudain, elle se voit avec ses yeux à lui – une femme qui travaille depuis dix ans et avec succès dans le milieu du terrorisme, maîtrise les techniques d'interrogatoire et de torture, et ordonne régulièrement à ses hommes de main de rouer des gens de coups avant de les envoyer mourir en martyrs. À l'heure actuelle, elle est pâle, crasseuse, à moitié nue et avec des cernes sous les yeux, flanquée de deux acolytes qui n'ont pas meilleure mine qu'elle. Ils ne sont pas les aimables prestataires d'un siècle qui a mal tourné, ils sont des menaces pour l'ordre public.

— Comment tu nous as trouvés ? demande Julietta.

Hatz rit, d'un rire qui sonne un peu faux.

— Vous laissez derrière vous une trace énergétique qui brille dans le noir.

— N'importe quoi. (Babak pointe un doigt sur lui.) Si vous avez fait un tel raffut en ligne, c'est parce que vous n'aviez pas d'informations sur nos déplacements.

— Pourquoi vous me posez la question si vous savez déjà tout ?

— C'est quand j'ai eu l'idée de chercher ceux qui nous cherchaient que je vous ai trouvés, répond Babak.

— Les services ont perdu un temps fou avec Leipzig et Berlin, explique Hatz. Dès le départ, j'ai dit : Brunswick et ses environs. Les champs énergétiques étaient clairs sur ce point. Mais passons, tout est bien qui finit bien.

— Qui finit bien ? (C'est la première fois que Britta ouvre la bouche.) Qu'est-ce qui finit bien ?

Guido Hatz lui lance un petit sourire – en plus de la peur, il y a de la sympathie dans son regard.

— Ce qui finit bien, c'est que je suis ici. Et avant les autres.

— Quels autres ? demande Julietta.

— Ceux dont vous vous cachez. (Il bouge prudemment sur son cageot, cherchant une position confortable, ce qui n'a rien d'évident avec les pieds et les poings liés.) Je vais être honnête avec vous. (Britta note que son ton change, Hatz essaie de se positionner comme acteur de la conversation.) Dans toute cette affaire, des fautes ont été commises, y compris de mon côté. Personne ne s'attendait à ce que vous disparaissiez, encore moins aussi rapidement. Et aussi professionnellement. (Encore un sourire, cette fois additionné d'admiration – Hatz fait les choses bien, ligoté comme il est devant trois silhouettes dépenaillées, à leur parler de professionnalisme.) Votre disparition nous a pris de court, nous n'étions pas préparés. Dès le départ, j'ai été partisan d'une approche coopérative, et encore aujourd'hui, je suis certain que nous allons trouver un terrain d'entente. On aurait pu se passer de ce cambriolage stupide. Mais les autres ont pris peur, et d'un coup, le temps pressait.

— Quels autres ?

L'agressivité de Julietta est inquiétante, c'est la plus jeune et la plus fluette d'entre eux, mais de toute évidence, c'est aussi la plus impulsive. Guido Hatz l'a compris depuis longtemps, il la surveille du coin de l'œil et fait un signe de tête apaisant à son intention. Mais avant qu'il ait trouvé ses mots, le pied de chaise fend les airs. Julietta le brandit comme une batte de base-ball et vise le tibia de Hatz, avec précision et de toutes ses forces. Il gémit, se recroqueville sur lui-même, manque de tomber du cageot et bataille tant bien que mal pour retrouver son équilibre. Personne ne l'aide, personne ne le redresse. Ils se contentent de regarder la scène, partagés entre la pitié et le dégoût, à écouter les sons plaintifs qui sortent de sa poitrine, les bruits de quelqu'un qui souffre sans vouloir perdre son sang-froid.

Britta jette un regard à Babak et se rend compte qu'il ressent la même chose qu'elle. Elle prie pour que Hatz ne recommence pas à provoquer Julietta. Si elle s'en prend de nouveau à lui, ni Babak ni Britta n'iront la retenir.

— Ce n'était vraiment pas nécessaire, dit Hatz entre ses dents serrées. Si je suis ici, c'est pour rattraper les erreurs qui ont été commises, pas pour vous mettre en difficulté.

— Et nous, il faut qu'on sache si tu es seul, réplique Julietta. Si je te réduis en bouillie sans que personne vienne à ton secours, on sera certains que tu n'es pas accompagné.

— Je suis seul, bon sang de bonsoir, s'écrie Hatz. Je veux seulement parler avec vous !

Son désespoir a l'air réel – Julietta se tourne vers Britta, et elles échangent un signe de tête. Soldate et commandante.

— Si vous jouez au plus malin, à vous d'en assumer les conséquences, lance Britta. Je crois que cette fois, vous avez compris.

— Bien, bien. (Hatz pousse un soupir et crache par terre.) Reprenons depuis le début. Vous vous souvenez de votre première intervention ?

Intérieurement, Babak et Britta se rapprochent l'un de l'autre. Bien sûr qu'ils se souviennent. De Dirk, leur premier candidat. Des discussions à n'en plus finir à chaque étape de l'évaluation, des premiers contacts prudents avec différents groupes. De l'attente insoutenable avant le lancement de l'opération et des images libératrices du baleinier en train de chavirer. Depuis, le petit frisson d'autrefois se reflète un peu dans chacune de leurs interventions.

— J'étais l'officier en charge, et j'ai tout de suite pris l'affaire en main.

— Donc vous travaillez vraiment pour les services secrets, dit Babak.

— Je vous laisse imaginer à votre guise pour qui je travaille. Dans tous les cas, vous serez plus ou moins dans le vrai.

— Depuis quand les services secrets emploient-ils des sourciers ?

— Ils emploient des gens qui connaissent le métier. Au cours des dernières années, vous ne vous êtes jamais demandé pourquoi les autorités vous laissaient tranquilles ?

— Non, répond Britta. On est toujours partis du principe que notre travail servait le bien commun.

— Une réponse bien présomptueuse. (Guido Hatz rit.) Voire un peu mégalomane. C'est moi qui vous protège depuis onze ans.

— Mais sûrement pas personnellement, dit Babak.

— Plus les choses se passent loin du contrôle étatique, plus elles deviennent personnelles. (Hatz sourit d'un air songeur.) Je suis toujours resté en retrait, vous n'avez jamais dépassé les limites, c'était comme un accord tacite entre nous. Puis il y a eu l'attentat de Leipzig. (Hatz grimace, c'est le souvenir qui lui fait mal, ou peut-être son tibia.) Nous avons tout de suite su que ce n'était pas vous. La machine s'est emballée. Notre travail, ce n'est pas d'empêcher les choses, c'est de savoir ce qu'il va se passer.

Britta jette un coup d'œil à Babak, il pense la même chose qu'elle. Leipzig était un raté qui a mis la pagaille dans l'équilibre des forces. Britta avait raison, dès le départ.

Un constat qui, au fond de cette cave, ne lui procure aucune satisfaction.

— Vous vous souvenez d'Enrico ? Enrico Stamm ?

À la mention de ce nom, une silhouette apparaît dans la tête de Britta, un homme comme composé d'éléments disparates, un corps tout en muscles, des bras en gigots, une poitrine proéminente et un dos puissant, le tout surmonté d'une petite tête au crâne rasé et de lunettes cerclées dignes d'un étudiant en première année de philosophie. L'entrée d'Enrico dans le programme remonte à un moment, Britta dirait huit ans, pas très longtemps après la démission d'Angela Merkel. Enrico était un fanatique de Merkel, il parlait d'elle sans arrêt, avec une voix geignarde qui, exactement comme sa tête, semblait trop petite pour son corps. De toute évidence, il était lié à l'ex-chancelière par un complexe d'Œdipe non résolu. Il ne voulait plus continuer à vivre dans un monde qui avait rejeté son idole d'une manière aussi humiliante. Les nouvelles élections forcées avaient été pour lui une expérience traumatisante – les "Merkel doit partir !" criés par une foule déchaînée qui s'agglomérait devant la chancellerie, le moment où Angela, après l'annonce officielle des résultats, s'était avancée devant les caméras pour assumer la responsabilité de la victoire du CCC. Les mains jointes en losange, elle avait déclaré de sa voix glaciale, légèrement zézayante, que les résultats actuels n'étaient pas seulement une catastrophe pour l'Allemagne : elle y voyait l'échec de son parcours personnel. Sous les huées des quelques journalistes présents, la façade de souveraineté de l'ex-chancelière avait fini par s'effondrer. Tandis qu'une larme coulait sur son visage, elle s'était écriée dans le micro, couvrant les interpellations : "Je souhaite bonne chance à notre pays, je nous souhaite bonne chance à tous !" Puis elle avait quitté l'estrade, les épaules crispées, et soudain, elle avait eu l'air d'une vieille femme.

Enrico Stamm visionnait cette scène en boucle, il avait développé une obsession tenace pour le moment du départ de Merkel, il ne parlait de rien d'autre et suppliait Britta de l'aider à mettre fin à ses jours le plus vite possible. Britta s'était démenée pour amener cette armoire à glace à ses vraies motivations, elle lui avait fait passer les différentes étapes de l'évaluation sans rien laisser au hasard et n'avait jamais réussi à en tirer autre chose que son couplet sur Angela Merkel. Enrico faisait partie des rares candidats à avoir quitté le programme à la suite d'une expertise psychologique externe. Le psychiatre mandaté par Le Pont lui avait diagnostiqué un trouble narcissique massif, mais il ne le considérait pas comme suicidaire pour autant.

À l'annonce de ces conclusions, une haine viscérale s'était allumée dans les yeux d'Enrico. L'espace d'un instant, Britta avait même cru qu'il allait en venir aux mains et se jeter sur elle. Mais il s'était contenté de cracher par terre en criant quelque chose comme : "Vous allez voir ce que vous allez voir !" avant de quitter les locaux. Depuis, elle n'a plus eu de nouvelles de lui.

— Voilà, celui-là. (Hatz hoche la tête comme s'il avait entendu ses souvenirs.) Après s'être fait virer de chez vous, il a rassemblé quelques compagnons d'infortune autour de lui.

— Les gens ne se font pas virer, corrige Babak. Après une évaluation approfondie, ils obtiennent un score qui...

— Oui, oui ! (S'il le pouvait, Hatz lèverait les mains.) Toujours est-il que Stamm avait rencontré d'autres candidats dans le programme du Pont, et il est resté dans la course, il suivait l'évolution des choses, faisait des recherches, contactait de plus en plus de monde. Et bientôt, il a eu autour de lui un groupe d'hommes toujours persuadés de vouloir mourir pour une cause supérieure, même en sachant qu'ils n'étaient pas assez bien pour Le Pont.

— La question n'est pas de savoir si les candidats...

— Laisse tomber, dit Britta.

— Au fil des années, Stamm a élaboré une structure parallèle.

— Les Empty Hearts.

— C'est le nom qu'ils se donnent depuis leur entrée en phase opérationnelle.

— Et les services secrets n'étaient pas au courant ? demande Britta.

— On savait certaines choses, d'autres non, et dans pas mal de cas, on a fermé les yeux. (Hatz hausse les épaules, un geste qu'il peut faire même en étant saucissonné.) Les Empty Hearts ont communiqué avec prudence et sont longtemps restés inactifs. Jusqu'à l'attentat de Leipzig.

— La plus grande guignolade de tous les temps.

— Au contraire. (Hatz rit.) Soit Enrico Stamm est un génie, soit c'est la preuve vivante que les imbéciles sont les plus chanceux. Les explosifs que Markus et Andreas avaient sur eux n'étaient pas chargés. Et les autorités ont été informées juste avant de l'attentat à venir.

— Stamm a trahi ses propres hommes ?

— Son but n'était pas de faire sauter l'aéroport. Leipzig était un écran de fumée à votre intention, une invitation lancée à nos services et un baptême du feu pour ses troupes. (Hatz hausse de nouveau les épaules.) Pour Stamm, tout s'est passé comme sur des roulettes. Il faut bien le reconnaître. Vous lui avez fourni les données dont il avait besoin, et nous lui avons rendu visite.

— Comment ça ?

— Nous n'avions plus le temps d'infiltrer le groupe. Après Leipzig, nous l'avons approché ouvertement. Il pariait sur des intérêts communs, et il avait raison.

Au cours des dernières minutes, l'atmosphère dans la cave s'est imperceptiblement détendue. Babak a tourné la lampe de poche vers le sol pour n'aveugler personne. Julietta a posé le pied de chaise sur son épaule comme un bâton de marche. Britta est adossée au mur, les bras croisés. Assis au milieu, Hatz n'a plus l'air d'une victime aux mains de ses bourreaux, mais plutôt d'un conteur pour enfants. Pendant un moment, plus personne ne parle, tous sont perdus dans des pensées qui leur sont à la fois propres et communes. Dehors, une voiture passe, témoignant d'une journée comme les autres à laquelle aucun d'eux ne croit. Britta n'essaie même pas de mettre de l'ordre dans toutes ces informations. Elle se rend compte qu'elle a une faim de loup, et qu'il est plus que temps que Hatz se décide à dire ce que sont ces intérêts communs.

— Et ces intérêts communs, qu'est-ce que c'est ? demande Babak.

— Les Empty Hearts préparent un putsch, déclare Hatz. Ils veulent renverser le gouvernement du CCC pour remettre Merkel au pouvoir.

Après cette phrase s'installe un silence d'une autre nature. L'explication est à la fois étonnamment évidente et difficile à croire. Babak est le premier à retrouver la parole. Cette nouvelle est à son goût, comme en témoigne son sourire radieux.

— Le coup du putsch, c'est génial, lance-t-il.

— Merkel a plus de soixante-dix ans, intervient Julietta.

— Adenauer avait soixante-treize ans à son arrivée au pouvoir, réplique Hatz.

— Et ensuite ? demande Britta.

— Bonne question. On peut changer de chancelier et de ministres, et aussi de hauts fonctionnaires. Mais le nerf de la guerre, ce sont les échelons intermédiaires. (Hatz fait une pause pour regarder autour de lui, ses yeux brillent comme s'il s'agissait de la quête du Graal.) Encore aujourd'hui, dans l'administration, dans l'armée, on trouve partout des adeptes des anciens partis, des démocrates convaincus qui souffrent depuis des années de devoir travailler pour Regula Freyer et ses fidèles.

— Chez vous aussi ? demande Julietta.

— Nous ne servons pas un gouvernement, nous servons un principe. Notre mission est de défendre la démocratie, de protéger le continent, de préserver les acquis des décennies passées.

— Au besoin, avec un putsch ?

Hatz se met à tirer sur ses liens, il a besoin de tout son corps pour parler.

— Quand le CCC en aura fini avec la Loi fondamentale, il ne restera qu'une coquille vide. L'Europe éclatera définitivement, et les alliances avec les autocrates russes, turcs et américains catapulteront le monde au XIXe siècle. Il y a un droit de résistance.

— Mais quand même, ces tarés ont été élus, objecte Britta.

— Le parti nazi aussi, vous vous souvenez ? (Hatz rit jaune.) Par ailleurs, on peut se demander ce que vaut une élection démocratique qui a été massivement pilotée depuis internet. Les opinions politiques sont depuis longtemps devenues des biens commerciaux, produits et vendus au même titre que les autres. La démocratie n'est plus aussi romantique qu'il y a cinquante ans. Qu'est-ce qu'il t'arrive ?

En entendant sa question, Britta se rend compte qu'elle est cramponnée au mur, son cuir chevelu est glacé et la cave tournoie sur elle-même. Un haut-le-cœur lui coupe la parole. Julietta est la première auprès d'elle, elle la retient à bras-le-corps et Britta sent son odeur, forte et bienfaisante, le parfum d'une personne qui est restée à son chevet pendant qu'elle croyait mourir.

— Elle est en hypoglycémie, dit Hatz. Donnez-lui de l'eau et à manger, bande d'idiots. Et habillez-la.

— Faim, souffle Britta, faim – et soudain, il y a un morceau de chocolat dans sa bouche, qui fait exploser ses papilles.

Quelqu'un porte un verre d'eau à ses lèvres, un autre lui passe un pull-over par-dessus la tête et l'aide à enfiler un pantalon. La cave arrête de tournoyer. Julietta la lâche, Babak lui met une tape sur l'épaule, avec sa maladresse habituelle, comme si les gens étaient des créatures qu'il serait préférable de ne pas toucher.

— Ça va mieux ? demande Hatz, et elle hoche la tête.

Malgré ses liens, ils commencent à former une équipe, et Britta ne sait pas si c'est bien ou mal. Sans doute qu'aux yeux de Hatz, tout se passe à merveille. Il est clairement en position de force.

— À présent, j'aimerais discuter de la suite des événements.

De nouveau, Hatz regarde autour de lui comme s'il était assis à une table de réunion. Son ton est à la fois plein d'assurance et de respect, il s'adresse à Britta et à ses compagnons d'égal à égal – encore un peu, et ils auront l'impression d'être alliés.

— Ces derniers jours, Stamm a mis les bouchées doubles pour recruter des combattants de vos listes, et de ce que nous avons pu voir, il est extrêmement efficace. D'après nos estimations, le groupe compte actuellement au moins cinquante individus. Les combattants sont tatoués, endoctrinés et au besoin entraînés, le tout en accéléré. Si les Empty Hearts frappent avec plus de cinquante hommes, ce sera l'équivalent d'un tremblement de terre. La capitale n'est pas préparée. Face à des kamikazes, il n'y a aucune riposte possible.

— Quel est leur plan ? demande Babak.

— Chancellerie, siège du parti, bureau du groupe parlementaire, tous les ministères.

— Waouh, lance Julietta. Avec un peu de chance, une bonne partie des élites dirigeantes du CCC y passera.

— Exactement. (Guido Hatz rayonne.) Ensuite, l'essentiel sera de faire vite.

Ils ont tous le sourire aux lèvres. Dix fourgonnettes blanches roulent en convoi dans les rues de Berlin, elles ne passent pas inaperçues, mais personne ne les inquiète. Dans le quartier du gouvernement, les véhicules se séparent pour disparaître dans de petites rues entre les grands bâtiments, la mission commune se divise en sous-objectifs. Trois hommes en tenue décontractée, munis de carte de presse, s'enregistrent aux portes du Reichstag. Quatre autres en costume s'engouffrent entre les hautes colonnes de la chancellerie où une réunion de cabinet se tient ce matin-là. Une fourgonnette s'arrête devant le siège du CCC dans le quartier de Charlottenburg, une devant le ministère des Affaires intérieures et extérieures, une devant l'office de l'Immigration et une devant l'agence fédérale de la Culture dominante. Tous n'arborent pas de complet-veston, certains sont en bleus de travail, d'autres ont revêtu l'uniforme des techniciens de surface ou l'ensemble jean-chemise des journalistes. À leur cou se balancent des lots de cartes de service, d'accès, de presse, de visiteur ou de lobbyiste. Ils sentent l'après-rasage à plein nez, ce qui couvre les émanations d'adrénaline et de testostérone, ils sont chargés de mallettes, de sacs à dos, de boîtes à outils, ou ils poussent devant eux des chariots avec des produits d'entretien. Dans la plupart des cas, leur buste semble légèrement hypertrophié.

Britta voit la scène comme si elle l'avait sous les yeux. À dix heures précises, ce jour d'été radieux, les premiers coups de feu retentissent. Les secrétaires crient, les collaborateurs scientifiques et les stagiaires se jettent par terre dans les couloirs, un extincteur automatique qui ne comprend rien à rien inonde les bureaux des députés. Trois policiers sortent leurs armes, leurs manches remontent pour dévoiler les lettres en dents de scie du logo des Empty Hearts. Lancés dans les couloirs du centre du pouvoir, les hommes tirent dans les lampes et les fenêtres, épargnent les employés subalternes, se contentent de faire régner ce qu'il faut de panique et de bruit, éliminent ici ou là un agent de sécurité, tout se passe à une vitesse incroyable, ils connaissent l'architecture des bâtiments, ils ont des instructions claires, ils ont chacun leur objectif en tête, ils avancent d'un bon pas, sans courir, et chaque équipe finit par ouvrir la porte d'une salle précise, où quelques personnes les regardent entrer avec des yeux agrandis par l'horreur. Les explosions font trembler Berlin. Britta, Babak, Julietta et Hatz voient des nuages de fumée, de poussière et d'éclats de verre s'échapper par les fenêtres. Ils entendent des alarmes, des sirènes, des systèmes de sécurité en train de disjoncter, ils voient des gens paniqués se tapir sous des bureaux ou se ruer affolés hors des bâtiments, ils voient des attroupements se former sur les trottoirs, la circulation s'immobiliser, les réseaux de communication tomber en panne, les chars d'assaut rouler dans les rues de Berlin.

En l'espace de quelques minutes, les explosions sont terminées, mais l'hystérie continue. L'état d'urgence est déclaré, internet et les lignes téléphoniques coupés. Les policiers interdisent l'accès aux zones sinistrées, évacuent le quartier du gouvernement, renvoient les gens chez eux, décrètent un couvre-feu. Pourtant, le silence plane depuis longtemps sur les ruines et les cadavres. Partout gisent des hommes tatoués, en morceaux ou avec une balle dans la tête, dans les salles de réunion et les bureaux. Pendant ce temps, le putsch silencieux commence. Des limousines noires glissent à travers la ville, des hommes et des femmes bien habillés en descendent, montrent leurs cartes, entrent dans les bâtiments, prennent les rênes. Ils sont ce qu'ils appellent un gouvernement provisoire. Courtois, serein, professionnel. Tandis qu'arrivent les condoléances des dirigeants internationaux, que les médias parlent d'état de guerre et se perdent en conjectures sur l'origine des Empty Hearts, l'appareil étatique se remet au travail, en toute discrétion, bien huilé, il s'épure, fait le tri, congédie les membres du CCC et rappelle les fidèles d'autrefois, prélève les impôts, attribue les marchés publics, célèbre les unions, distribue eau et électricité, fait rouler les trains, les bus et les camions-poubelles, et annonce de nouvelles élections dans un futur indéterminé.

Ils le voient comme un événement qui a déjà eu lieu. Logique, impérieux, inéluctable. Grisant de nécessité. Britta sent le sang dans ses veines se mettre à picoter. Épousseter, purifier, récurer. Une opération d'envergure historique. La révolte des justes, la terreur des bons, le grand ménage démocratique. Elle imagine un vent de renouveau balayer le pays, emportant avec lui non seulement l'élite du CCC mais aussi ses partisans, ces râleurs patentés dont, depuis des décennies, la malveillance et l'étroitesse d'esprit minent les fondements de la démocratie. Qui ont fait d'internet un caniveau, qui ne sont heureux que quand ils peuvent prendre les autres de haut. Qui se placent au-dessus de tout, eux et leurs besoins puérils. Qui préfèrent croire au complotisme simpliste plutôt que de se confronter à la complexité de la réalité. Qui exigent sans arrêt que les choses changent et piquent une crise quand on fait des propositions. Dont seul l'égocentrisme surpasse l'ingratitude, de sorte que même dans un état de saturation maximale, ils sont capables d'envier le reste du monde. Dont la plus grande joie se trouve dans la hargne anonyme. Cette lie de post-démocrates mal lunés qui sont en train de brillamment sacrifier le plus grand acquis civilisationnel de l'histoire de l'humanité à leur complexe d'infériorité personnel. Qu'ils aillent au diable !

— Excellent, dit Julietta.

— Énorme, dit Babak.

— Bien, reprend Hatz. Vous avez compris l'idée. Ce que j'attends de vous est on ne peut plus simple. Vous devez continuer à faire profil bas. Geler le programme, ne rien faire du tout. J'aurais dû jouer franc jeu dès le départ, beaucoup d'ennuis nous auraient été épargnés à tous. (Il les gratifie d'un haussement d'épaules contrit.) Vous imaginez bien que vu le niveau de confidentialité de ce genre d'opération, mettre des personnes extérieures dans le secret n'est pas facile à défendre. Depuis le départ, Stamm était pour vous éliminer dès l'obtention des noms. Mais ça aurait fait trop de bruit, aussi bien auprès de la police que dans le milieu. Sans parler du fait que… (Pour la première fois depuis que Hatz a pris place, ligoté, sur le cageot, il cherche ses mots. Désormais, il ne regarde que Britta, s'adressant directement à elle.) Il est bien possible que tu ne comprennes jamais ce qu'est un ange gardien. Au fond, c'est d'amour qu'il s'agit, et tu es complètement hermétique à ce que les autres éprouvent pour toi. (Le silence dans la pièce s'approfondit, prend une autre couleur.) Je ne voulais pas les laisser vous faire du mal. Il faut que tu le saches. Votre disparition a été un coup dur pour moi. (Il s'étire du mieux qu'il peut, se redresse, on dirait qu'il grandit, assis sur son cageot.) Mais bref, tout ça est de l'histoire ancienne, à partir de maintenant, nous allons travailler main dans la main. Ce n'est plus qu'une question de jours, une semaine maximum. Je propose que vous restiez ici, l'endroit s'est révélé relativement sûr. Je vais bien sûr améliorer votre approvisionnement et faire sécuriser discrètement la zone. Vous allez recevoir des moyens de communication et prendre quelques jours de vacances.

— Et moi ? demande Julietta.

— Tu auras droit à une position exposée chez les Empty Hearts. Si tu le souhaites. Tu seras en toute première ligne. Qu'est-ce que tu en dis ?

— Je veux mourir pour une bonne cause.

— C'est la meilleure cause qui soit ! (Hatz se tourne vers Britta.) Après la transition, Le Pont ne pourra pas continuer comme avant. Le monde ne sera plus le même. Mais je peux vous garantir personnellement que vous aurez votre place dans le nouveau système. Une bonne place, bien payée, intéressante et utile. On aura plus que jamais besoin de gens comme vous. Vous êtes la cerise sur le gâteau de l'ordre à venir.

Guido Hatz en a terminé. La suite ne fait aucun doute. Britta va s'avancer vers lui, avec quelque chose de solennel dans ses pas lents. Elle va le détacher pour qu'ils échangent une poignée de main. Guido Hatz se lèvera, s'étirera le dos, peut-être même qu'ils se serreront rapidement dans les bras. Puis il montera dans sa voiture, et les dés seront jetés.

Britta se met en mouvement. Hatz la regarde approcher – dans ses yeux, il y a la tendresse d'un père retrouvant la fille qu'il n'a pas vue depuis longtemps. Britta lui rend son regard. Tout doucement, elle lui pose une main sur l'épaule et se penche pour ramasser la paire de chaussettes roulée en boule sur le sol près du cageot. D'un geste vif, elle fourre les chaussettes dans sa bouche souriante et lui enroule le scotch autour de la tête, deux tours, trois tours, en pressant son buste contre elle. Elle vérifie qu'il peut respirer par le nez avant de le lâcher. Aussitôt, il tombe par terre, se tortille, se démène, s'agite dans tous les sens comme un poisson à sec. Les sons qu'il émet par les narines n'ont plus rien d'humain. Il essaie de parler, de crier, d'atteindre Britta qui recule d'un pas en voyant son corps ramper sur le sol et se rapprocher de ses pieds. Julietta et Babak assistent à la scène, interdits.

— Qu'est-ce que tu vas faire ? demande Babak.

— Le contraire de ce que veut Hatz.

— Et pourquoi ?

— Parce que c'est ce qu'il faut faire, répond Britta. Donne-moi le portable.

Julietta met quelques secondes à comprendre l'ordre, puis elle tend à Britta le cryptophone qu'elle a trouvé dans la poche du veston de Hatz.

Britta prend son temps pour passer en revue la correspondance des derniers jours. Une fois certaine d'avoir assimilé le contexte, elle écrit un SMS à "Cœur" : *"Renarde à bord, la famille va s'agrandir, noms de code Libellule, Sanglier, Furet. Rendez-vous à dix-huit heures zéro zéro, coordonnées demandées."*

Moins d'une minute plus tard, la réponse arrive. Longitude et latitude, jusqu'au quatrième chiffre après la virgule. Britta mémorise les coordonnées, tend le portable à Babak, le charge de garder un œil sur Hatz, empoche la clef de la Hilux et quitte la maison en compagnie de Julietta.

La lumière du soleil est aveuglante. Sur la plus haute marche de l'escalier, un chat gris dévore une de ses proies.

28

Le bourdonnement des aiguilles instaure une atmosphère de paix particulière, comme le chant des cigales ou le gazouillis des oiseaux un soir d'été. Il règne dans la pièce un silence concentré, entre chirurgie et artisanat, l'épuisement en prime. Pour la première fois depuis des semaines, Britta arrive à se détendre.

Après avoir quitté la maison de Wiebüttel, Britta et Julietta, émerveillées, ont pris la route par un jour d'été comme les autres, un dimanche – elles s'en sont rendu compte sur la B214 en tombant sur les autres conducteurs partis pour le week-end, des voitures tout à fait banales, parmi lesquelles elles ne détonnaient pas spécialement, deux jeunes femmes dans une grosse jeep en train de rentrer en ville.

En passant devant le panneau de Brunswick, Britta a décidé d'être déraisonnable et de faire un petit détour. Depuis la route principale, elle s'est engagée dans le tranquille quartier résidentiel, a manœuvré la Hilux dans les rues étroites, l'a garée, bien voyante et surdimensionnée, au milieu des vélos et voitures familiales et, pendant que Julietta attendait à l'intérieur, elle s'est élancée sur le chemin pavé qui menait à la maison. Quand Richard a ouvert la porte, elle lui a sauté dans les bras, de toute la force de son corps amaigri. Puis elle a fait tournoyer

Vera dans les airs, en savourant ses cris perçants et ses "Maman, maman" heureux, et a serré encore une fois Richard dans ses bras. Les yeux écarquillés de son mari étaient comme des étiquettes sur un gros sac plein de questions. Britta lui a expliqué que tout serait bientôt terminé, qu'elle allait rentrer, qu'ils allaient reprendre leur vie autrement, qu'il ne devait pas s'en faire, que tout allait s'arranger. Puis elle est repartie, a couru jusqu'à la voiture, accompagnée par les pleurs de Vera et la sidération de Richard, a sauté sur le siège conducteur et redémarré.

Sur le trajet du Deutsches Haus, l'inquiétude l'a envahie, Britta n'avait pas été en contact avec les candidats depuis plusieurs jours, elle ne pouvait pas être sûre qu'ils soient encore à l'hôtel. Mais ses appréhensions se sont révélées infondées, les deux hommes se trouvaient dans leurs chambres, ils n'avaient pas bougé et attendaient patiemment les instructions suivantes. Marquardt a salué Britta d'une poignée de main cordiale, son visage avait presque cicatrisé, il avait bonne mine et, en apprenant que c'était enfin reparti, il s'était montré euphorique. Djawad aussi était heureux de la revoir, "*Wallah*, madame Britta, qu'est-ce que tu nous laisses tout seuls aussi longtemps". Les deux hommes sont montés sur la banquette arrière de la Hilux et se sont penchés entre les sièges avant pour taper dans la main de Julietta.

À une station-service, Britta a acheté trois portables à ses combattants, ils ont présenté des papiers d'identité valides et veillé à ce que le pompiste retranscrive correctement leurs données personnelles, histoire d'être certains d'être surveillés en continu à partir de maintenant. De retour à la voiture, Britta leur a donné l'ordre de garder en permanence leurs appareils électroniques allumés sur eux. En quelques mots, elle a informé l'équipe qu'en raison de circonstances extérieures, il y avait eu un changement de plan, modification de procédure, nouveau commanditaire, passage immédiat au niveau 12 pour Djawad et Julietta. Marquardt a fait un grand sourire, Djawad a dit : “Ça marche, madame Britta”, puis ils se sont tus, et Britta a aimé leur réaction.

Les voilà assis sur des chaises pliantes le long du mur, à feuilleter les magazines à disposition ou étudier le classeur garni de feuilles plastifiées avec différents motifs, du tribal à la sirène multicolore. On dirait que le studio se trouve dans un angle mort de l'univers, le temps s'y est arrêté, Kurt Cobain gémit *“Come as you are”* dans les enceintes au plafond, des publicités pour des salons de l'érotisme des années 90 du siècle dernier sont affichées au mur, ça sent le cannabis et le patchouli, un parfum qui ramène Britta à sa propre enfance. Elle revoit les pantalons trop grands et les T-shirts trop petits de sa mère, les jeans déchirés et les baskets défoncées de son père, elle revoit le minibus Volkswagen rectangulaire avec lequel ils étaient allés à Cracovie et à Prague après la chute du Mur, et elle songe avec étonnement qu'à l'époque, ils étaient heureux, qu'il y a bel et bien eu une décennie où les gens éprouvaient quelque chose qui ressemblait au bonheur.

Julietta garde les yeux fermés en tendant son bras au tatoueur. Elle a enlevé son T-shirt noir à manches longues et est assise en débardeur sur le tabouret. Son corps maigre révèle sa cage thoracique, les côtes en particulier ressortent comme des anses qui permettraient de la soulever pour l'emporter. Un homme à la queue de cheval grisonnante a couché son avant-bras sur ses genoux. Avec son ventre posé sur les cuisses, il se penche en avant pour mieux voir. Britta lui a dit qu'ils étaient pressés, pas plus de soixante minutes par personne, et il a répliqué que c'était jouable, tant qu'il s'agissait d'un grand motif avec une seule couleur. Britta se dit que pour tout ce qui les attend à partir de maintenant, ils vont faire les choses en grand avec une seule couleur. Sur le bras de Julietta, les contours des lettres sont déjà dessinés, le type grisonnant change d'aiguilles pour remplir l'intérieur, "la grosse artillerie pour les finitions", dit-il, et on sent que, d'habitude, ses clients rient à ce moment-là.

Britta change de position sur sa chaise et cède à l'envie de fermer les yeux. Encore trois heures avant la rencontre avec "Cœur". Elle a vérifié les coordonnées du point de rendez-vous sur internet : elles correspondent aux locaux du Pont, ce que Britta trouve aussi génial que culotté. Pour le moment, tout lui va. Son mal de ventre a disparu, et elle est à peu près certaine qu'il ne reviendra pas. Elle avait oublié qu'il existe un état au-delà de la douleur. Et qu'on appelle ça le paradis.

Elle voit le visage de Vera et entend sa voix : "Bim ! – Problème réglé." Méga-Melanie et méga-Martin tourbillonnent l'un autour de l'autre. Un chat gris en lévitation s'approche de Britta, on dirait qu'il est mort, mais le voilà qui lève la tête et lui fait coucou de la patte. Tu portes ça en toi. Tu n'as qu'à écouter.

— Voilà. Au suivant !

La voix du tatoueur fait sursauter Britta. Julietta se lève en sortant ses cigarettes de sa poche, et Britta la suit sur le pas de la porte. Elles restent un moment à regarder les voitures passer en silence, et c'est le plus beau spectacle qui soit. Puis Britta se met à parler. En quelques mots, elle expose son plan, et il ne lui faut pas plus que le temps d'une cigarette pour expliquer ce qu'elle a en tête. Julietta hoche la tête régulièrement, tire sur sa cigarette et dit plusieurs fois : "OK." Elle n'a l'air ni surprise ni déçue. C'est une jeune fille étonnante, pense Britta, et à l'idée de ce qui va suivre, elle ressent à la fois une bouffée de tendresse et une douleur soudaine. Elle doit se retenir de serrer Julietta dans ses bras.

— Tout à l'heure, j'ai repensé à mes parents, dit-elle à la place. Aux années 1990. On allait souvent en Europe de l'Est en voiture. Mon père et ma mère étaient impatients de voir ce qui se cachait derrière le rideau de fer. J'étais encore petite, mais je me souviens bien de ces longs trajets en voiture. De la musique, de l'ambiance de fête. De ce que le mot "Europe" avait de magique.

— Quelle chance. (Julietta jette sa cigarette par terre et s'en allume une autre.) Je donnerais cher pour avoir ce genre de souvenirs.

— À l'époque, il y avait un phare qui éclairait tous les horizons. Europe, paix dans le monde, démocratie. Mes parents étaient convaincus que tout allait changer pour le mieux. Que le temps des guerres mondiales et de la course aux armements était terminé et qu'ils étaient en route pour un avenir meilleur. Mais peu après l'an 2000, ils ont arrêté de parler de tout ça. Ils se sont littéralement tus.

Les yeux plissés, Julietta observe la circulation en écoutant Britta. Au passage, un groupe de coureurs Le Sport pour tous lance des regards noirs à la jeune fumeuse. Britta est prise d'une envie de s'allumer à son tour une cigarette.

— Soudain, il n'y avait plus d'avenir meilleur, plus de destination commune. Il ne nous restait qu'à nous calfeutrer en priant pour que les choses ne tournent pas trop mal.

Julietta hoche la tête en faisant un doigt d'honneur aux coureurs. Britta ne peut pas s'empêcher de sourire.

— C'était comme une pierre qui me serait tombée sur l'estomac.

— Quoi ?

Britta réfléchit.

— La démocratie. Je n'ai jamais voté CCC, jamais râlé contre l'Europe ni contre Ceux-d'en haut, jamais déversé ma bile sur internet. J'ai juste décidé de faire mon truc à moi. Pendant des années, j'ai refusé de m'abaisser à suivre les informations sur internet. (Elle secoue la tête et passe ses deux mains dans ses cheveux.) Ce sont les gens comme moi qui sont responsables de la situation actuelle, pas ces tarés du CCC. Regula Freyer a été élue par les urnes, alors que ma meilleure amie troquerait son droit de vote contre un lave-linge. Et même ce choix-là, je l'ai pris de haut, parce que je croyais avoir de meilleurs arguments pour rester les bras croisés.

— Et maintenant ?

— Maintenant, je sais que le bien et le mal n'existent qu'à condition d'avoir tranché. Sans ça, tous nos efforts pour éviter de commettre des erreurs ne sont qu'une charade, pas plus sensée qu'un match de foot sans ballon.

Julietta hoche la tête et fait le geste de donner un coup, avec le poing serré ou avec une pierre – mais peut-être que là encore, Britta se méprend.

— C'est à ceux qui ont mis Freyer et consorts au pouvoir de les désavouer, poursuit Britta. Nous sommes encore une démocratie.

— Je vois, dit Julietta. Tu peux compter sur moi.

— Ça va à l'encontre de tout ce que tu voulais.

— Tu te trompes.

Julietta tourne la tête pour la regarder dans les yeux. Un regard profondément grave, on ne peut plus adulte.

— Ce que je veux, c'est agir pour la bonne cause. Celle-ci en est une.

— Comment tu le sais ? demande Britta.

— Je ne le sais pas, je le sens. Hatz a tort.

— Tu ne veux pas que ces enfoirés du CCC dégagent ?

— Si. Mais pas comme ça. (Julietta sourit.) C'est une bonne chose que tu aies tranché, Britta. Tu es redevenue un être humain.

Elles se regardent. Et pour finir, Britta la prend dans ses bras. Elles s'étreignent pendant de longues minutes, en sachant que c'est la dernière fois.

Un peu avant dix-huit heures, Britta gare la Hilux à l'arrière des barres d'immeubles Kurt-Schumacher et, suivie de Julietta, Marquardt et Djawad, parcourt les quelques pas familiers jusqu'au cabinet. Le dimanche, le passage donne l'impression d'être encore plus désert que d'habitude, même l'éternel laboratoire dentaire d'en face est fermé, le robot blond n'est pas à son poste. Les dalles de béton au sol n'ont manifestement pas été touchées par une semelle depuis des heures. Ça sent la fin de quelque chose. Comme si non seulement Le Pont, mais aussi le passage et le quartier tout entier étaient entrés dans un état nouveau, un après, une apocalypse où ne règne plus la volonté humaine, mais seulement le lent souffle des choses.

La porte est entrouverte. Un simple coup d'œil dans la pénombre des locaux permet à Britta de s'assurer que personne n'est entré en leur absence. C'est ce qu'elle aime dans cette ville : à Berlin ou à Hambourg, des bureaux non fermés auraient depuis longtemps été pillés par des jeunes, avant que des junkies y passent la nuit et que des bacheliers y fassent la fête autour d'un feu de joie.

Le cabinet a des airs de musée. Lassie n'est plus là, les pointillés de Babak ont disparu. Ne reste qu'une nature morte poussiéreuse faite de meubles usés et d'objets inutiles. Comme si on avait retiré son cœur au Pont. Les locaux commencent déjà à sentir l'odeur des lieux inoccupés.

Julietta, Djawad et Marquardt se laissent tomber sur les fauteuils. Djawad, qui s'est fait tatouer l'inscription sur la nuque et les épaules, est légèrement penché en avant faute de pouvoir s'appuyer contre le dossier. Sur les avant-bras de Julietta et de Marquardt, les lettres ressortent en relief, *Empty Hearts*, gonflées et cernées de peau irritée, luisantes du gras de la vaseline.

Britta descend préparer du café. Au fond des tasses sales dans l'évier, le marc a séché en formant une couche laquée impossible à enlever, le sucre fait des grumeaux, le lait dans le frigo a tourné. Britta ne sait pas précisément combien de jours se sont écoulés depuis la dernière fois qu'elle a appuyé sur un interrupteur ou ouvert un placard dans ces pièces. C'est fou comme les objets vous tournent vite le dos dès qu'on arrête de s'occuper d'eux.

Dans les placards, elle ne trouve pas une seule tasse propre, même le fond de la cafetière est tapissé d'une croûte de marc séché. Il n'y a pas si longtemps, ce spectacle lui aurait donné la nausée, mais voilà que Britta attrape une éponge et récure la cafetière de bon cœur, elle finit par y aller avec les ongles – jusqu'au moment où elle se rend compte que ça ne sert à rien et que si elle s'obstine, c'est seulement parce qu'elle ne sait pas quoi dire aux combattants, parce qu'elle a peur d'affronter le silence. Elle se ressaisit, ferme le robinet et remonte l'escalier en colimaçon.

— Pas de café, désolée.

Personne ne réagit. Ils ont l'air tous les trois tendus comme un groupe de musique avant d'entrer en scène. Britta s'assied sur le fauteuil en essayant de se taire avec autant de sang-froid qu'eux.

À dix-huit heures précises, la porte s'ouvre, Enrico Stamm entre, aussi naturellement que dans une épicerie. Le suivent deux fidèles, et Britta sait immédiatement qu'elle ne les a jamais vus. Ce doivent être des nouveaux, deux des noms des pointillés de Babak, et Britta est impressionnée que Stamm ait pensé à ne pas emmener d'anciens candidats avec lui, pour éviter de confronter ses hommes à leur cheffe d'autrefois. Britta a certainement encore du pouvoir sur une partie d'entre eux, ne serait-ce que parce qu'ils la détestent. Les deux jeunes hommes n'ont pas plus de vingt ans et sont nettement moins sûrs d'eux que Stamm. L'un arbore le tatouage à l'arrière de son crâne rasé. Malgré les températures estivales, ils portent tous les deux des vestes, et Britta en déduit qu'ils sont armés – un constat qui, dans le cas présent, la tranquillise plus qu'il ne la dérange. Plus il y a d'armes, plus le plan devient concret, plus les choses iront vite.

Physiquement, Stamm n'a pas changé, la seule nouveauté étant le tatouage dans l'encolure de sa chemise ouverte. Comme autrefois, les mouvements de son corps hypertrophié sont un peu laborieux, à croire que sa propre force lui met des bâtons dans les roues, tandis que sa petite tête au regard vif bouge par à-coups. En un clin d'œil, il évalue la situation, et le spectacle qui s'offre à lui semble lui plaire. À la vue des nouveaux tatouages, il se met à hocher la tête comme malgré lui.

— Britta, comment ça va ?

— Très bien, répond-elle, heureuse que la réponse soit parfaitement exacte.

— Guido avait raison. Il voulait parler avec vous depuis le départ.

Stamm crache sur le sol garni de moquette, en visant l'espace entre la table basse et le canapé. Britta ne s'en formalise pas le moins du monde, preuve que beaucoup de choses ont changé.

— Je t'ai amené mes trois meilleurs candidats, dit-elle. Marquardt a passé l'intégralité de l'évaluation, Julietta et Djawad n'ont pas encore tout à fait terminé, mais ils sont bien prêts.

— On s'en fout, de ton évaluation. (Stamm crache une fois de plus.) On est une armée, on veut se battre.

— Mes hommes aussi.

— Dans ce cas, ils sont les bienvenus.

Stamm commence à observer les trois autres de plus près : il gratifie la silhouette nerveuse de Marquardt d'un regard d'approbation et celle plus rebondie de Djawad d'une moue méprisante, avant de se tourner vers Julietta.

— Ça, c'est le pompon.

Julietta le regarde par en dessous, les cheveux lui tombent dans le visage, ses yeux brillent d'un éclat de prédateur.

— Elle sera en première ligne.

— C'est moi qui décide.

Stamm se penche en avant, écarte les cheveux de Julietta et la dévisage comme si elle était un objet qu'il hésiterait à acheter. La mine de Julietta reste impassible. Britta ne saurait dire ce que la jeune fille pense de Stamm et de son comportement – sans doute qu'elle s'en fiche complètement. Elle ne prend même pas la peine de repousser la main qui tripote ses cheveux.

— Grâce à elle, tu auras toute l'attention des médias.

— Ah, Britta. Tu crois encore être la seule à connaître le métier.

Stamm se détourne pour échanger quelques mots à voix basse avec ses hommes, qui hochent la tête en moulinant des mâchoires, comme si un chewing-gum venait de se matérialiser dans leur bouche.

— Tu peux y aller, dit Stamm à Britta.

Elle a envie de crier : “C’est encore mon bureau. Je paie le loyer, c’est sur ma moquette que tu craches. Enlève tes sales pattes de Julietta, elle est à moi aussi.”

Elle reste figée, comme foudroyée. Et là, elle comprend que c’est la fin. Une succession de derniers instants. Un dernier regard à Djawad et Marquardt. Un dernier sourire de la part de Julietta, qui l’encourage d’un signe de tête. Les dernières secondes sur ce fauteuil, les derniers pas pour traverser le cabinet jusqu’à la porte. Elle ne reverra plus jamais rien ni personne dans cette pièce.

C’est un effort énorme. Britta avance péniblement, comme si son corps pesait soudain des tonnes. Elle se force à ne regarder personne dans les yeux. À ne pas dire au revoir. À ignorer la satisfaction de Stamm.

Tout sonne faux – l’heure, le jour, la météo. Il faudrait un matin d’hiver maussade à la lumière déprimante, dont l’humidité se glisse sous vos vêtements. Mais c’est un dimanche soir radieux, fait pour une longue promenade, une douce soirée au Biergarten ou un barbecue festif entre amis.

Britta s’en va. Elle donne des ordres à son corps, ses mains ouvrent la porte, ses jambes sortent dans le passage. Elle ne se retourne même pas une dernière fois. Quand elle passe devant le laboratoire dentaire, ses joues sont mouillées de larmes.

29

Knut et Janina arrivent à dix-huit heures.

Cora et Vera se serrent dans les bras en couinant comme si elles ne s'étaient pas vues depuis des mois, alors que ces derniers temps, Vera passe tous ses après-midi chez Cora. Janina apporte un saladier de pâtes qui, avec un paquet de boulettes végétariennes, fera office de dîner. À la cuisine, Richard s'essaie à la crème brûlée. Babak est attablé devant un verre de bière dont la mousse est retombée sans qu'il y ait touché, et il a la tête de quelqu'un qui rêve d'avoir quelques légumes à découper. En se levant pour saluer Knut et Janina, il se cogne le genou contre la table, marmonne des excuses et s'accroche avec Janina qui veut le serrer dans ses bras alors qu'il lui tend la main. Babak a beau connaître les autres, il se comporte comme s'il s'était retrouvé par hasard à cette soirée en famille.

— Les enfants ! Ne criez pas comme ça !

— Qu'est-ce que tu fais de beau ?

— La clef, c'est que la couche de caramel soit absolument parfaite. Le sucre brun n'est pas adapté, il brûle trop vite.

— Il cite internet. C'est la première fois qu'il en fait.

— Britta, enfin ! (Au milieu de la cuisine, Janina l'attire contre elle pour la serrer fort et longtemps dans ses bras.) Tu m'as tellement manqué.

Britta lui rend son étreinte. Ivre du bonheur d'être rentrée, elle soulève son amie et la fait tournoyer dans les airs, comme si elle était sa sauveuse personnelle. Après ça, elle est un peu gênée, et elle entreprend de transférer la salade de pâtes dans un grand plat en céramique avec des fourmis, cloportes et autres insectes dessinés dessus.

— Prends-toi une bière, dit Richard à Knut. Et sers un prosecco aux filles.

Knut se dirige vers le frigo, en sort une canette qu'il ouvre sans attendre et pose une bouteille de prosecco sur la table de la cuisine.

— Tu as entendu que Freyer veut interdire l'importation de bières étrangères ? (Menton baissé, Knut imite à la perfection la manière de parler de la chancelière :) "La bière allemande est une tradition allemande."

— Fini la Staropramen, alors.

— À moins de l'acheter au marché noir.

— Santé.

Ils trinquent puis brandissent leurs canettes vers Babak, qui lève brièvement son verre avant de tremper les lèvres dans le liquide éventé.

— Alors, ces vacances, c'était comment ?

Pendant que les hommes restent debout près du plan de travail, Janina s'est attablée à côté de Britta. Les filles ont disparu dans la chambre de Vera et jouent à un jeu que Britta ne connaît pas encore et qui consiste manifestement à se taper dessus – on entend des bruits de coups suivis de "Aïe aïe" et d'éclats de rire. Britta sert le prosecco, lève son verre vers les autres et le vide d'un trait avant de se resservir.

— Plus que nécessaire, dit-elle, ce qui fait rire Janina d'un air approbateur.

Elle a raconté à Richard qu'elle avait craqué, sans doute un burn-out, une sorte de crise de nerfs, exactement comme Hatz l'avait prédit. D'un coup d'un seul, ce n'était plus possible de continuer comme ça, elle avait eu besoin d'une pause, de partir le plus vite possible, de tout quitter pour prendre le temps de réfléchir et de se retrouver.

Richard a accepté son histoire. Il ne lui a pas demandé pourquoi elle n'avait pas appelé pour lui expliquer tout ça. Pourquoi son mot disait qu'elle était en voyage d'affaires. Pas une seule fois il n'a mentionné ses habits déchirés, ses cheveux mal lavés, ni les huit kilos qu'elle a perdus. Seule son attitude réservée trahit qu'il ne la croit pas. Elle lui est profondément reconnaissante de ne pas essayer de lui extorquer la vérité. Elle le sait, il a enduré les pires angoisses qu'il a dû faire taire pour ne pas inquiéter Vera, et il est presque aussi fatigué qu'elle. Malgré tout, au lieu de se disputer, ils sont tacitement tombés d'accord pour vivre avec un mensonge, car Richard part naturellement du principe que Britta a ses raisons – preuve supplémentaire que toutes les décisions qu'elle a prises pour protéger sa famille étaient justifiées.

— Mais tu étais où ?

— Dans un petit village près de Celle, pas loin du tout. Une pension familiale avec juste quelques chambres, j'étais la seule cliente. Dans le coin, il y a un spa et deux ou trois chemins de randonnée, mais je suis restée dans ma chambre sans même allumer la télé. Je ne sais pas comment le temps est passé. Visiblement, il n'a pas besoin d'aide pour ça.

Knut et Janina se mettent à rire. Plus Britta raconte son histoire, plus les détails semblent crédibles.

Babak la regarde avec une chaleureuse approbation, il est content de ne pas avoir à parler.

— Pourquoi tu as dit à Richard que tu étais en voyage d'affaires ?

— Je ne voulais pas répondre aux questions. Je ne voulais pas qu'il se fasse du souci.

— Je m'en suis quand même fait un peu, lance Richard.

Pour rire, il braque le chalumeau sur Knut qui le menace de son couteau en s'écriant :

— Beaucoup à apprendre tu as encore, petit jedi.

— Et maintenant, comment ça va ?

Britta sourit.

— Beaucoup mieux. (Elle vide son deuxième verre de prosecco avant de se resservir.) Quelques décisions ont été prises.

Soudain, un silence plein d'impatience s'installe, tous les regards se tournent vers Britta, comme si ce n'était pas une soirée ordinaire du type "Vous venez dîner ? – Bien sûr", comme si la raison de leur venue était que Britta a une annonce à faire.

— J'arrête le cabinet.

Knut et Janina la dévisagent, stupéfaits. L'espace de quelques instants, ils sont trop étonnés pour dire quoi que ce soit. Assise au milieu de ses amis, Britta sourit de toutes ses dents. Elle a réussi son coup.

— C'est une blague !

— Tu te fiches de nous ?

— Comment ça ?

— Je ne comprends pas.

— C'est le moment, c'est tout. (Le regard de Britta croise celui de Babak, ils échangent un petit signe.) L'heure est venue de changer.

À la tête de Knut et de Janina, on voit bien qu'ils n'arrivent pas à imaginer Britta sans son cabinet. Leurs visages reflètent une question qu'elle se pose depuis des jours : que restera-t-il d'elle quand Le Pont n'existera plus ?

— Tant que Richard sera sous l'eau au boulot, je vais lever le pied. Ensuite, on verra. Je trouverai bien quelque chose.

— Eh bien, dans ce cas. (Knut lève son verre d'un air hésitant.) Toutes mes félicitations. Sauf si ce n'est pas la chose à dire ?

— On ne peut pas dire mieux.

Ils trinquent. En vidant son troisième verre de prosecco, Britta sent dans chacune de ses fibres que tout est pour le mieux. Elle a beau n'être rentrée d'exil que depuis cinq jours, elle est déjà en train de prendre ses marques dans sa nouvelle vie, et ça fait du bien. Elle a licencié Henry, et elle savoure le privilège de veiller elle-même à la propreté de sa maison. Le matin, elle se lève de bonne heure, prépare le petit-déjeuner pour toute la famille et conduit Vera à l'école avant de se consacrer aux tâches ménagères en toute tranquillité. Vers dix heures trente, la Hilux klaxonne devant sa porte, et Britta monte avec Babak pour aller faire leur virée quotidienne à Wiebüttel histoire de "nourrir le chat", comme ils disent.

La première fois qu'ils sont venus le voir, il a commencé à hurler à peine le scotch retiré de sa bouche. Babak a essayé de lui coller la bouteille d'eau aux lèvres, mais il criait tellement fort qu'ils ont été forcés de le bâillonner de nouveau.

— Attendons un peu, a dit Britta. Vingt-quatre heures sans eau, et il se laissera faire sans résister.

Ils sont restés un moment à observer les spasmes que Hatz décrivait au sol et qui s'affaiblissaient à mesure que sa colère s'envolait pour laisser place à un désespoir sourd.

Le lendemain s'est mieux passé, et désormais, il ne pique plus de crise quand ils lui enlèvent son bâillon.

Au contraire : il les attend, les regarde arriver et avale en silence et avec avidité tout ce qu'ils portent à ses lèvres. À partir d'une chaise sans assise, ils ont bricolé des toilettes, ils glissent un seau dessous et asseyent Hatz dessus avec les jambes attachées. Quand il a terminé, ils jettent ses excréments. Une sale besogne, mais moins que les dialogues qui se répètent chaque jour à l'identique. Comme Hatz leur fait de la peine, ils lui mentent, même si ça ne sert à rien.

— Qu'est-ce que vous avez prévu de faire ?

— Tout se passe comme vous le vouliez. Julietta et deux autres combattants ont rejoint les Empty Hearts. Le Pont a mis fin à toutes ses opérations et se retire des affaires.

— Alors pourquoi vous me gardez ici ?

— Pour votre propre sécurité.

— C'est n'importe quoi ! (À ce moment-là, Hatz se met systématiquement en rage.) Ça n'a pas de sens ! Mes hommes vont me trouver ! Ils vont me sortir de là !

— Reste à savoir quand, répond Britta.

Histoire de gagner du temps, Babak veille à ce que la Hilux soit régulièrement déplacée. Depuis le cryptophone de Hatz, il écrit des messages à "Cœur" ainsi qu'à deux autres numéros qu'ils pensent être des agents des services secrets. "*Tout est sous contrôle*" ou "*Tout se passe comme prévu*", "*Nouvelles recrues intégrées au commando de Cœur*". Julietta, Djawad et Marquardt ont pour instruction d'avoir en permanence leurs nouveaux portables sur eux et d'envoyer de temps à autre des messages au cryptophone de Hatz, rédigés avec une concision militaire, "*Arrivés au QG*", "*Ordres bien reçus*", "*Récupération du matériel en cours*". Ce dernier message datant de l'avant-veille, Britta sait qu'il n'y en a plus pour longtemps. Julietta est chargée de choisir elle-même le moment de l'opération.

Il n'y a qu'un critère : trop tôt. La tension augmente de jour en jour, c'est comme autrefois, à l'époque où ils attendaient le lancement de leur première intervention.

— Et sinon pour…

Janina s'interrompt en rougissant.

— Pour Babak ?

— En vrai, je pensais à notre maison.

Britta lui pose une main sur le bras.

— Pas d'inquiétude. Ça tient toujours.

Janina essaie de ne pas avoir l'air trop soulagée. Britta fait de son mieux pour ne pas s'imaginer, un jour prochain, en train de boire le café dans ce lieu de cauchemar, entre les quatre murs de la cuisine où elle a passé les pires heures de sa vie. Elle imagine Hatz coincé dans la cave pour toujours, malingre, souffreteux, tandis que les filles chahutent en haut et que Janina leur sert un gâteau aux carottes fait maison.

— Babak entre chez Swappie, annonce Richard. Il va développer l'algorithme qui fera de nous les leaders du marché.

Babak fait un petit geste gêné pendant que Knut et Janina applaudissent pour bien montrer, à grand renfort de "Ah" et de "Oh", que l'avenir de Babak leur importe autant que celui des autres. Babak et Britta échangent un sourire complice. Ces derniers jours, ils ont beaucoup parlé, du bon vieux temps mais aussi de la tournure que les choses vont prendre à partir de maintenant. Ils se sont dit et répété qu'il n'y avait pas de raison pour que tout change, qu'ils se verraient quand même régulièrement, qu'en travaillant avec Richard, Babak allait en quelque sorte rester dans la famille. Il y a eu des mains serrées et des embrassades. Ils savent très bien qu'une page est en train de se tourner et que rien au monde ne remplacera ce que Le Pont représentait pour eux.

Comme ils sont sept ce soir en comptant Babak, Richard déménage la table dans la salle à manger. Vera et Cora déboulent pour aider à mettre le couvert, signe indéniable qu'elles ont faim. Sous la surveillance de Britta, elles disposent la vaisselle du service à insectes – assiettes à perce-oreilles, tasses à mille-pattes, bols à cafards.

"Parfait ! s'écrie Richard dans la cuisine. Tout simplement parfait !" Et Britta est aussi contente qu'il ait réussi sa crème brûlée que s'il s'agissait d'un oracle.

Le repas se déroule dans la bonne humeur. Ils parlent de tout et de rien, plaisantent au sujet de la menace d'embargo sur la bière, Knut recommence à singer Regula Freyer, et tout le monde rit. Ça ne dérange plus Britta de parler politique. Après avoir avalé leur salade de pâtes à la vitesse de l'éclair, les filles demandent l'autorisation de regarder un épisode de *Mégamania*, qui passe à la télé chaque vendredi avant les informations. Britta donne son feu vert, et elles se précipitent dans le coin télé en s'égosillant, sur quoi Richard leur hurle de faire moins de bruit.

Janina raconte l'histoire d'une maîtresse d'école qui se met à chanter quand elle est en colère, sans doute pour se retenir de crier.

"Asseyez-vouuus, asseyez-vouuus, calmez-vous, calmez-vous", chante Janina sur l'air de *Frère Jacques* pendant que les autres se tordent de rire.

Après ça, ils continuent un petit moment la discussion sur le même mode – "Passe-moi le seeel, passe-moi le seeel, merci bien, merci bien" – en enchaînant les fous rires. Ça fait du bien de rire comme ça, sans raison, bêtement, juste parce qu'on a quelques verres de prosecco dans le nez et qu'on est avec des gens qui ne demandent qu'à passer une bonne soirée.

— Waouh, un truc de fou !

— Hélicoptère !

— Hé, regarde, là. C'est un char d'assaut ?

— Y en a pleiiin !

— Maman, viens voir !

Babak est le premier à se lever.

— Qu'est-ce qu'il y a ?

— La série a été coupée, dit Vera.

Le quartier du gouvernement à Berlin. Si les images étaient en noir et blanc, on pourrait croire à un document historique – guerre mondiale, construction du Mur, un quelconque événement du XXe siècle. Un convoi de véhicules blindés traverse le Tiergarten. Des soldats courent, pliés en deux, sur la pelouse devant le Reichstag, ils encerclent le bâtiment pendant que les hélicoptères tournoient dans les airs. L'image change, et on voit une unité spéciale vêtue de noir prendre d'assaut le siège du CCC sur la Savignyplatz.

"Comme par miracle, personne ne semble blessé à part les terroristes eux-mêmes, dit la voix de la présentatrice. D'après les indications fournies par la police, le bilan est de trois morts – une femme et deux hommes."

— Qu'est-ce qu'il s'est passé ? demande Richard.

Les cinq adultes se pressent sur le tapis à étoile, les yeux rivés sur l'écran, pendant que les deux filles déchaînées sautent sur le canapé.

— Une série d'attentats à Berlin, répond Britta. Manifestement, plusieurs bâtiments gouvernementaux ont été attaqués, mais sans succès.

Posté juste à côté d'elle, Babak lui enfonce son coude dans les côtes pour lui rappeler qu'elle n'est pas censée en savoir plus que la télé.

— Pas possible.

— C'est complètement dingue.

— Bon sang, c'est un film ou quoi ?

Knut, Janina et Richard rivalisent d'exclamations de stupeur à laquelle se mêle déjà un soupçon de curiosité malsaine – plus d'informations, plus de scoops, plus de scandale.

"Des sources fiables nous indiquent qu'il s'agirait d'un putsch contre le gouvernement du CCC."

— Un putsch ? s'écrie Janina.

— C'est quoi, un putsch ? demande Cora.

— Une attaque contre les chefs, dit Knut sur un ton de machine parentale conditionnée pour répondre aux questions des enfants.

"Mark Zudowski à Berlin, que pouvez-vous nous dire de plus au sujet des événements ?"

— À tous les coups, c'était M. Meyer, piaille Vera.

— Qui c'est, M. Meyer ? demande Richard.

— Le prof de maths, lance Britta.

— Bim ! crie Cora. Problème réglé !

— Du calme ! Sinon, au lit !

"Certains éléments portent à croire qu'il s'agirait d'un plan de grande envergure, déclare Mark Zudowski qui arbore des lunettes rondes alors qu'il doit être tout sauf myope. Les trois terroristes présentaient des tatouages signalant leur appartenance à un groupement plus important."

Les voilà. Britta a pris les photos chez le tatoueur, et Babak les a postées en ligne pour que les journalistes aient quelque chose à se mettre sous la dent. La rédaction n'a même pas pris la peine de flouter les visages, soit parce que le temps manquait, soit parce que les terroristes morts n'ont pas droit au respect de leur vie privée, soit parce que le visage de Julietta est trop beau pour être flouté. Elle est superbe, les cheveux en bataille, le regard perçant. Marquardt toise l'objectif sans expression, son col de chemise ouvert laissant entrevoir son nouveau tatouage. Djawad a été photographié de profil, là encore pour que son tatouage soit visible, il affiche une mine volontairement patibulaire, et il faut le connaître pour deviner qu'il s'amuse bien à jouer au terroriste.

"Empty Hearts est le nom présumé d'une présumée organisation terroriste dont l'objectif présumé semble être une offensive d'envergure contre les institutions gouvernementales.

— Mark Zudowski, qu'est-ce qui a mal tourné dans le plan des terroristes ?

— À l'heure actuelle, nous ne disposons d'aucune précision à ce sujet. Il y a peut-être eu une scission au sein du groupe, ou un simple malentendu opérationnel. Selon de nouvelles indications qui nous parviennent à l'instant, la police est en train d'effectuer une descente à grande échelle. (Zudowski se colle deux doigts sur la tempe pour enfoncer son oreillette dans son conduit auditif.) Des arrestations sont en cours."

L'image de Zudowski laisse place à une photo : un homme aux épaules massives et à la tête étonnamment petite, les yeux plissés comme s'il était ébloui par le soleil.

— Ça n'a pas traîné ! s'exclame Babak – et cette fois, c'est au tour de Britta de lui mettre un coup de coude.

— Ils montrent des photos des suspects comme ça ? s'étonne Knut.

— Ce sont des ennemis publics, rétorque Janina.

"Comment est-il possible que les instigateurs aient été arrêtés aussi vite ? demande la présentatrice pendant que son interlocuteur récolte d'autres informations dans son oreillette.

— Apparemment, les terroristes ont opéré sans prendre la moindre précaution, rapporte Zudowski. Sur les trois corps ont été retrouvés des portables dont les déplacements permettent de remonter directement au quartier général de l'organisation."

Babak et Britta se prennent discrètement la main, juste le temps de se serrer les doigts avant de relâcher leur étreinte.

— Comment peut-on être bête à ce point ? murmure Richard.

— Qu'est-ce que tu dis ? demande Britta.

— Imagine qu'ils aient réussi leur coup. (Un grand sourire illumine le visage de Knut.) Ils nous auraient débarrassés du CCC, cette bande de dégénérés.

— Quelle belle perspective, dit Richard. Un matin, tu te réveilles, et ces tarés ne sont plus là.

— Place à un nouveau départ, renchérit Janina.

— Et retour des anciennes forces ! (Knut lève un index enthousiaste.) Ma main à couper que les services secrets se cachent derrière tout ça. C'est toujours un repaire à partisans de Merkel.

— Ce serait génial, s'emballe Janina. Avoir à nouveau un gouvernement digne de ce nom.

— Mais vous vous entendez parler ? demande Britta. (D'un coup, tout le monde se tait, et la voix de Zudowski en train de montrer des photos des armes redevient audible.) Pendant des années, vous n'allez pas voter, et ensuite, vous trouvez ça super qu'on fasse sauter le quartier du gouvernement ?

Le silence gêné persiste. Mark Zudowski a trouvé d'autres informations sur Julietta. Nom, âge, origine, formation. Il l'appelle "la jolie jeune femme" et improvise des parallèles avec Ulrike Meinhof et Gudrun Ensslin*.

* Deux figures du groupe terroriste d'extrême gauche Fraction armée rouge qui sévit en Allemagne dans les années 1960 et 1970. *(N.d.É.)*

— C'est peut-être juste un fantasme, finit par dire Richard.

Britta regarde la télé sans répondre. Elle absorbe tout, la valse des images et des reporters. Les commentaires, les contextualisations. Les appels au peuple. Les interprétations, les pronostics. Les spéculations et les hypothèses. Les autres continuent à parler de ce qui se serait passé si les terroristes s'y étaient mieux pris. Se demandent s'il existe des coups d'État démocratiques. Et à partir de quand la violence politique se justifie. Britta connaît les scénarios qu'ils ébauchent. Elle en a rêvé aussi. Désormais, la discussion ne déclenche aucune réaction chez elle. Plus elle écoute les autres, plus elle est convaincue d'avoir fait ce qu'il fallait.

Knut, Janina et Cora finissent par rentrer chez eux, Richard finit par aller coucher Vera. Ils restent un petit moment tous les trois devant la télé, jusqu'à ce que Richard se mette à bâiller et leur souhaite bonne nuit.

— Rendez-vous demain à onze heures ? propose-t-il, et Babak confirme qu'il viendra pour une première réunion de travail.

— Ne traînez pas trop, ajoute Richard avant de s'en aller.

Une fois tout le monde parti, Babak lance :

— Il faut qu'on pense à libérer Hatz.

— On ira demain matin.

— Tu crois qu'il va être arrêté ?

Britta hausse les épaules, puis secoue la tête.

— Les gens comme Hatz ne vont pas en prison.

Ils restent assis. À zapper de chaîne en chaîne, devant des journaux télévisés qui ne font plus que reprendre les mêmes informations en boucle.

— Est-ce qu'elle était… contente ? finit par demander Babak.

— Elle était heureuse.

— Mais ce n'est pas ce qu'elle voulait à l'origine.

— Quand même. (Britta lui passe une main sur le dos.) Elle nous aimait. À sa manière.

Et Babak se met à pleurer. D'abord doucement, puis de plus en plus fort. Britta le serre dans ses bras. Au bout d'un moment, ses sanglots faiblissent, et Babak lève la tête.

— Tu as conscience que le CCC sortira renforcé de cette tentative de putsch ?

Britta hoche la tête.

— Aux prochaines élections, personne n'aura aucune chance contre Freyer.

Britta hoche de nouveau la tête.

— Je ne suis pas sûr de comprendre pourquoi tu as fait ça.

Britta sourit. Elle pense au chat gris, mais elle ne dit rien. Ils ne parlent plus. Ils regardent l'analyse suivante, un autre reportage. Ils attendent de revoir la photo de Julietta. Une dernière fois, et encore une.

OUVRAGE RÉALISÉ
PAR L'ATELIER GRAPHIQUE ACTES SUD
ACHEVÉ D'IMPRIMER
SUR ROTO-PAGE
EN FÉVRIER 2022
PAR L'IMPRIMERIE FLOCH
À MAYENNE
POUR LE COMPTE DES ÉDITIONS
ACTES SUD
LE MÉJAN
PLACE NINA-BERBEROVA
13200 ARLES

DÉPÔT LÉGAL
1re ÉDITION : MARS 2022
N° impr. : 100049
(Imprimé en France)